한민족 대서사시 2

수메르

한민족 대서사시 2

수메르

영웅 길가메시의 탄생

윤정모 장편소설

다선
책방

수메르 왕조

엔릴
기원전 2800~

키시 제1왕조	키시 제2왕조	우루크 제1,2왕조	라가시 제1왕조
에타나 기원전 2861~2831	**슈슈다** 기원전 2581~2561	**메스기아-가세르** 기원전 2722~2692	**우르-니나오** 기원전 2494~2465
발리 기원전 2831~2791	**다다식** 기원전 2561~2541	**엔메르카르** 기원전 2692~2672	**아쿠르-갈** 기원전 2464~2455
엔-메-누나 기원전 2791~2771	**마갈갈라** 기원전 2541~2511	**루갈반다** 기원전 2672~2652	**에아나툼** 기원전 2454~2425
멜렘-키쉬 기원전 2771~2751	**칼버런** 기원전 2511~2491	**길가메시** 기원전 2652~2602	**에아나툼 1세** 기원전 2424~2405
바르살-무나 기원전 2751~2731	**투게** 기원전 2491~2471	**우르루갈** 기원전 2602~2572	**엔테메나** 기원전 2404~2375
사무그 기원전 2731~2701	**멘눈나** 기원전 2471~2451	**우툴-칼라마** 기원전 2572~2557	**에아나툼 2세** 기원전 2374~2365
티즈카르 기원전 2701~2671	**인비-이시타르** 기원전 2451~2431	**라-바슘** 기원전 2557~2548	**엔엔타르지** 기원전 2364~2359
일쿠 기원전 2671~2651	**루갈무** 기원전 2431~2411	**엔눈-다라-안나** 기원전 2548~2540	**루갈란다** 기원전 2358~2352
일타사둠 기원전 2651~2631		**메쉬간데** 기원전 2540~2504	**우루카기나** 기원전 2352~2342
엔-메-바라게-시 기원전 2631~2601		**멜렘-안나** 기원전 2504~2498	
아가 기원전 2601~2581		**루갈-키툰** 기원전 2498~2462	
메실림 기원전 2550		**엔시-아쿠-산나** 기원전 2462~2402	
		루갈키니쉬-두두 기원전 2402~2376	
		루갈키니쉬-시 기원전 2376~2346	

차례

서장 _009

길가메시 우루크의 초대 왕

엔키두 야성인. 길가메시를 위해 죽음

힉세르 우루크 4대 제사장. 우루크 왕권 창설자

슈반노 힉세르의 뒤를 이은 제사장

루갈반다 우루크 3대 제사장. 길가메시의 아버지

멜라 매춘부. 엔키두를 도시로 유인하고 그와 결혼함

다간 고명한 천문학자 우사우의 증손자

루마르 니푸르 사제. 길가메시를 위해 죽는 세 번째 인물

버허투르 길가메시의 오른팔 충복. 군정관

자바르디 길가메시의 왼팔 충복

지우수드라 슈루파크의 왕. 대홍수 이후 영생을 부여받음

아가 키시 왕 엔메브라게시의 아들

세쿠 구전 시인

넌순 길가메시의 어머니

시리두 여인 술집 주인. 난파한 길가메시를 구해주고 길가메시와 함께 순장됨

후와와 삼나무 숲을 지키는 괴물

서장

길가메시는 아버지의 비명에 놀라 잠에서 깨어났다. 병상의 아버지가 지른 비명이었다.

'악몽을 꾸셨는가? 하지만 아버지는 정신력이 강해 악몽 따위에 비명을 지를 분이 아니지 않은가!'

길가메시는 아버지 침상으로 달려갔다.

"아버지!"

제사장 루갈반다는 이마에 맺힌 식은땀을 쓸어내며 아들에게 꿈 이야기를 했다.

"쿠르 강 홍룡이었다. 놈이 내 허벅지를 물고 있었다."

길가메시가 반문했다.

"쿠르 강에 사는 홍룡 말입니까? 그놈은 아버지께서 죽였다고 하지 않았습니까?"

10년 전 루갈반다는 신전 증축에 쓸 삼나무를 구하려고 자부로 갔다가 놈을 만나 하루 종일 싸웠는데 그때 다리를 물렸다. 그동안 잠잠했는데 보름 전 저녁 무렵부터 그 상처 자리가 다시 아프기 시작했다.

"죽였다고 생각했다. 놈의 한쪽 귀도 잘라 왔으니 말이다. 한데 놈이 다시 오라는구나. 오지 않으면 내 허벅지를 놓아주지 않겠다고 한다. 놈이 살아 있는 게 분명하다. 이번엔 가서 반드시 죽이고 와야겠다."

루갈반다의 다리는 이미 썩어들고 있었다. 환부에서는 고약한 냄새가 났다. 몰약 붕대를 하루에 몇 번씩이나 갈아야 하는 환자였다. 그런데 대체 어떻게 가겠다는 말인가. 아버지는 마음이 급한 듯 몸을 들썩거렸다.

"제가 가겠습니다. 반드시 놈을 죽여 아버님을 쾌차하시도록 하겠습니다!"

길가메시가 아비의 손을 꼭 잡아준 뒤 몸을 일으켜 밖으로 나갔다. 루갈반다는 아들의 뒷모습을 바라보며 자신의 젊은 날을 떠올렸다.

사람들은 루갈반다를 여행가라고 했다. 젊은 시절 그는 삼나무 원정을 위해서 아나톨리아, 토로스, 자그로스를 다녔고 중년에는 청동 거래를 위해서 우가리트(지중해 해안 도시)로 해서 페니키아, 마간(이집트), 누비아를 돌았다. 그는 우루크 부흥에 혼신을 다했고 그런 덕에 제사장이 될 수 있었다.

루갈란다의 입가에 희미한 미소가 떠올랐다. 누비아 사막에서 미개인들의 간청으로 집전해주었던 기우제. 그날 밤 비가 내렸고 며칠 후엔 벌써 들녘에 파릇파릇 새싹이 돋아났다.

"아들아, 너도 그놈을 죽여 이 애비의 다리에도 새살이 돋게 해다오."

쿠르 강은 자그로스 산맥 상부에 있었다. 하루에 5백 리씩 달려도 귀환까지 보름은 걸렸다. 길가메시는 허리띠 칼집에 단도 열 개를 꽂고 말에 올랐다. 어머니 닌순이 당부했다.

"바람처럼 다녀오너라. 네 아버지 상태가 아무래도 불안하구나."

이레째 되는 날 길가메시는 쿠르 강에 도착했다. 아버지 말대로라면 이 강 어딘가에 홍룡이 살고 있을 터였다. 강은 산과 산 사이를 휘감아 돌았고 물살은 거칠었으며 갑자기 협곡이 되거나 들판처럼 넓어지기도 했다. 나이 20이 되도록 이런 험한 강은 처음이었다.

길가메시는 강을 끼고 올라갔다. 계곡 물의 합수 지점까지 갔으나 놈은 기척을 알리지 않았다. 본인이 아니어서 그런지도 몰랐다. 그는 하강을 하면서 큰 목소리로 놈을 불러댔다. 아버지 대신 왔다고 자신의 이름도 외쳐대며 험한 바위 계곡을 돌아갈 때 붉은 몸체가 보였다. 놈이었다. 강 한가운데 거대한 몸을 길게 풀어 앉아 있는 것이 틀림없는 홍룡이었다.

그는 놈의 머리를 겨냥해 단검을 던졌다. 단검은 놈을 맞혔으나 꽂히지 않고 물속으로 떨어졌다. 다시 던졌으나 마찬가지였다. 반응도 보이지 않는 놈에게 모든 단도를 써버릴 수는 없었다. 그는 빼 든 단도를 도로 꽂고 헤엄을 쳐 놈에게로 다가갔다.

그것은 놈의 시체였다. 죽어서 바위가 된 것이 천신의 노여움으로 벼락을 맞은 듯했다. 그는 바위를 타고 올라가 놈의 머리 쪽을 살폈다. 역시 귀 한쪽이 없었다. 그는 단도로 나머지 한쪽을 떼어내 주머니에 넣었다.

강가에 세워둔 말이 보이지 않았다. 예감이 나빴다. 그는 단도를 뽑아 들고 주위를 살폈다. 수풀 안쪽에서 기척이 느껴졌다. 다가가보니 사자 세 마리가 쓰러진 말의 내장을 찢는 중이었다. 아직 죽지 않은 말의 눈이 그를 슬프게 바라보았다.

'내가 저놈들을 죽이고 널 구한다 해도 넌 이미 살아날 수가 없다.'

그는 등을 돌렸다.

해질 무렵 길가메시는 뗏목을 얻어 타고 우루크 도선장에 내렸다. 달포 만이었다. 선착장 분위기가 낯설어져 있었으나 괘념할 시간이 없었다. 그가 강변길로 올라설 때 검은 천을 두른 미망인이 다가왔다. 어머니였다.

"저리로 좀 가자꾸나."

어머니는 여인들이 염료용 고둥을 잡고 있는 곳으로 그를 이끌었다.

"네 아버지께서… 보름 전에 돌아가셨다."

쿠르 강에 도착했을 때부터 그를 사로잡았던 불길함의 정체가 바로 이것이었던가. 그는 다리에 힘이 빠졌다.

"네가 여행을 떠날 무렵 이미 네 아버지는 가망이 없었다. 너도 각오를 하지 않았느냐?"

아버지 상태가 좋지 않았던 건 사실이었다. 그러나 세상을 떠날 만큼 심각하진 않았다. 그랬다면 쿠르 강에도 가지 않았을 것이다. 제사장의 임종이나 장례식에 장자가 불참한다는 것이 과연 있을 수 있는 일인가. 그가 충격에 고개를 떨어뜨리자 어머니가 차분하게 말했다.

"아버지 무덤은 잘 만들어졌다. 그래도 제사장 예우는 해준 것이지."

길가메시가 평정을 되찾고 어머니에게 물었다.

"한데 왜 이쪽으로 가십니까? 어서 집으로 가시지요."

어머니 닌순은 그 물음에는 답하지 않고 옷 속에서 돈주머니를 꺼내 주었다.

"넌 니푸르로 가거라. 네 외삼촌도 이곳 사정을 알고 있으니 널 보살펴주실 것이다. 기별할 때까지 돌아올 생각을 말아라."

"무슨 일입니까? 무슨 일이 있었기에 절더러 떠나라 하십니까?"

어머니는 대답 대신 재촉만 했다.

"걸어서 가는 것이 안전할 것이다. 어서 떠나거라."

저만치서 창을 든 기찰들이 이쪽을 보고 있자 어머니는 아들을 재촉한 뒤 염료 채취장으로 내려갔다.

길가메시는 외삼촌을 만난 뒤에야 어머니가 그렇게 한 사정을 이해할 수 있었다.

"네 아버지가 위독할 때 누님이 나를 불렀다. 후계자인 네가 없으니나에게 그 절차를 맡기기 위해서였다. 한데 산가*와 샤브라**들이 먼저 힉세르를 후계자로 선포하더구나. 네 아버지 임종 직전에 말이다. 장례식도 힉세르가 주관했다. 내가 니푸르로 귀환할 때 도선장에 기찰들이 깔렸더구나. 이유야 밀수 선박을 감시한다는 것이었지만 사실은 너를 견제하기 위해서였다."

우루크가 수메르에 흡수된 것은 70년 전이었다. 엔릴 신의 자손이 천신전을 세우고 스스로 초대 제사장이 되면서 우루크의 주신을 천신天神

---

* 신전의 최고 관리.
** 신전의 고위 관리.

으로 정했다. 그런데 2대 제사장 엔메르카르가 이난나 여신을 주신으로 내세우면서부터 계파가 갈라졌다. 하지만 루갈반다가 3대 제사장으로 취임하면서 다시 주신을 천신으로 되돌렸고 그가 죽자 이번엔 또 여신 계열의 힉세르가 신권을 장악한 것이다.

"여신전을 지을 때도 물자를 조달한 사람은 네 아버지였다. 엔메르카르가 하도 여신전을 원해서 네 아버지가 군사를 육성해 아라타 왕국을 쳤던 것이다. 자그로스 산악의 부유한 왕국이었지. 거기서 금은, 보석, 돌과 나무까지 가져다가 이난나 여신전을 지은 것이다. 그런데도 엔메르카르는 부제사장인 네 아버지를 도외시하고 자기 아들을 후계자로 내세웠다. 그때 천신 계열 산가들이 들고 일어나 네 아버지를 옹위한 것이지."

아버지 루갈반다는 우루크가 수메르로 영입될 때 니푸르에서 이주해 간 가계 사람이었다. 그는 아내도 니푸르 처녀를 얻었는데 당시 처녀는 니푸르 사제장의 딸이었다.

"신전이야 두 개지만 서열로 봐서도 여신을 주신으로 모시는 것은 어불성설이지요. 천신은 우리의 국조 신 엔릴 신의 아버지가 아닙니까. 이난나 여신께서는 엔릴 신의 손녀이시고 말입니다."

"세상사란 정도로만 돌아가는 게 아니기도 하단다."

"제가 들어가서 산가와 샤브라들을 설득해보면 어떨까요?"

"배가 한쪽으로 기울어져 있을 때는 혼자 힘으로는 바로잡을 수가 없다."

"그러면 저는 어떻게 합니까? 가족들은요? 저도 없는데 어머니와 여동생들이 안전할까요?"

"제사장 가족은 신법으로 보호받는다. 전직자도 똑같이 말이다. 모두 안전할 테니 걱정 말고 너는 여기서 도서관 일을 돕도록 해라. 요즘 고문서를 정리하고 있으니 마침 잘된 일이 아니냐. 국조 신에 대해 공부하는 기회도 될 것이고 말이다."

외삼촌은 도서관 관장이었다. 그는 5년 전 관장이 되었을 때 첫 작업으로 서판을 정리하고 수메르의 모든 도시의 기록 서판을 수집해 부서별로 보관하는 일을 했다. 그리고 얼마 전 국조 신과 관계된 고문서 수집을 시작한 것이었다.

고문서 수집은 두 장의 그림 점토판으로 시작되었다. 굽지 않고 햇빛에만 말려 보관한 것으로 귀퉁이가 마모되었음에도 그림은 그런대로 선명했고 토판 한 장에는 다리가 긴 말과 짧은 말 사이에 깊은 음각의 화살표가 새겨졌으며 그 방향은 짧은 말 쪽으로 되어 있었다. 또 하나에는 가슴이 크고 귀가 작고 다리가 긴 말 한 마리와 그 옆에 다리만 긴 여러 마리의 평말이 그려져 있었다.

정리 총책임을 맡은 사제가 설명했다.

"가슴이 크고 귀가 작은 이 말이 곧 천리마요. 나도 보았는데 호시 쪽에서는 장군들이 이 말을 탔어요."

고어 담당 사제가 다음 서판을 읽기 시작했다.

"신들이 검은 머리 사람들을 만든 뒤에 엔릴 신이 순결한 이곳에 다섯 개의 도시를 이룩하였노라.

이 도시들의 통치자를 다음과 같이 임명하노라.

16

에리두 시 누딤무드…
시파르 영웅 우투….”

총책 사제가 필경사들에게 말했다.

“그 뒤에 엔릴 신께서 왕권을 부여한 키시의 왕 에타나를 이어 붙이면 2백50년 역사는 연결이 될 것이오.”

길가메시는 이웃 나라 사람들이 수메르인을 일러 도래渡來 민족이라거나 동방인이라 하던 것을 기억했다. 엔릴 신께서 기마병을 이끌고 이곳에 오셨고, 점령한 도시의 통치를 공신들에게 맡겼다. 하지만 신께서 강조한 검은 머리 사람들의 원적지가 어디인지 확실하게 밝혀진 곳이 없었다. 어릴 적 외가에 올 때마다 느낀 의문도 우리는 왜 언어와 풍습, 신체 조건이 셈족과는 사뭇 다른가 하는 것이었다. 외할버지께서는 동쪽으로 동쪽으로 한없이 가다 보면 바다로 돌출한 땅이 있고 대지의 끝이면서 해가 뜨는 나라인 바로 그곳에 검은 머리 사람들이 살고 있다고 했다. 길가메시는 그 이야기를 처음 들었던 어린 시절부터 동쪽으로 여행을 떠나 조상들의 나라를 찾아가는 꿈을 꾸곤 했다.

길가메시가 총책 사제에게 물었다.

“아까 호시에서 천리마를 보셨다 했는데 그곳은 역사 정리와 연관이 있습니까?”

“우리 조상이 천리마를 타고 왔다는 것으로는 연관이 있겠지. 그런데 내가 그곳으로 여행했던 까닭은 좀 다르다네. 난 엔릴 신을 낳아준 천신에 관심이 있어 천신을 모시는 분포지를 순례했던 것이라네.”

길가메시는 실망했다. 그는 우리 민족이 어디에서 왔는지가 궁금했던 것이다.

"저는 우리 민족의 원적지를 돌아보고 싶습니다. 그 지역에 대해서도 아시는지요?"

"조상 순례를 하신 분들이 계신데 지금은 모두 출타 중이라네."

필경사가 말했다.

"한 분은 사제관에 계십니다."

흥분한 길가메시는 곧장 사제관으로 달려갔다. 원로 사제는 선반에 보관한 양피지 지도를 꺼내 보여주었다. 군데군데 곰팡이가 슬어 있으나 보는 데는 문제가 없었다.

원로 사제가 말했다.

"정말로 갈 생각이면 동무를 모아야 할걸?"

길가메시는 고개를 끄덕였다. 오랫동안 꿈꾸었던 일이 아니던가. 검은 머리 사람들이 사는 곳, 그의 핏줄이 시작된 곳, 그곳에 갈 수만 있다면 인생을 바쳐도 좋을 듯했다.

저녁 식사 시간이었다. 사제들 식사가 끝나갈 때 길가메시는 순행대를 제안했다. 그러나 시기가 좋지 않았던 모양인지 각자 맡은 일이 있어 자리를 비울 수가 없다고 했다. 다행히 총책 사제가 나서주었다.

"희망자가 없으니 내가 가겠네. 이번에 시작할 역사 정리는 대대로 물려질 것이니 후손들의 혼란을 막기 위해서도 조상의 시원지에 대한 고증이 필요하네."

두 사람은 길을 떠났다. 먼저 도착한 곳은 호시였다. 온 도시가 국제 시장으로 번창했지만 소호 거리는 사라지고 없었다.

"천리마 고장도 가보고 싶다고 했지?"

사제가 말의 생산지 구아라(사마르칸트 북부)로 이끌었다. 넓은 초원에 말들이 따로따로 무리 지어 풀을 뜯거나 훈련을 받고 있었다.

"종마들은 저 끝 쪽에 있네. 각국에서 주문을 받아 말을 생산하는데 군마도 여기서 나간다네."

"이 모두가 천리마입니까?"

"아닐세. 천리마는 따로 관리하는데 다른 곳에 있는 모양이야."

두 사람은 구릉을 따라 내려갔다. 호수 근처까지 왔을 때 남자 둘이서 말 여섯 필을 이끌고 올라왔다. 천리마였다. 길가메시가 말의 인상에 대해 말했다.

"매우 야성적으로 생겼군요."

말을 이끌고 지나가던 남자가 그 말을 듣고 물었다.

"말씨가 형제국인데, 어디서 오셨수?"

"수메르국에서 왔습니다. 한데 당신은 어느 형제국이오?"

"떠나온 지 오래되었소만 국적은 파내류요."

"한데 이 천리마를 데리고 어디로 가시는 길입니까?"

"동방으로 가는 길이오."

"동방이라면 혹시 소호국과 가까운 곳이오?"

"그건 잘 모르겠소만, 우리가 가는 곳은 황하 강 유역이오."

한 동족이 황하 강 유역에 나라를 세우는데 새 왕이 건국 기념으로 천리마를 주문해 지금 가져다주려고 가는 길이라 했다.

"우리도 그쪽 방향인 것 같은데 따라가도 되겠소?"

"그러시구려."

길가메시 일행은 곡부 초입에서 형제국 사람들과 헤어져 도성으로 들어갔다. 성안에는 사람이 살고 있지 않았다. 마을은 폐허가 되어 집은 무너지거나 지붕과 서까래가 내려앉았고 거리마다 깨진 사금파리와 짚신짝이 흩어져 있었다. 어느 집 앞에는 사람의 뼈가 여러 구 누워 있기도 했다.

길가메시는 가슴이 아렸다. 그가 알기로 자신의 가계는 소호의 직계였다. 아버지는 살아 계실 때 늘 이렇게 강조했다.

"우리는 〈천부경〉을 가진, 세상에서 가장 뛰어난 민족이다. 신으로부터 홍익인간의 신표를 받았으니 선택된 민족이기도 하다."

아버지는 민족에 대한 자긍심이 대단했다. 주변의 셈족과 비교했을 때도 수메르인은 뛰어난 문화를 지녔으며 인내심이 강하고 성품이 온화하며 부지런한 것 또한 사실이었다. 그는 그런 민족의 일원이라는 사실이 늘 자랑스러웠다.

하지만 지금 눈앞에 펼쳐진 광경은 멸망의 흔적뿐이었다. 믿을 수가 없었다. 신으로부터 선택받은 선조들이 어떻게 이처럼 사라질 수 있단 말인가.

"저기 큰 건물이 있군. 궁전으로 보이는데 어디 한번 가보세."

궁전은 앞면이 전소되어 있었다. 후원으로 돌아가자 반쯤 타다 남은 건물 앞에 소의 다리뼈가 흩어져 있었다. 사록을 새긴 골각이었다. 두 사람은 골각을 면밀히 살폈다.

"여기 엔릴 왕자에 대해 언급되어 있습니다. 엔릴 신을 지칭한 것 같습니다."

색깔이 변해 있는 그 골각에는 새로 제작한 무기의 수량과 그 아래에 그 청동은 엔릴 왕자가 보낸 것이라고 조그맣게 쓰여 있었다.

"여기 또 있네. 백성들이 엔릴 왕자가 있는 곳으로 솔가해 갔다, 그 뒤의 숫자는 지워져 있어."

길가메시는 골각을 손가락으로 세심하게 더듬었다. 그는 세월을 거슬러 골각을 새기던 이들이 살았던 시절로 되돌아갔다. 수호신인 엔릴이 군사를 호령하는 소리도, 선조들의 행적도 되살아나는 듯했다. 복원하고 계승해야 할 역사의 소중한 부분이었다. 그는 골각을 쓸어 모아 가슴에 안았다.

호수 근처 오두막에 노인이 혼자 살고 있었다. 소호 사람이었다. 길가메시는 반갑기 그지없었다. 노인은 성품이 온화하고 따뜻한 사람으로 소호의 멸망에 대해 자세히 들려주었다.

"처음에는 메뚜기 떼가 덮쳐 백성들의 곡식을 다 먹어치우더니 뒤이어 역병이 덮쳐 인구의 반이 죽었소. 부친이 죽어 곡을 하고 있으면 모친이 죽고, 자식이 죽고, 시신을 치울 틈도 없이 죽어나가 온 마을에 시체 썩은 내가 진동을 했다오."

그것이 13년 전이었다.

"왕은 백성을 다 죽일 수 없다고 마을 소개령을 내렸으나 당신은 궁궐 안에서 불타 죽었다오. 소문에는 자신도 역병이 들었기 때문이라고도 하고, 또 역병이 애초 왕실에서 시작되었으니 저주받은 궁궐을 없애버려야 한다고 백성들이 불을 질렀다고도 하오."

소호 왕통은 그로써 끊겼고 최고 장군 전욱顓頊이 남은 백성을 인솔해 황하 강 쪽으로 옮겨 갔다고 했다. 전욱이라면 새로 나라를 건국하면서 천리마를 주문했다는 그 사람이었다.

"어찌 노인은 따라가지 않고 여기 계시오?"

"혼자 남은 몸, 어디 가나 짐만 되지 않겠소. 그래서 남았더니 당신 같은 사람들을 만나 소호 사정도 알려주는구려."

소호가 멸망하자 전욱이 백성들을 물려받았고 그의 뒤를 이어 제곡 帝嚳, 제순帝舜, 은殷나라로 이어져갔다.

우루크를 떠나온 지 3년째 되는 날이었다. 엔릴과 엔키, 우투에 대한 신화 서판을 독파한 날, 길가메시는 산책을 하려고 밖으로 나섰다.

그는 먼저 신께서 연애하셨다던 개울로 갔다. 사제관 증축 때 땅에서 나왔다는 서판에는 엔릴 신께서 장래 아내 될 사람이 목욕하는 것을 여기서 훔쳐보았다 했고, 또 다른 것에는 신께서 어린 여신을 강간했고 그래서 지하 세계로 추방당했다는 내용이 있었다. 이 문제를 두고 정리 사제들은 신이 되어 어떻게 강간을 할 수 있느냐, 목욕하는 것을 훔쳐보았다는 것도 말이 안 된다고 왈가왈부했다. 그때 총책 사제가 또 다른 서판 하나를 내밀었다.

"여기에 해답이 있군."

여신의 어머니가 엔릴 신을 사위로 삼으려고 일을 꾸몄다는 내용이었다.

눈비르드라는 이름의 그 개울은 토사가 덮여 물줄기가 사방으로 갈라져 흘렀다.

'토사를 걷어내고 둑에 꽃을 심으면 향기가 강물과 함께 흐르겠지. 여기에 '엔릴 신의 연애 구역'이라는 팻말을 써 붙여 가꾸고 보존하는

거야.'

그는 자신의 생각이 재미있어 빙글빙글 웃으며 정문 쪽으로 갔다. 니푸르 성 전체가 토벽으로 둘러싸여 있었지만 높지 않았다.

"이 넓은 영역에 문이 하나뿐이라니, 니푸르는 수메르인의 성지이자 정신적인 중심지가 아닌가. 그에 걸맞자면 토벽은 벽돌로 높이 올리고 문도 방향에 따라 여러 곳에 내야 하는 거야."

그는 신전을 바라보았다. 정문에서 떨어져 있음에도 앞을 가로막을 만큼 거대했다. 태초에는 엔릴 신께서 참성단으로 이용하셨던 텔이고 후대에는 내부를 깎아 신전을 만들어 엔릴 신에게 바쳤다. 신전 이름은 에쿠르였으며 니푸르의 고어로 '산山'이라는 뜻이었다.

'신전 앞에 아치문을 하나 세우면 좋겠군. 이름은 신께서 가장 사랑하셨다는 말 '평화'라 붙이고….'

그는 성큼성큼 걸어가 신전 앞에 섰다. 항상 느끼는 것이지만 에쿠르 신전은 참으로 웅장했다. 특히 처마에서부터 깎아 만든 열두 개의 원주는 같은 형틀로 찍어내 붙인 듯 크기와 높이가 똑같았다.

'이 매끈한 원주 표면에 글을 새긴다면 어떨까? 신을 찬양하는 시와 헌정사를 새겨둔다면 그 어떤 그림보다도 아름다울 거야.'

그때 말발굽 소리가 들렸다. 성지 안에서 말을 타는 일은 금지되어 있는데 누구인가? 돌아보니 누군가 말을 타고 급하게 사제관 쪽으로 달려가고 있었다. 길가메시는 방문객을 향해 뛰어가며 소리쳤다.

"멈춰요!"

우루크에서 온 천신전 산가였다.

'또 힉세르가 보냈는가? 작년에는 니푸르를 떠나라고 통고했는데 다

시 또 재촉하러 왔는가?'

그가 먼저 입을 열었다.

"이번엔 당신이오? 그래, 무슨 통고를 가져왔소?"

"우루크가 침략당했네. 제사장도 자리에 없으니 자네가 나서야겠네. 어서 이 말에 오르게."

방문객이 자신이 끌고 온 빈 말을 내밀었다.

"멀쩡한 우루크가 침략을 당했다, 제사장이 자리에 없다, 그 말을 믿어요?"

"내가 누구인가! 자네 아버지를 보필했던 산가가 아닌가! 우루크가 위험에 처했단 말이네. 어서 말에 오르게."

그는 당장 말에 올랐다. 설령 그것이 함정이라 해도 지체할 수가 없었다.

우루크에 도착했을 때는 싹쓸이를 당한 이후였다. 성 밖 시장에는 노인들과 다친 남자들만이 길바닥에 주저앉아 적군에게 잡혀간 딸과 아내의 이름을 부르며 통곡했고 도선장에는 배 한 척 남아 있지 않았으며 곳곳에 살해된 시신만 널려 있었다. 길가메시는 가슴에 칼을 맞고 신음하는 한 선원 곁으로 다가갔다. 선원은 손을 들어 강 상류를 가리킨 뒤 숨을 거두었다. 적들이 자기들 배를 뺏어 위로 올라갔다는 것이었다.

길가메시는 성문으로 달려갔다. 기사들이 그 앞에 서 있었다. 버허투르가 대표로 말했다.

"산악족 카파도키아인들입니다. 새벽에 밀어닥쳐 군사들은 거의 전멸했고 우리가 나섰으나 역부족이었습니다."

버허투르는 소년 시절 입문한 신전 기사였다. 아버지 루갈반다 시대에 길가메시와 함께 훈련한 사이이기도 했다. 길가메시가 그에게 지시했다.

"남은 병력을 모으게. 그리고 횃대를 있는 대로 가져오게."

모인 병력은 기사 20명과 민병 청장년 30명이 전부였고 횃대는 백여 개였다. 길가메시는 그들을 인솔해 강 길을 따라 올라갔다. 제1 수로에 도착한 배의 불빛이 보였다.

"수로에 카누가 있으면 끌어내라!"

세 척이 축대에 매여 있었다.

"카누는 갈대로 엮은 데다 두 명밖에 탈 수 없습니다."

"사람은 탈 필요가 없다. 횃대만 나누어 실어라. 배 가까이 접근하면 불을 붙여 동시에 던진다. 특히 돛대를 겨냥하라. 적들이 혼비백산할 때 배로 뛰어올라 적들을 제거한다."

"배는 세 척입니다."

"우리 인원으로 한꺼번에 모두 제압할 수는 없다. 우선 선두의 배를 노려라. 적장도, 재물도, 납치된 시민들도 다 그 배에 있을 것이다. 만약 시민들이 없다면 다음 배를 공격한다. 중요한 것은 재물이 아닌 시민들의 목숨임을 명심하라!"

지체할 시간이 없었다. 기사들은 카누에 횃대를 나누어 싣고 두 사람이 한 척씩 이끌고 강으로 들어갔다. 나머지는 옷을 벗어 서로 이어 붙인 뒤 그것을 잡고 헤엄쳐 들어갔다.

돛배에서 승리를 자축하는지 웅성대는 소리가 들려왔다. 기사들의 벗은 몸은 어둠에 완벽하게 스며들어 주의를 기울인다 해도 정체를 알아보기 힘들 정도였다. 길가메시가 칼을 뽑아 물속에 담그자 기사들도 따라 했다. 아무리 약한 빛이라도 칼에 반사되는 빛은 적들이 알아볼 수 있기 때문이었다. 적들이 떠들썩할 때 길가메시가 속삭였다.

"횃불."

기사들은 즉시 불을 붙여 돛대 쪽으로 던졌다. 하늘이 도왔다. 바람이 불길을 모아 돛대에 올라붙으면서 삽시에 불길에 휩싸였다. 적들이 소리를 질러대며 우왕좌왕할 때 길가메시가 큰 소리로 외쳤다.

"천신의 이름으로!"

기사와 민병들이 모두 배에 올랐다. 적들은 술에 취한 터라 무기를 쥘 새도 없이 군사들의 칼에 베이고 찔려 쓰러졌다. 예측대로 수괴들은 전부 선두 배에 있었다. 선두의 배를 순식간에 점령한 길가메시는 도망가려는 나머지 배들을 보았다. 하지만 뒤쫓을 필요는 없었다. 그 배들 역시 나머지 기사들이 손쉽게 제압했던 것이다.

배 세 척을 모두 되찾은 뒤 길가메시는 우루크 도선장으로 회항했다. 길가메시를 따랐던 기사와 민병들 가운데 목숨을 잃은 자는 한 명도 없었다. 가벼운 부상을 입은 자가 서넛 있을 뿐이었다. 길가메시가 승리를 하고 돌아온다는 소식이 재빠르게 도시로 퍼져갔다. 비탄에 잠겼던 시민들이 도선장으로 몰려 나왔다. 환호하는 시민들을 둘러본 뒤 길가메시는 베허트르에게 명령했다.

"시민들에게 잃은 물건을 돌려주라."

1장

우루크 왕 길가메시

키시의 혈통에 굴복하지 말자.
우리는 무기를 들고 그들과 싸울 것이다.
길가메시, 쿨랍의 통치자,
전사들의 말에 그의 가슴은 환희에 차고
그의 영혼은 빛난다.

— 수메르 신화 —

1

고대 중동에는 '비옥한 초승달 지대'라는 최적의 농경 지대가 있었다. 지형이 마치 초승달처럼 생겼다 하여 붙은 이름이었다. 광대한 평야에다 유프라테스, 티그리스 두 강을 끼고 있어 농업 조건이 최상이었으며 우루크도 이 지역에 속했다.

어머니가 말했다.

"극심한 흉년이었다. 벼가 성장을 멈춰버린 것이지. 힉세르가 제사장이 된 첫해부터 말이다. 나도 묵과할 수만은 없더구나. 힉세르는 미장가라 제사장 부인도 없기에 내가 나서서 다산제를 주도했다."

다산제는 도시의 모든 여성이 실오라기 하나 걸치지 않고 강으로 들어가 세 차례 오르내리는 행사였다. 루갈반다 시절에는 수확기 전에 반드시 치르던 행사였으나 힉세르가 금지시켰던 것이다.

"며칠 전에 힉세르가 날 부르더구나. 내가 마음대로 다산제를 거행했으니 트집을 잡을 것이라 짐작했다. 한데 너를 불러오라고 하더구나. 네가 제사장 대리를 맡아주면 자신은 여행을 좀 하겠다는 거야. 민심조차 흉흉해지고 있으니 당분간 피해 있고 싶었던 것이지. 하지만 난 그의 말에 동의하지 않았다. 네가 대리인이 된다면 우루크의 우환만 떠맡게 될 것이기에 말이다."

어머니가 계속했다.

"그런데 그가 떠났어. 너를 대리자로 임명한다는 서판을 남겨두고 말이다."

"서판까지…."

"그건 내가 숨겨두었다. 기정사실이 되는 것이 싫어서 말이다. 그런데 오늘 네가 우루크를 구했구나. 제사장도 못 할 일을 했단 말이다."

어머니 닌순은 잠시 쉬었다가 물었다.

"그래, 이제 어쩔 참이냐? 우루크 법률상 제사장은 종신직이다. 힉세르가 살아 있는 한 넌 정식 제사장이 될 수 없다. 그래도 떠맡겠느냐?"

"어머니, 지금 급선무는 우루크를 살리는 일입니다. 당장 업무를 시작할 테니 어머니께서도 준비해주십시오."

길가메시는 곧장 신전 사무실로 향했다.

길가메시는 농지로 나가 벼를 살폈다. 벼가 모두 키를 세우지 못한 채 누렇게 썩어 들어가고 있었다. 그는 논의 물을 찍어 혀에 대보았다. 맛이 짰다. 예측대로 바닷물이 역류한 탓이었다.

그는 성안으로 돌아와 즉시 간부들을 소집했다.

"농작물이 성장하지 못하는 까닭은 바닷물이 역류하기 때문입니다."

농정 담당이 나섰다.

"우루크의 강에서 바다까지는 백 리도 넘습니다. 바닷물이 여기까지

역류할 리는 없지 않습니까?"

"우리의 강은 상류의 설산이 녹을 때 범람합니다. 그때는 바람도 잦아 역류가 가능합니다. 볍씨를 뿌리는 시기도 그때이니 성장을 할 수 없었던 것입니다."

그의 말을 모두 반신반의하는 태도였다.

"가서 논물을 맛보시오. 그러면 알게 될 것입니다."

농정관이 물었다.

"그럼 어떻게 하자는 것입니까?"

"올해부터 곡식을 밀과 보리로 바꾸어야 합니다."

"밀과 보리는 11월이 파종기입니다. 여름에는 거의 비가 내리지 않고 11월에는 강물 수위조차 가장 낮을 때입니다. 한데 어떻게 물을 끌어오고 써레질을 한단 말입니까?"

길가메시가 대답했다.

"문제는 곡물은 바꿀 수 있지만 농토를 옮길 수는 없다는 것입니다!"

원로 산가가 말했다.

"밀과 보리도 짠물에는 생장하지 않습니다."

"그러니까 방법을 찾자는 것입니다. 내 생각에는 수로를 깊이 파고 곳곳에 저수지를 만들어 염분을 가라앉힌 뒤 그 물을 농수로 이용하면 가능할 것입니다."

마음이 급해진 길가메시가 밀어붙이듯 말했다.

"11월까지는 얼마 남지 않았습니다. 당장 공사를 착수해야 할 상황이니 동의하면 손을 들어주십시오."

아무도 선뜻 손을 들지 않자 원로 산가가 나섰다.

"우리에겐 선택의 여지가 없소이다. 실험이라 해도 안 하는 것보다 낮지 않소이까? 게다가 이제부터 길가메시가 현실적으로 우리의 통치자입니다. 우리 모두 동의해서 그의 첫출발에 힘을 실어줍시다."

모두 찬성하는 것을 보고 길가메시가 답사로 말했다.

"구관이 명관이란 말도 있습니다. 인사 이동은 없다는 말입니다. 모두 자기 자리를 지키면서 나를 보필해주십시오. 지금부터 우리는 합심해서 우루크를 되살리는 일에 총력을 기울여야 합니다. 여러분은 부흥 사업에 참고할 수 있도록 사업안을 제출해주십시오. 창의적인 일, 하고 싶었는데 못 했던 일, 가능성이 있는 일이면 무엇이든 좋습니다. 그리고 나는 포상 제도를 운용해 성과를 내는 사람은 누구를 막론하고 진급시키고 상을 내릴 것입니다."

오늘 이른 아침, 길가메시는 원로 산가를 방문했다. 신전의 운영과 인사 문제를 듣기 위해서였다. 원로는 주요 요직은 힉세르 계열이 장악하고 있고 인사 이동이 불가피하다고 했으나, 길가메시는 힉세르가 언제 복귀할지 알 수 없고 일을 해나가는 데에도 신출내기보다 구관이 낫다는 생각이었다. 회의가 끝났다. 걱정과 우려를 품었던 참석자들의 얼굴에 화색이 돌았다.

2

　관료들이 제출한 안건은 대부분 신전과 관계된 것이었다. 신전 공방을 확장해 생산을 늘리자는 주장이 가장 많았다. 구태의연한 제안이었다. 전체 인구의 50분의 1도 안 되는 신전 관계자들이 전 도시민을 먹여 살릴 수는 없는 일이다. 시민과 신전이 함께하지 않으면 현재의 악화된 생산력을 제고할 방법을 찾을 수 없을 것이라고 길가메시는 생각했다.

　길가메시는 무엇보다 도시에 만연한 패배주의를 극복할 수 있는 정신적 지주가 필요하다고 여겼다. 그는 이미 오래전부터 염두에 두었던 홍익사상을 새로이 시민들 마음속에 뿌리내리게 할 기회는 바로 지금이라고 여겼다. 그가 이런 생각을 굳힌 건 동방을 여행하던 시절이었다. 그때 '건강한 국가에는 예의지국, 홍익과 제세이화 사상이 성숙해 있었다는 것'을 깨달았다. 더구나 엔릴 신께서 이 땅에 가져오신 것도 바로 그것이 아니었던가. 그가 우루크 부흥이라는 난제를 맡게 된 것도 홍익사상을 새롭게 펼치라는 천신의 뜻일지 모른다.

저수지 공사가 먼저 끝났다. 전 시민이 동원되어 두 개의 저수지를 파고 수로를 연결했다. 시민들은 자신들이 한 일을 보고 스스로 놀랐다. 길가메시는 시민들에게 말했다.

"우루크 시민은 천신의 자손으로 홍익의 임무를 가지고 태어났다. 내가 신의 이름으로 여러분에게 지침을 내린다. 첫째, 오늘부터 하루에 한 가지씩 이웃을 위해 좋은 일을 하라. 둘째, 무엇이건 스스로 생산하라. 여성은 염료용 고둥을 잡거나 갈대 바구니를 만들고, 직업이 없는 남성은 집에서도 할 수 있는 일거리를 찾아라…."

눈에 띄는 변화가 생겨났다. 변화는 외부에서 오지 않았다. 길가메시는 단지 우루크 시민들 속에 잠재해 있던 창의성이 발휘될 수 있도록 격려했을 뿐이다. 평소 낫이나 갈던 사내들이 벽돌을 찍어 모았고 손재주가 있는 사람은 토우를 빚었다. 또 누군가는 흙으로 빚은 우체통을 만들어내기도 했다. 우체통은 둥글었으며 일정한 간격으로 구멍이 뚫려 있었다. 그 구멍에 점토 서신을 꽂아두기만 하면 되었다. 우루크 시민들은 이 재미있는 발명품에 매료되었다. 왜 진작 이런 물품을 만들어낼 생각을 하지 못했단 말인가. 제사장 대리 길가메시는 그 발명가에게 어린 양 두 마리를 포상했고 그때부터 우체통과 점토 서신이 유행이 되었다.

3년이 흘렀다. 우루크는 자급자족을 넘어 국고에 곡물이 쌓이기 시작했다. 타는 듯한 여름에도 들에는 부추와 양상추, 콩, 참깨, 옥수수, 아마가 푸르게 자랐고 육종育種 밭도 따로 운영해 우량 곡물에 대한 연구가 활발했다.

어느 날 길가메시는 사전 통고도 없이 방적 공방을 방문했다. 마당에는 세 개의 가마솥이 걸려 아마 대를 찌고 안에서는 수십 명의 일꾼들이 여러 조로 나뉘어 바쁘게 돌아쳤다. 남자들이 찐 아마 대를 날라다 주면 다섯 명의 여성들이 껍질을 벗기고, 또 다섯 명이 벗긴 섬유를 가늘게 가르고, 그 옆의 사람들이 섬유 마디를 이어 붙이고, 길게 연결된 실을 여러 명의 여성들이 나란히 앉아 손바닥으로 이음매를 비벼 굴곡을 바로잡으면 그 실은 가장 고운 물레에 감겼다.

지난해에 방문했을 때는 일꾼들이 일이 없어 놀고 있었다. 아마 생산이 줄었기 때문이라고 했다. 그때 길가메시는 농정 관리에게 수수께끼를 냈다.

"화살 하나로 세 마리의 새, 그보다 더 알차게 취할 수 있는 식물은 무엇인가?"

"아마입니다. 줄기에서는 실을 뽑고, 대는 땔감으로 사용하고, 잎과 뿌리는 약제로 쓰고, 씨앗으로는 기름을 짜고…."

"외곽의 유휴지에 전부 아마를 심어라."

그 결과가 오늘의 현상이었다. 길가메시는 매우 만족해서 공방을 나오다가 마당에서 벌어지는 감독의 횡포를 보았다. 아마 대 뭉치를 떨어뜨렸다 해서 감독이 모욕적인 욕설과 함께 청년을 발로 차고 있었다.

길가메시가 감독에게 말했다.

"누가 당신에게 사람을 때려도 좋다는 권한을 주었소?"

"저 자식은 노예예요!"

그날 길가메시는 노예 법을 고쳐버렸다. 기존 10년의 기한을 3년으로 하고, 주인은 노예에게 어떤 체벌도 할 수 없으며 노예를 살해했을 경우 중벌에 처한다는 내용 등이었다.

포상 제도는 시민들의 발명에 대한 의욕을 고취시켰다. 각 분야에서 신기술이 창안되어 양털을 면도하는 방법(전에는 가위로 자르거나 손으로 뽑았다.)이 고안되는가 하면 가죽 날염을 이용한 의상, 여성뿐만 아니라 남성의 화장술까지 개발되어 유행시키곤 했다.

근자에는 두 배나 빠른 물레의 회전 틀이 발명되었다. 길가메시는 그에 대한 격려금을 전달하려고 도공 단지로 갔다. 감독이 장인들 손에서 키를 세우는 진흙을 가리키며 말했다.

"저런 도기들이 마르면 다색 채에 광택용 유약을 발라 가마에 넣습니다. 꺼내보면 선명한 색채로 반짝입니다. 요즘엔 다른 지방의 교역인들이 저 도기를 사려고 한 달이나 여인숙에 머물기도 합니다."

감독이 반죽조로 안내했다.

"진흙 반죽에는 철과 산화물을 섞습니다. 붉은색을 내기 위해서지요."

"새로 개발한 물레는 어디 있소?"

"지금 돌리고 있는 물레 모두가 최신형입니다."

길가메시는 날염과 양모 방적장에도 신전 시녀들이 가 있던 것이 생각났다. 그가 행정관에게 물었다.

"우리 도시 인구가 얼마요?"

"4만 명 가까이 됩니다."

"그런데도 일손이 부족하단 말이지?"

"조마다 확장이 계속되어 숙련공은 턱없이 부족한 실정입니다."

사람도 생산을 확대해야 했다. 남성 자체가 최상의 생산자가 아닌가.

신은 그들의 고환 속에 무진장한 씨앗을 심어두었고 여자와 합궁만 하면 아기를 만들 수 있다. 흙이나 물레 같은 도구도 필요 없으며, 언제 어디서나 전천후로 사용할 수 있고, 무엇보다도 절대로 질리지 않는 최고의 쾌락을 동반한다.

"사방에 방을 붙이시오. 아이 생산이 많은 자에게 상을 줄 것이오."

행정관이 웃지도 않고 말했다.

"밤마다 합궁 소리로 우루크가 온통 시끄럽겠습니다."

"그야 꽃노래가 아니오."

길가메시는 군영으로 갔다. 신병들이 훈련을 하고 있었다. 벽돌을 지고 뛰는 조, 창던지기를 하는 조, 무술조가 각자 기합 소리를 내고 교관들이 자세가 틀렸다고 빽빽 소리를 지르고 있었다.

도시가 부흥하기 시작하면 침략자들이 먼저 꼬이는 법이다. 사막의 야만인 마르투족이 우루크 상인을 잡고 몸값을 요구했을 때 길가메시는 군정관 버허투르에게 해마다 징병제를 실시하라고 지시했다. 그리고 신병들이 지금 훈련을 받는 중이었다.

'이제 다음 단계다.'

길가메시는 돌아 나오며 다음 계획을 생각했다.

"새로운 공법을 사용하면 세상에서 가장 튼튼한 성벽을 쌓을 수 있습니다."

건축가 리슈카르가 말했다.

"그 공법이 뭐요?"

"확장할 수 있는 곳은 새롭게 성벽을 쌓고, 기존 성벽은 안팎으로 새

벽돌을 쌓아야 합니다. 벽돌을 암수로 만들어 서로 이어 붙이고 틈은 역청으로 메우면 그냥 올린 벽돌보다 몇 배는 강합니다."

"높이는?"

"사람 키 다섯 배가 적당하고, 조망대는 방향에 따라 설치하면 내륙 전체에서 최고의 성벽이 될 것입니다."

"성벽이 그처럼 우람하다면 성문도 새로 만들어야 한다는 말인데…."

우루크에는 쓸 만한 나무가 없으나 필요하면 구해서라도 써야 한다. 길가메시가 다시 물었다.

"성벽에 맞는 성문은 어떤 모양이오?"

"재목의 양에 따라 설계가 달라집니다."

"필요한 만큼 나무를 가져올 수 있다면 말이오."

"제가 재량을 다해 제작한다면 크기는 지금 성문의 두 배, 겹은 세 벌로 두르고 지붕을 씌울 것입니다. 앞면은 두꺼운 나무를 사용한다면 조각을 할 수도 있습니다."

성벽에 조망대가 있고 성문이 세 겹이라면 어떤 적도 쳐들어올 수 없다. 길가메시가 내륙에서 최상으로 부상하는 우루크를 상상하고 있을 때 충복 자바르디가 급하게 들어왔다.

"힉세르 제사장께서 돌아오셨습니다!"

길가메시의 표정이 깨진 그릇처럼 산산조각 나고 있었다.

3

회의실에 신전 관리들과 원로 현자들이 모였다. 길가메시와 힉세르가 자신들의 지위에 대한 판결을 의뢰했기 때문이었다. 진행자가 요지를 설명했다.

"먼저 힉세르 제사장의 주장부터 말씀드리겠습니다. 그는 우루크의 4대 제사장으로 도시에 흉년이 들자 우리의 여신 이난나를 섬기는 왕국을 돌며 공물을 걷을 생각으로 길을 떠났다고 합니다. 하지만 아라타와 그 형제 왕국은 이미 사라지고 없어 다른 왕국을 찾아 세상을 몇 바퀴 돌았답니다. 여신을 섬기는 부유한 왕국은 찾지 못했지만 신전의 격을 높일 지식은 꽉 채워 돌아왔다고 합니다. 그는 여신을 새로운 방식으로 모시고, 또 반드시 그 은혜를 받을 생각인데 제사장 대리 길가메시가 자리를 내놓을 수 없다 하여 어쩔 수 없이 어르신들의 판결을 의뢰하게 되었다고 합니다."

힉세르가 눈을 내리깔았다. 진행자는 길가메시를 보며 말했다.

"다음은 대리자 길가메시의 주장입니다. 그는 3대 제사장* 루갈반다의 아들로, 아버지가 세상을 떠났을 때 여행 중이었습니다. 그런 까닭으로 제사장 자리가 힉세르에게 돌아갔던 것입니다. 그가 강조하고 싶은 것은 힉세르가 집전하는 동안 거듭해서 흉년이 들었다는 것, 그 까닭은 신이 그의 직책을 허락하지 않으셨기 때문이며 자신이 대리자가 된 뒤부터 우루크가 부흥한 것이 증거라고 합니다.”

힉세르가 반론에 나섰다.

“신이 허락하지 않았다니 천부당한 주장입니다. 저는 마티니에서도 우루크의 부흥에 대해 들었습니다. 그때 여신이 말씀하셨습니다. 지금 우루크에는 물질이 부흥하고 있다, 네가 세상의 모든 지식을 배워서 돌아가면 우루크는 정신과 물질 모두가 함께 성하리라고 하셨습니다. 신이 허락하지 않으셨다면, 그 명령은 무엇입니까?”

모두 고개를 끄덕였다. 이난나 여신전의 한 성직자는 주저 없이 길가메시의 비행을 들추기도 했다.

“대리자 길가메시는 제사장 자격이 없습니다. 그는 자신의 부친이자 전 제사장인 루갈반다가 돌아가셨을 때도 부재중이었습니다. 소문에 의하면 당시 그는 어느 종족인지도 모를 공주의 꽁무니를 쫓아 먼 나라에 가 있었다고 합니다. 천성이 방종한 자가 제사장이 되면 신전의 품위가 추락하고 맙니다.”

길가메시가 나섰다.

“아버지가 편찮으신데 아들 길가메시는 공주의 꽁무니를 쫓아 먼 나

* 1대 제사장은 메스키아 가세르, 2대는 엔메르카르, 3대는 루갈반다, 4대는 힉세르, 5대가 길가메시다.

라로 갔다? 그 공주는 누구며 먼 나라란 대체 어디란 말입니까?"

"본인이 더 잘 아실 일이지요."

"문제는 여러분의 추측이 완전히 틀렸다는 것이오. 아시겠소? 그때 나는 쿠르 강에 갔던 것이오. 부친의 병환은 붉은 용에게 물린 자국이 재발했기 때문이며, 그놈을 죽이지 않는 한 병이 낫지 않는다기에 아들인 내가 달려갔던 것이었소. 한데 붉은 용은 이미 천신께 생명을 바친 뒤였소. 놈은 죽어 바위 시체가 되어 강 가운데에 길게 누워 있었고 나는 바위로 올라가 놈의 귀를 떼어 왔던 것이오."

여신전 산가들이 요구했다.

"용의 귀를 떼어 왔다? 증거를 보이시오!"

길가메시의 가슴속에서 인간에 대한 신뢰가 슬픈 소리를 내며 부서지고 있었다. 그는 계파를 가르지 않았고 여신전에서 필요로 하는 제례와 경비를 깎은 적이 없었다. 그럼에도 산가들은 주인이 돌아왔다고 자기를 몰아세우고 있었다.

"쿠르 강에서 돌아왔을 때 도선장에는 기찰이 깔려 있었고 나는 곧장 성안으로 들어올 수 없었소."

힉세르의 외삼촌인 최고 관리가 재촉했다.

"우리는 지금 증거를 보이라고 말하고 있소."

그때 어머니 닌순이 들어와 붉은 바위 조각을 들어 보였다.

"이것이 그 증거입니다. 아들이 도선장에 도착했을 때 내가 아들을 만나 이것을 받아두었습니다."

재판장이 말했다.

"정리합시다. 우루크의 규칙으로 제사장은 종신입니다. 지금 제사장은 힉세르이고 그가 사망하기 전에는 직책을 바꿀 수가 없습니다. 그리고 길가메시는 임무 대행자입니다. 제사장이 우루크를 떠날 때 임무 대행에 대한 서판을 남겼고 길가메시도 그 제안을 수락했던 것입니다. 그런데 제사장이 돌아오자 임무 대행자는 아직은 물러날 수 없다고 강경하게 버티고 있습니다. 우선 그 까닭부터 들어보고 재판을 진행토록 합시다."

길가메시는 우루크의 통치를 맡으면서 자신과 약속한 것이 있었다. 먼저 우루크를 부흥시킨 후 니푸르 성지를 새롭게 단장한다는 것이었다. 엔릴 신전 원주에 헌정사를 새기겠다는 생각을 한순간도 잊은 적이 없었다.

길가메시가 나섰다.

"아직도 해야 할 일이 많이 남았기 때문입니다. 그것은 통치를 맡은 첫 순간에 세워둔 계획들입니다. 지금 물러나면 우루크는 덜 익은 곡식을 수확하는 꼴이 됩니다."

산가가 나섰다. 니푸르로 길가메시를 데리러 왔던 사람이다.

"우루크는 두 분의 신을 모시고 두 개의 신전이 있습니다. 힉세르는 여신전을 맡고 길가메시는 천신전을 맡는다면 두 사람이 다 제사장이 될 수 있습니다."

"신전이 둘이라고 우루크가 둘인 것은 아닙니다. 제사장은 신전은 물론 우루크 전체를 통치하는 사람입니다. 한 도시에 두 사람의 지도자가 있을 수 없는 일이니 그 안건은 제외해야 합니다."

원로가 나섰다.

"분열보다는 나눔이 낫지요. 먼저 당사자들의 의견을 들어봅시다."

진행자가 길가메시에게 의사를 말하라고 했다.

"지금껏 해오던 일과 운영권을 계속해서 지켜나갈 수만 있다면 저는 아무래도 좋습니다."

힉세르가 나섰다.

"우리는 역사상 중차대한 일에 봉착했습니다. 이런 일은 숙고할 시간이 필요하니 내일 한 번 더 회의를 열어 결정하는 것이 좋겠습니다."

원로 산가가 나섰다.

"제사장이 둘이라는 것은 모양새가 좋지 않습니다. 또 시간을 끄는 것도 그러니 지금 투표로 결정토록 합시다."

투표는 어느 한쪽을 패자로 만들 뿐이고 패자가 자신일 수도 있었다. 그건 자신에게 너무도 큰 상처가 된다. 힉세르가 급하게 나섰다.

"우루크의 제사장은 아직 나 힉세르요. 제사장 자격으로 명령합니다. 회의는 내일 이 시간에 다시 열 것이니 오늘은 그만 해산하시오."

참가자들이 몸을 일으켰다. 힉세르는 그들의 순순한 태도가 포장된 예의라는 것을 알아차렸다.

4

힉세르는 여신의 침실로 들어갔다. 입구의 주렴도, 양털 침낭도 잘 정돈되어 있었다. 그러나 향유 단지는 오래 사용하지 않은 듯 엎어져 있었다.

'나의 여신을 이렇게 대접하다니.'

그는 모욕감에 입꼬리가 떨렸다. 자신이 있을 때는 날마다 사프란에 아로마를 섞은 향수를 뿌렸다. 여신의 침실에만 쓰는 최음제 향이었다.

'여신이시여, 내일 모든 걸 준비하겠나이다.'

힉세르는 여신의 침대에 누웠다. 그는 제사장으로 등극했던 첫날 밤에도 여기서 잠을 잤다. 그날 그는 간절하게 빌었다.

'생명을 다해 당신을 사랑하고 섬길 테니 부디 저에게 남성의 능력을 주소서.'

그는 고자였다. 열두 살 때 아버지를 따라 사냥을 갔다가 노새에서 떨어진 후 남성이 성장을 멈추었고 그 사실을 알지 못하는 부모가 결혼을 재촉할 때마다 자신의 음경은 더 깊이 숨어들곤 했다.

'그래서 나는 어린 시절부터 여신을 흠모했던 것이다.'

신체의 이상을 느낀 뒤부터 그는 여신전을 드나들며 공부를 하기 시작했다. 여신은 엔릴 신의 손녀로 미모가 뛰어나 구애하는 청년이 줄을 이었다는 대목에서 소년의 몸이 더워졌다. 마지막 경쟁자는 큰 농토를 가진 엔킴두와 수천 마리의 양을 가진 바드 티비라의 통치자 두무지였고 여신이 두무지와 결혼했다는 대목에서는 자신을 두무지로 대위하고 실제 느낄 수 있는 마법을 연구했다. 여신은 예측 불가한 성격이라는 것, 지루한 것을 견딜 수 없어 했다는 것, 사랑할 때는 남편의 몸이 녹아들 정도로 열정적이었다는 장면에서는 자신의 음경이 벌떡 일어나는 기분에 빠져들기도 했다. 여신은 새처럼 날아 다른 세상을 보고 싶어 북을 만드는 장인들에게 날개를 제작하라고 지시했고 장인들은 소가죽을 말려 아마 천처럼 얇게 편 뒤 날개를 만들어주었다. 여신은 날개를 입고 훨훨 날아 아라타 왕국으로 갔고 거기서 수십 가지 보석을 가져왔다.

'나는 희망을 가졌다. 제사장이 된다면, 여신의 대리인이 된다면 정열의 여신이 기필코 내 남성을 회복시켜줄 것이라고.'

그러나 그의 남성은 돌아오지 않았고 자신의 음경처럼 우루크 살림도 졸아들기만 했다. 늙은 산가들은 '여신은 생산과 열정의 상징이다. 힉세르가 들어선 뒤부터 생산의 징후가 사라져가고 있다'고 떠들어댔고 전 제사장의 아내 닌순은 시키지도 않았건만 스스로 다산제를 주도했다.

힉세르는 위기감을 느꼈다. 닌순은 한때 만인의 어머니였다. 다산제가 효력을 발휘하든 아니든 자신에게 돌아올 결과는 뻔했다. 그는 다급하게 살아남을 방법을 찾았고 그것이 위임장이었다.

'위임장은 내 사제직을 보장한다. 잠시 떠나 있자. 진정되면 다시 돌아오는 것이다.'

매우 현명한 선택이었음에도 위임장을 쓰는 동안 손안의 갈대 촉이 점토판 위에서 항의를 했다.

'왜 하필이면 길가메시여야 하는가. 영원히 사라져야 안심할 수 있는 그자란 말인가.'

자신이 해체해버린 신전 기사들, 루갈반다의 호위병들이 길가메시를 옹위하려고 반란을 일으킬 가능성만 없었다면 그는 결코 길가메시에게 위임장을 남길 생각은 하지 않았을 것이다.

'정법으로 얻은 자리는 정법으로 지켜야 한다. 그래, 3년이다. 그간 여신의 힘을 넘치도록 받아서 돌아올 것이다!'

처음 도착지는 지중해 쪽 항구 우가리트였다. 그는 사창가에서 여정을 푼 뒤 공고를 냈다.

'내 남성을 회복시켜주는 자에게 금화를 주겠노라.'

많은 여자들이 다녀갔지만 아무도 성공하지 못했다. 가져온 돈도 바닥이 났을 때 아라타를 생각했다. 여신이 그곳에서 많은 보화를 가져왔고, 길가메시 아버지 루갈반다도 거기서 재물을 얻어 여신전을 지었다. 아라타 왕국은 부유해서 땅만 파도 금이 나온다고 했다.

'돌아가자. 아라타에서 재물을 얻어 귀향하자.'

아라타 왕국은 자그로스 산속에 있었고 우가리트에서 거기까지는 수천 리였다. 밤과 낮, 자연, 야생과 벗하며 도착한 왕국은 어디에 숨었는지 찾을 수가 없었다. 그는 루갈반다의 기록을 되새겼다.

제사장 생일 때 사록 전승 시인이 첫 순서로 당자의 공을 읊었고 그것이 우루크의 전통이었다. 루갈반다의 이야기는 매년 똑같는데 헉세르는 특히 도입 부분이 좋았다.

　홍수가 났을 때

　엔릴 신께서 벼락과 뇌우와 홍수를 부르실 때

　여신 이난나는 하늘 황소를 타고 아라타로 달려가셨다. 가서 아라타 왕에게 이르셨다.

　"어서 대피하라, 가장 높은 산으로 올라가라.

　홍수가 끝나면 가장 높은 지대에 성을 짓고

　날 경배하라."

　여신 덕에 살아남은 아라타 왕은 금과 은을 캐서, 푸르고 빨간 보석을 캐서 여신에게 바치며 맹세를 했다.

　"여신의 신전을 짓고 영원토록 경배하겠나이다."

　그리하여 아라타 왕은 여신의 당부대로 가장 높은 지대에 성을 짓고

　열두 봉 중의 최고봉에 여신의 집을 짓고 날마다 보석을 바쳤다.

　푸른 돌, 붉은 돌, 하얀 돌, 금과 은을 바치고 경배했다.

　(……)

　이 소문을 들은 엔메르카르, 우루크 통치자가 일등 공신 루갈반다에게 말했다.

　"루갈반다여, 이난나 여신이 누구더냐. 검은 머리, 우리 수메르의 여신이 아니냐. 하나의 검으로 열 마리 사자를 잡는 용사, 루갈반다 그대가 가서 아라타를 정복하고 여신의 이름으로 올려진 모든 것을 회수해 오라."

아라타 왕국은 자그로스 산속에 있고 일곱 개의 산봉우리를 넘어간다고 했다. 그 산들은 저마다 다른 머리를 가졌는데 하나는 불을 이고 있고, 또 하나는 눈을 쓰고 있다고 했다.

힉세르는 두 번째 산을 넘었다. 거인은 세 번째 산 너머에 살고 있었다. 얼굴은 솥뚜껑 같고 이마에는 세 개의 주름이 파인 것이 여신을 괴롭혔던 그 종자들이 틀림없었다. 힉세르는 그곳을 피해 네 번째 산으로 갔다.

힉세르는 흰머리산 정상에 올랐다. 이제부터 잠의 귀신이 살고 있다는 반대편으로 내려가야 했다. 그는 신발을 조여 신고 구르듯이 뛰었다. 산중턱쯤 이르렀을 때 그의 시야가 갑자기 하얗게 표백되었다.

'눈새가 나타난 게 아닐까?'

힉세르는 맑은 하늘에 갑자기 눈보라가 휘몰아치면 그게 바로 눈새라는 말을 떠올렸다. 그 새 떼는 고드름 같은 주둥이로 쪼아댄다고 했다. 그러나 눈새는 아니었다. 잠시 현기증을 느꼈던 것뿐이었다. 또한 힉세르는 먹물 같은 어둠이 자신을 공격해오길 고대했다. '먹물 같은 어둠이 산사태처럼 쏟아져 내려 군사들을 덮쳤을 때 루갈반다는 간절하게 태양 신 우투를 불렀고, 그때 신은 백만 대군의 광명을 보내 산 아래서부터 치고 올라왔으며 산을 덮은 어둠은 검은 두루마리처럼 급히 되말려 사라져 갔다'고 했기 때문이다. 하지만 그런 어둠도 찾아오지 않았다. 늘 불을 뿜는다는 산도 머리에 잿더미만 쓰고 있을 뿐이었다.

마침내 성이 보였다. 깎아지른 듯한 절벽 위에 돌로 세운 성채라고 했다. 참으로 훌륭해서 그 성을 보는 이는 누구나 놀라 벌린 입을 다물 수 없다고 했다. 그러나 그 성채와 마을은 검은 재로 두껍게 뒤덮여 있었다. 그처럼 부유했다는 왕국의 영광은 흔적조차 찾을 수가 없었다. 화산 폭발이 그 왕국을 삼켜버린 것이었다.

셈족은 수메르로부터 처음은 문자를, 다음은 이난나 여신을 모셔 갔으니 아라타 같은 왕궁이 주변 어디에 또 있을 것이다.

힉세르는 산맥을 타고 북상했다. 여러 부족국가를 지나처 마침내 부유한 카시트 왕국을 만났다. 신흥 왕국에다 여신을 모시고 있었다.

그는 성문 앞으로 갔다. 대상들이 낙타와 짐을 실은 나귀를 몰고 입궁 허락을 받으려고 줄을 서 있었다. 힉세르가 그들 뒤로 다가갈 때였다. 날카로운 바람 소리가 났다. 화살이었다. 어디선가 날아온 화살이 힉세르 앞에 있던 낙타의 목을 꿰뚫었다. 화살에 맞은 낙타가 펄쩍펄쩍 뛰었다. 대상들이 낙타의 고삐를 잡으려고 몰려들자 또 다른 화살이 날아와 노새를 맞추었다. 노새가 넘어지면서 등에 실었던 도기가 떨어지며 박살이 났다. 그럼에도 대상들은 별로 당황하는 기색이 아니었다. 힉세르가 이상해서 뒤에 있는 사람에게 물어보았다.

"대체 누가 활을 쏘는 것이오?"

대상이 대답했다.

"아직 모르시오? 이 성에는 성질이 포악한 소년 왕자가 있소이다. 바로 저자요."

대상이 성곽 위를 가리켰다. 소년이 또 다른 화살을 재고 있었다.

"그런데 대상들은 왜 가만있단 말이오?"

"왕이 변상해주기 때문이오."

힉세르는 만정이 떨어져 그만 발길을 돌렸다.

'세상에는 참으로 많은 사회가 있었고 많은 사회제도가 존재했지. 개명 왕국이 있는가 하면 미개사회가 있고, 왕국을 잃은 백성들이 산채에 몰려 살면서 복수를 꿈꾸는 집단도 있었고….'

힉세르는 어느 마을을 지나갈 때 희한한 광경을 목격하기도 했다. 여자들이 발가벗은 채 나무를 껴안고 있었다. 사람들은 사뭇 진지한 얼굴로 그 주위에 모여 있었다. 힉세르는 궁금증을 참지 못하고 그중 한 사람에게 물었다.

"대체 이게 무슨 해괴망측한 일이오?"

그 사람은 화를 벌컥 냈다.

"해괴한 일이라니? 죽은 나무를 살리기 위한 신성한 제의요."

벼락을 맞아 살아날 가망이 없는 나무였다. 그러나 그들이 신성하게 여기는 나무라 자신들만의 오래된 의식을 치르는 중이라고 했다.

5

이튿날 힉세르는 활기차게 회의장으로 들어섰다. 오늘은 산가와 샤브라, 원로들까지 빠짐없이 참석해 있었다. 잘된 일이었다. 그는 진행자에게 다가가 모두 발언을 요청했다.

힉세르가 발언을 시작했다.

"어제는 혼란스러웠습니다. 기존의 위계질서가 바뀌어 있었기 때문이었습니다. 하지만 곰곰이 생각해보니 그 또한 세상 변화의 한 현상임을 알았습니다."

그는 잠시 말을 끊고 장내를 돌아보았다. 몇 사람은 애매한 얼굴이었고 몇몇은 어떤 얘기가 이어질지 궁금하다는 표정이었다.

"밖에서 보낸 시간 동안 저는 많은 사회를 보고 또 관찰했습니다. 미개한 사회는 위험한 미신으로 자멸의 길로 치닫고 개화된 사회는 하루가 다르게 변하고 있었습니다."

힉세르는 자신이 제안할 수 있는 방법은 이것뿐이라는 사실을 잘 알았다. 그는 여러 지역을 여행하며 많은 것을 보았다. 그가 방문했던 왕국은 물론이요, 그보다 규모가 작은 부족국가에서조차 신권은 더 이상 절대적이지 않았다. 절대적 힘을 지닌 사람은 군주들이었고 신전이 군주의 권력을 보좌하는 역할로 전락한 곳이 많았다. 제사장인 힉세르로서는 용납하거나 받아들일 수 없는 제도였다. 하지만 우루크도 변해 있었다. 분명히 위임 서판을 남겼음에도 길가메시가 물러날 수 없다고 뻗대는 것이었다. 전에는 상상도 못 할 일이었다. 힉세르는 밤새껏 타개 방법을 생각해보았다. 묘책이 없었다. 자신이 제사장으로 살아남자면 길가메시에게 구미가 당기는 것을 주어야 하고 그것은 왕정이었다.

힉세르는 목소리를 가다듬고 신정에서 왕정으로 넘어간 국가부터 예를 들었다.

"제가 살펴본 바에 따르면 개화는 인구밀도와 관계가 있었습니다. 인구가 많아져 신권만으로 통치가 불가능할 때 신정에서 왕정으로 이양되어갔습니다. 지중해 부근의 우가리트·페니키아·알레포 왕국도 그랬는데, 페니키아의 경우 유리를 발명하면서부터 급격히 번성하자 신권과 왕권을 분권하게 되었다고 했습니다."

길가메시는 힉세르 이야기의 핵심이 궁금해졌다. 어제 그는 종일 힉세르를 묵살할 수 있는 방법을 찾아보았다. 어떤 길도 보이지 않았다. 모든 권한이 애초부터 원천 봉쇄되어 있었다. 힉세르가 제정했던 여신의 날 축제도 자금 낭비가 심해 파기하려 했으나 대리 신분으로는 불가능했던 기억만 떠올랐다. 신이 모든 사람들의 생각을 바꾸어주지 않는 한 자신의 반항은 수용될 수가 없었다.

길가메시는 깨끗이 물러나겠다고 결심했다. 그러나 이런 결심에도 불구하고 자신이 세웠던 계획을 실행에 옮기지 못하게 될 것이라는 사실 때문에 괴로웠다. 부유한 국가로부터 주문 받은 청동을 지금 한창 생산하는 중이었다. 수출이 끝나면 그 수익금으로 성벽을 개수할 계획이었다.

'그래, 제사장 대리직에서 물러나는 조건으로 이 공사를 맡겨달라고 하는 거다.'

힉세르가 계속했다.

"우루크도 그간 놀랄 만큼 비대해졌습니다. 공업은 물론 직업도 헤아릴 수 없이 많아졌고 생산의 확대나 노동의 다양화도 전에 비할 바가 아닙니다. 내 말은 신권 통치만으로는 이미 버거운 상황이라는 것입니다."

산가가 중간에 나섰다.

"제사장, 우리는 제사장과 함께 바깥세상을 구경한 사람들이 아닙니다. 이야기의 씨앗이 무엇인지 매우 궁금하니 그것부터 말해주시길 바랍니다."

"우리도 왕정을 가질 때라는 것입니다."

"왕정이라고 했소?"

"그렇습니다."

참석자들은 아연했다. 수메르에서는 오직 키시만이 왕권을 가질 수 있었다. 대홍수 때 엔릴 신께서 니푸르 주민들을 키시로 이동시키고 왕권을 부여하면서 수메르 전체를 지배하도록 법칙을 세워둔 것이었다.

샤브라가 정정했다.

"오래 여행을 하시더니 수메르 법통을 잊으신 모양인데, 우리는 왕권을 가질 수가 없습니다!"

힉세르가 대답했다.

"물론 알고 있소. 왕권은 키시에만 있고 다른 도시는 신정 체제만 유지할 수 있으며 왕권이 신정 도시를 지배한다는 것…. 그러나 만약 키시가 침략을 당해 국호를 상실한다면 수메르인들은 어떻게 됩니까? 우리는 왕권도 없는 군소 도시의 민족으로 자멸의 길을 걸어야 할 것입니다. 내가 왕권을 생각한 까닭도 거기에 있으며, 왕권 보존을 위해서도 우루크가 그 제도를 옹립해두어야 한다는 것입니다."

"멀쩡한 키시가 왜 침략을 당한단 말입니까?"

"지금 키시는 한없이 추락해 자체 왕권조차 지탱할 힘이 없습니다. 주변의 강대국들이 호시탐탐 노리고 있는데도 왕의 아들 아가는 날마다 아편 파티를 열고 있으며…."

"그렇다 해도 우리가 할 수 있는 일은 충고나 경고밖에 없습니다."

다른 사람이 거들었다.

"몰락을 대비해서 왕권을 옹립해둔다 해도 그 사실을 먼저 통보하고 대답을 기다려야 할 것입니다."

"내가 보고 겪은 바로는 키시는 이성적인 판단이나 대답을 할 능력이 없습니다."

힉세르는 자신이 본 이야기를 예로 들었다.

"귀향길이었습니다. 어느 들을 지날 때 곡식 채취를 하는 사람들이 보였습니다…."

야생 콩이나 보리 이삭을 줍는 미개인들이었다. 황야 곳곳에는 미개인이나 야만인 부락이 있고 여름이면 옷을 입지 않은 종족도 있는데 그들 또한 벌거숭이였다.

힉세르가 신발 끈을 조여 맬 때 말발굽 소리가 들렸다. 미개인들이 혼비백산 달아났고 말을 탄 사람들은 "원숭이다!"라고 외치며 뒤쫓아 갔다. 비명 소리가 낭자하더니 갑자기 조용해졌다. 가까이 가보니 말 탄 자들이 미개인들의 배를 가르며 '이건 인간과 매우 흡사한 원숭이'라며 킬킬거렸다.*

그는 진저리를 치며 그곳을 떠났고 키시를 방문한 것은 다음 날이었다. 왕을 알현하고 정원으로 나올 때 연회실 쪽에서 왁자한 소리가 들려왔다. 안을 들여다보니 사나이들이 벌거벗고 춤을 추었고 상단 의자에 앉은 금빛 카피아를 쓴 남자는 양귀비 줄기를 씹고 있었다. 그가 바로 아가였는데 들에서 미개인을 사냥하던 바로 그 얼굴이었다.

"그들은 사람을 짐승처럼 사냥하고 있었습니다. 짐승이 아닌 사람을 말입니다! 상황이 이런데도 주변의 강대국인들 내버려두겠습니까?"

힉세르는 자신이 정말 적절한 이야기를 하고 있는지 자신이 없었는데 참석자들은 의외로 충격을 받은 듯했다. 길가메시가 물었다.

"우리가 예비로 왕정을 도입한다면 어떤 형태가 됩니까?"

"키시는 왕권만 있고 신권이 없습니다. 우리는 신권만 있습니다. 그러니까 이 신권이 왕권으로 개편되는 것이 아니라 두 체제를 공존시켜야 한다는 것입니다."

"우리 수메르에서는 아직 두 체제가 공존한 도시가 없었습니다. 그렇게 되면 특별한 체제를 도입해야겠지요?"

---

* 인문학이 탄생한 것은 19세기였다. 이전엔 인디언까지도 사람이 아닌 것으로 분류되었다. 호주 태즈메이니아 섬의 원주민들이 백인들의 사냥감으로 전멸한 것 또한 그런 인식의 결과였다.

"아닙니다. 공화제를 도입하면 됩니다."

"공화제가 어떤 것인지 구체적으로 설명해주시겠습니까?"

"공화제는 상원과 하원으로 구성되고, 상원은 도시 살림을, 하원은 군력을 담당합니다."

"그들의 자격은 어떻게 됩니까?"

"이 자리에 참석한 분들이 상원이 되고, 하원은 군영 장교들에게 맡길 수 있을 것입니다."

"그럼 왕은 누가 되는 것입니까? 힉세르 당신입니까?"

"아니오. 길가메시, 그대가 왕이 되는 것이오."

"내가 왕? 그럼 당신은 제사장이 됩니까?"

"그렇소. 전에도 지금도 나는 제사장이오."

그리고 힉세르는 임원 선출 등 상세한 것은 내일 결정하기로 하고 오늘 회의를 끝냈다.

6

첫 새벽이었다. 어머니 닌순은 자신의 개인 신전에서 아들을 기다렸다. 엔릴 신을 모시는 이 방은 남편이 제사장 시절에 하사한 것으로 닌순 자신과 가족의 밀실이기도 했다.

오늘은 아들의 왕 등극식이 있는 날이다. 공화국을 결정한 지 다섯 달 만이었다.

아들의 발소리가 계단을 오르고 있었다. 닌순은 실내를 재점검했다. 벽을 따라 놓은 불 종지에서 불길이 부드럽게 춤을 추고 있었다.

아들이 들어왔다. 그는 발가벗고 제단 위에 누웠다. 어머니가 그에게 백단 향을 뿌렸다. 맨살에 떨어지는 향의 액체가 추억을 일깨웠다. 이 방은 길가메시에게도 특별한 장소였다. 어릴 때부터 어머니는 자신의 어린 알몸을 신단에 눕혀놓고 성수로 닦아준 뒤 신께 축원했다.

어머니가 축원을 시작했다. 오늘은 머리에 흰 수건을 두르고 제단 주위를 돌며 이야기를 시작했다.

"젊은 날 네 아버지가 천신을 만나려고 신의 정원이라는 천산에 갔을 적에, 하얀 눈새가 무지개에 앉아 천신의 말씀을 전했단다. 루갈반 다여, 이 먼 곳까지 날 찾아오다니 참으로 기특하구나. 엔릴 이후 이곳을 찾은 사람은 그대가 처음이고 내 그에 대한 선물을 내릴 것이니 어서 우루크로 돌아가라. 내가 너에게 가장 완벽한 인간, 엔릴의 후계자를 점지해주마. 영광과 번영과 수복을 가진 그런 아들을 주마…."

어머니의 말소리와 함께 잠이 귓속으로 미끄러져 들어왔다.

"네 아버지가 돌아온 날 새벽에 나는 꿈을 꾸었단다. 엔릴 신께서 찾아오신 것이지. 신께서 말씀하시기를, 아기의 이름은 길가메시다. 내가 특별히 아기의 운명을 정했다. 아기는 인간으로서 가질 수 있는 최고의 능력을 가졌고, 원하는 것은 무엇이나 이룰 수 있는 황금의 손도 가졌다. 아기는 훌륭한 지도자가 되어 만인을 이로운 길로 이끌 것이다…."

배에 찬 액체가 뿌려졌다. 길가메시는 눈을 떴다. 그새 잠든 모양이었다. 어머니가 가만히 내려다보며 물었다.

"꿈을 꾸셨습니까?"

"예, 아버지를 만났습니다."

"아버지와 무엇을 하셨습니까?"

"함께 술을 마셨습니다."

"표정이 어떠했습니까?"

"활짝 웃으셨습니다. 그리고 그 웃음을 제 술잔에 담아주신다고도 했습니다."

"최상의 축복을 받으셨군요. 이제 일어나십시오."

그가 옷을 입고 나설 때 어머니가 당부했다.

"왕궁을 한 바퀴 돌아 안으로 들어가십시오."

밖으로 나오니 해가 떠오르고 있었다. 그는 부지런히 걸어 왕궁 앞으로 갔다. 궁전 벽에서 아침 햇살이 달려와 그를 맞았다. 궁전을 지을 때 어머니가 말했다.

"여신의 마음은 훅세르가 아닌 너에게 있다. 궁전을 지을 때 동쪽 벽을 유액으로 장식해라. 해가 뜰 때마다 여신전의 붉은 벽에서 빛이 뻗어와 왕궁의 벽에 걸릴 것이다."

여신전에서 햇살이 길게 뻗어와 동쪽 벽의 푸른 타일에 걸렸다. 우루크의 최고 건축가 루카가 왕궁을 짓는 데 다섯 달이나 걸린 까닭도 두쪽 벽의 빛을 만나게 하기 위해서였다.

궁전으로 들어가자 시종이 분장실로 이끌었다.

분장사가 화장을 끝내자 재단사가 용포를 가져왔다. 길가메시는 투그*를 벗고 속옷과 용포를 차례로 걸쳤다. 재단사가 말했다.

"거울을 보십시오."

양쪽 어깨에 금실 술이 붕긋하고, 벌어진 앞섶에는 보석이 박혀 있었다. 훌륭했다.

"좋아, 아주 좋아!"

왕은 뒷모습도 비춰 보았다. 어깨 뒤로 단을 가로질러 술 모양의 은 줄이 걸렸는데 움직일 때마다 찰랑거렸다. 참으로 멋진 디자인이었다.

"자네 솜씨가 신기에 가깝군."

"이 띠가 중요합니다."

재단사가 넓은 황금색 띠를 어깨에서 겨드랑이로 둘러주었다. 왕의

---

* 둘러 입는 옷. 엘람에서는 투루막이라고 부르기도 한다.

위엄이 한결 돋보였다. 힉세르의 생각대로 등극식부터 가졌다면 이런 용포는 입어보지 못했을 것이다.

홀에는 상원·하원, 기사, 신전 관리, 현자, 귀족이 도열해 있었다. 힉세르는 왕관이 놓인 옥좌를 보았다. 옥좌 팔걸이와 등받이는 청동 용으로 장식되었고 왕관은 소뿔 장식의 순금이었다.

악사들이 연주를 시작했다. 길가메시가 용포 자락을 끌며 홀로 들어섰다. 길가메시가 멈추어 섰다. 힉세르는 왕관을 들어 내빈과 사방의 신에게 등극을 알린 후 길가메시 머리에 씌워주었다. 그는 길가메시를 내빈 쪽으로 돌려 세운 뒤 선언했다.

"오늘 우리 공화국은 새 왕을 추대했습니다. 새 왕은 우루크 역사를 영광스럽게 펼쳐갈 것이며 상원과 하원의 뜻을 받들어 현명한 왕이 될 것을 약속했습니다."

길가메시는 세 방향으로 반절을 하며 약속 이행을 맹세했다. 내빈들이 박수를 쳤다. 힉세르는 연회가 무르익어갈 때 왕궁을 나왔다. 멋진 실내장식이 왠지 불편해서 참을 수가 없었다.

그는 신전으로 갔다. 자신의 영역이었다. 천신전과 여신전은 서로 등을 대고 지었고 각각 안뜰을 두었으며 건물 색깔과 장식은 달랐다. 천신전은 푸른색이고 여신전은 붉은색이었으며 벽은 반짝반짝 햇빛을 튕겨냈다. 제사장으로 취임했을 때 그 기념으로 붉은 유액 벽돌로 장식한 덕이었다. 한데 길가메시가 그 빛을 가져갔다. 궁전 벽을 푸른 타일로 장식해 여신전의 붉은빛을 유혹하도록 한 것이다.

'페니키아에서 유리를 수입해 와 여신전 벽에 무지개를 입히면?'

그래도 빛은 궁전으로 건너갈 것이다. 그는 여신전으로 들어섰다. 허브 향내가 물씬 풍겨오자 기운이 생겼다. 그는 제단 앞으로 다가가 맞은편 벽을 은근한 눈길로 바라보았다. 여신의 모습은 프레스코로 부조되었고 제단은 보석으로 둘레를 박았다. 제단 위에는 세 개의 화병이 놓였는데 높이가 각각 1미터로 은과 동, 대리석으로 만든 것이었다. 가운데 놓인 대리석 화병에서는 향이 타는 중이었고 양옆의 은과 동 화병에는 생화가 꽂혀 있었다.

그는 몸을 돌려 맞은편 벽을 바라보았다. 흑과 홍, 흰색의 모자이크가 기하학적으로 펼쳐져 있었다. 바닥에는 아나톨리아 고원에서 수입해 온 채색 문양의 융단이 깔려 있었다.

전에 그는 실내장식이 완벽하다, 어떤 천재의 머리에서도 더 이상의 치장은 나올 수 없다고 생각했다. 하지만 오늘은 매우 초라해 보였다. 왕궁의 번쩍거리던 집기, 은제 접시와 꽃병…. 그는 입술을 깨물었다.

'여신이시여, 기다려주십시오. 이 힉세르가 왕궁보다 몇 배 더 아름답게 치장해드리겠나이다.'

7

왕 길가메시는 원로회 소집을 지시한 후 집무실로 들어가 자바르디의 보고를 들었다.

"전하의 우려대로 우물은 턱없이 부족한 데다 강물을 그대로 사용하는 사람이 태반이었습니다. 태풍 때나 물 수위가 줄어드는 11월부터는 그 물에서 오물 냄새가 난다고 했으며 실제 복통으로 고생한 외국인도 있다 했습니다."

상가와 여인숙 지대는 선창을 끼고 있었다. 교역선과 외국인들이 우루크의 부를 가져다주는데 그들 중 복통으로 고생하는 사람들이 있다 하여 왕이 조사를 시킨 것이었다.

"원로들도 승인하지 않을 수 없겠지."

왕은 수도 공사를 시작할 계획이었고 그 승인을 얻기 위해 원로들을 소집한 것이었다.

"자네도 함께 가세."

왕이 회의장으로 가려고 몸을 일으킬 때 내관이 들어와 키시에서 사절단이 왔다고 알렸다.

"키시에서?"

"예. 우선 접대실에 모셨습니다."

'망해간다더니 도움을 요청하러 왔는가? 원조를 바란다면 나누어주어야지. 겨레는 서로 도와야 하니까.'

왕은 접대실로 들어서며 호탕하게 말했다.

"먼 길 오느라 수고가 많았습니다!"

한데 거구의 남자가 눈에 쌍심지를 켜고 물었다.

"당신이 길가메시요?"

왕이 대답했다.

"그렇소. 내가 길가메시 왕이오."

사절단의 눈이 도끼날처럼 곤두섰다. 모두 열 명이었다. 거구의 사나이가 다시 물었다.

"수메르에 언제부터 왕이 둘이나 있었소?"

키시는 우루크를 제압하러 온 것이었다. 누가 뭐래도 키시는 지도적 도시였고 그 어떤 도시도 자기들보다 힘이 우위여서도 안 되었으며, 그 법칙은 대홍수 이후 수백 년 동안 잘 지켜져왔다. 한데 길가메시가 왕권을 선포하면서 키시의 패권을 심각하게 위협했고 이에 키시 왕 엔메브라게시는 아들 아가를 보내 왕위를 폐위시키고 그 범칙금을 받아 오라 지시한 것이었다.

길가메시가 되물었다.

"그렇게 묻는 당신은 누구요?"

"나는 왕명을 받들고 온 왕의 대리인이오."

"왕명이 뭐요?"

"하늘에 해가 둘이오?"

길가메시는 '지상의 사정은 하늘과 다르지 않느냐'고 대답하고 싶었지만 그런 말장난으로 시간을 낭비하고 싶지 않았다.

"하늘에 해가 둘인지 하나인지는 당신이 더 잘 알 것이니 어서 본론을 말해보시오."

"당장 왕실을 없애시오. 그리고 수메르의 왕권 통치는 키시에 있다는 것을 서약하시오!"

거구의 남자는 '이것이 왕이 내린 최후통첩'이라고 덧붙였다.

'최후통첩? 거역하면 당장 치겠다는 말인가? 큰소리를 치는 것으로 보아 아주 힘이 없는 것 같지는 않는데? 하지만 나에게도 군사가 있다.'

"아시다시피 우루크의 왕정 체제는 키시와 다르오. 우리에겐 양원이 있고 왕권도 그들의 결정하에 사용할 수 있소. 먼저 양원의 의견부터 물어야 하니 말미를 주시오."

"좋소, 사흘 후에 다시 오겠소. 그때까지 서약하지 않으면 군사들이 올 것이오."

사절단이 서둘러 접대실을 나갔다. 그들이 궁전 밖으로 사라지자 길가메시는 곧장 회의장으로 향했다.

빳빳한 퀼토스* 차림의 원로들은 수염을 쓰다듬다가 길가메시를 맞았다. 왕이 일성을 토했다.

"키시에서 도전장을 가져왔소!"

---

* 계단식으로 만든 6단 치마. 권위를 살리기 위해 풀을 먹여 입었다.

"키시에서 사람이 왔다는 것은 전해 들었습니다만, 별안간 웬 도전장이란 말입니까?"

원로원장이 반문했다. 전달이 잘못된 것으로 생각하는 눈치였다. 길가메시가 목의 정맥 선을 벌떡 세우며 강조했다.

"무례하게도 최후통첩을 가져왔단 말이오!"

"무엇에 관한 최후통첩입니까?"

"왕실을 없애고 키시의 예속 도시임을 인정하라는 것이었소."

"그것 보십시오. 우루크가 힘을 키우면 안 된다고 하지 않았소이까?"

한쪽 눈이 짜부라진 원로가 왕에게 핏대를 세우며 말했다.

"우리가 힘을 키워서 안 될 이유가 뭐요? 땅덩이도 키시의 몇 배에 이르고 백성도 세 배나 되는데 어떻게 키시보다 힘을 키우지 않을 수가 있소?"

"자식이 아비보다 몸집이 크다 해서 아비가 될 수는 없지 않습니까. 키시는 우리의 근본이며 기둥입니다. 그 누구도 아닌 엔릴 신께서 정하신 일입니다. 그러니 우리는 마땅히 복종해야 합니다."

"당신은 제사장 말을 잊었소? 키시의 왕권은 풍전등화로 언제 사라질지 모른다고 했소. 우리가 공화국이 된 것도 그 까닭이 아니오?"

"사라질 왕국이 최후통첩을 하러 왔겠소?"

원로가 깐죽거리자 원로원장이 가로막고 나섰다.

"우리가 복종하지 않는다면 그쪽에서는 어떻게 대처하겠다고 했습니까?"

"군사들이 올 것이라 했소."

원로들 모두가 손을 내저었다.

"전쟁은 절대로 안 됩니다. 그냥 굴복하시고 평화를 유지하십시오!"

"그래야 합니다!"

원로원장이 장내를 진정시킨 뒤 다시 물었다.

"대답해주기로 한 기한은 언제인가요?"

"사흘 후 다시 온다고 했소."

"그렇다면 우선 복종하십시오. 시일이 너무 급박하니 그 방법밖에 없습니다."

왕은 버럭 언성을 높였다.

"복종하면 키시의 왕권은 영원히 지켜집니까? 원로원장이 보장할 수 있습니까? 그러하면 당장 굴복을 하겠소."

눈이 짜부라진 원로가 강조했다.

"키시는 무너지지 않습니다. 절대로 절대로 그럴 리가 없단 말이오!"

왕은 거대한 벽에 부딪힌 기분이었다. 그가 아는 왕이나 군주는 절대 권력을 가진 자였다. 한데 공화국이 뭐기에 의원들 주장이 이토록 드세단 말인가. 그러나 이번 일은 결코 양보할 수가 없다.

"좋소. 모두 반대한다면 나는 문제를 하원에 회부하겠소!"

왕은 회의실을 나와 내관에게 지시했다.

"가서 버허투르를 불러오라."

버허투르는 일등 충복이자 군정관이다. 그는 하원들을 장악하고 있으니 만장일치쯤은 쉽게 얻어낼 것이다. 그렇게 되면 원로들도 동의해야 하고, 그것이 또한 우루크의 법률이다.

밤이었다. 왕은 초조하게 서성거렸다. 저녁까지는 연락이 와야 하는데 여태 소식이 없었다. 버허투르는 장담했다.

"만장일치, 그건 하나도 어렵지 않습니다. 저녁까지 결과를 가져올 테니 마음 푹 놓고 기다리십시오."

'한데 왜 여태 소식이 없는가? 거기서도 딴죽을 거는 작자가 있단 말인가?'

왕은 자신을 타일렀다.

'길가메시, 어떤 일이든 시간을 앞질러 해결되는 법은 없다. 때란 놈도 제 시간을 놓치는 법이 없다. 기다려라, 제가 알아서 달려올 때까지.'

그는 권좌에 앉았다. 옆에 놓인 흑단 탁자에서 옥새 함이 빛을 발했다. 왕은 함을 열고 옥새를 꺼냈다. 원통의 돋을새김, 왕은 자기 이름을 향해 맹세했다.

'내 너의 이름을 욕되게 하지 않으리라.'

그때 내관이 들어왔다.

"전하, 병영 집회실로 오시라는 전갈이옵니다."

"병영 집회실이라니?"

"전사들도 모여 있다고 합니다."

"마차를 대령하라!"

집회실로 오라면 하원은 물론 전사들까지 모여 있다는 뜻이다. 만장일치를 얻어냈으니 이제 왕이 와서 격려를 해달라는 것이었다. 길가메시는 마차에 오르면서 결과부터 진단해보았다. 그들은 일등 공격수들, 전쟁에 굶주린 사자와 같아 승리는 따놓은 당상이다.

'그러면 전쟁 이후는 어떻게 되는가? 패배한 키시는? 그야 물론 우루크의 복속 도시가 된다. 그럼 나는 수메르 전체의 왕? 그것은 최상의 획

득이다. 한데 만약 다른 도시들이 엔릴 신의 뜻에 위배된다고 항의를 한다면? 그럼 키시는 자격이 있는가? 그들은 엔릴 신의 성지 니푸르를 방치했고 그 신전을 복원한 것은 아버지 루갈반다였으며 아직도 유지비는 우루크에서 전담하고 있다. 또한 나는 검은 머리, 순수 혈통이 아닌가.'

마차가 병영으로 들어서자 버허투르가 달려 나왔다.

"전사들도 전원 출석시켰습니다. 그래서 좀 늦었습니다."

"의결은?"

"하원들의 찬성은 당장에 이루어졌습니다. 지금은 전사들과 함께 회식 중입니다."

안으로 들어섰다. 하원과 전사들 사이사이에는 기다란 탁자가 놓였고 그 위에는 돼지고기, 양과 염소 고기, 넓적하게 구워낸 다랑어 등 진수성찬이 펼쳐져 있었다.

큰 맥주 항아리가 중간 중간에 놓이고 갈대 빨대가 꽂혀 있었다. 전사들은 빨대로 맥주를 들이켜거나 칼로 고기를 베어 먹느라 왕이 들어선 것도 알아차리지 못했다.

버허투르가 손뼉을 치며 좌중을 주목시켰다.

"전하께서 행차하셨다!"

전원이 우르르 일어났다. 왕이 손을 들어 자리에 앉으라고 했으나 아무도 앉는 사람이 없었다. 왕은 곧장 선동적인 연설을 시작했다.

"여러분도 알듯이 수메르는 본래 신들이 세운 도시였소. 언제나 신들의 통치가 함께해야 하는데 키시엔 무당과 점쟁이만 난무할 뿐 신전이 없소. 하지만 우리는 최고의 신 천신과 전쟁의 여신 이난나를 모시고 있소."

"천신에게 영광을! 여신에게 명예를!"

전사들이 복창했다.

"사람이 통치하는 키시가 우리 신의 도시에 최후통첩을 보냈소. 그건 신을 모욕하자는 뜻이오. 우리에겐 두 가지 길밖에 없소. 앉아서 굴복하느냐, 싸워서 신들의 명예를 지키느냐…."

"우리는 싸울 것입니다!"

전사들이 소리쳤다.

"그대들은 과연 최고의 도시, 그 전사들이오! 자, 그럼 오늘은 맘껏 즐기고 내일부터는 임전 태세로 돌입해주시오. 이상이오."

왕은 이 말을 남기고 회식장을 떠났다.

8

힉세르가 도착했다. 왕이 아침 식사에 초대한 것이었다. 그는 식탁에 앉으며 조찬 봉납을 드리고 오느라 좀 늦었다고 말했다.

"식사부터 합시다."

시종이 음식 접시를 날랐다. 양상추와 버터를 바른 빵, 돼지고기 저냐였다. 돼지고기를 잘게 다져 밀가루와 향신료, 엿기름, 견과류, 야채를 섞어 아마 기름에 지져낸 저냐 냄새가 식욕을 자극했다.

"이거 정말 별미구려."

어제 키시로부터 최후통첩을 받았을 때 왕은 힉세르가 의심스러웠다. 제사장 자리를 되찾으려고 키시에 관한 이야기를 꾸며댔을지도 몰랐다. 왕은 식당에 특별 요리를 주문하고 힉세르를 초청했다. 원로들에게 받은 수모까지 힉세르에게 되돌려주고 싶어서였다.

왕이 즐기는 편육이 나왔다. 그 고기는 송아지 뒷다리 부위로 맥주와 포도주에 쟀다가 구워낸 것이었으나 왕은 손도 대지 않고 상대의 먹새를 바라보았다. 힉세르는 맛나게 먹을지언정 개걸을 보이지는 않았다.

"궁전 음식이라 맛이 다릅니다."

힉세르가 쌍발 포크를 놓으며 말했다. 시종이 후식을 들여왔다. 크림을 얹은 과일과 요구르트였다. 왕이 후식 접시를 물리며 말했다.

"키시에서 통첩장을 가져왔다는 소식은 들었겠지요?"

"사절단이 왔다기에 키시의 곳간이 비었나 생각했습니다. 그럴 때면 여기저기 다니며 공물 독촉을 하니까요. 한데 통첩이라니, 대체 무엇에 관해서 말인가요?"

"왕권을 폐위하고 우루크는 키시가 통치한다는 것을 서약하라는 것입니다."

힉세르의 얼굴이 굳어졌다.

"거역하면 어쩐답디까?"

"당장 칠 태세였습니다."

"군사까지 몰고 왔습니까?"

"그런 것 같았는데…."

"그럴 리가 없습니다. 내가 본 군영에는 백 명 정도 있었는데 그 숫자로는 어디도 칠 수가 없습니다."

왕은 자신이 감정에 치우쳤다는 것을 깨달았다. 힉세르가 설령 거짓말을 했다 해도 자신이 왕이 된 것은 백번 잘한 일이었다. 자신에겐 왕권 통치법이 편했다. 비록 상원들이 깐죽거린다 해도 인간을 유익한 반열에 세우기 위해 당근과 채찍을 사용하는 것도 왕권이기에 가능했다.

'그래, 그렇다! 언젠가 이 사람도 언급했듯이 우리는 우루크의 양대 기둥이다. 함께 가야 할 동지다.'

"군사들을 몰고 왔는지 아닌지는 오늘 군영에서 살펴보기로 했으니 확실한 상황은….”

그의 말이 끝나기도 전에 충복 자바르디가 급하게 들어왔다.

“전하, 키시 군사들입니다. 이미 성을 에워쌌습니다!”

왕이 벌떡 일어나며 소리쳤다.

“뭐야? 그래 우리 군사들은 뭘 하고 있느냐?”

“성문 안에 집결해 있습니다.”

왕이 불같이 뛰쳐나갔다. 힉세르도 뒤따라 나갔으나 왕의 마차는 이미 멀어져갔다. 그는 멈춰 서서 생각에 잠겼다.

‘키시 군사라면 누가 군사를 끌고 왔단 말인가? 왕 엔메브라게시가? 그 늙은이는 아닐 것이다. 그럼 아가?’

‘어쨌거나 방어부터 해야 한다!’

힉세르는 신전 기사들을 향해 걸음을 재촉했다.

왕이 마차에서 내렸다. 성문은 굳게 닫혔고 군사들은 무기를 들고 성 안에 도열해 있었다.

“적들은 얼마나 되는가?”

“2천은 넘어 보입니다.”

그때 적들의 고함 소리가 성문을 넘어왔다. 어서 나와 항복하지 않으면 쳐들어가겠다는 것이었다. 왕은 성벽 조망대로 올라갔다. 대항이든 항복이든 직접 확인한 후 결정할 일이었다.

“저것이 2천인가?”

말을 타고 성문 앞에 도열한 적병들은 고작 1백 명 정도였다.

“강 쪽을 보십시오.”

거기 수많은 군사가 집결해 있었다. 보병들 같았다. 전사들이 출전한다면 격파할 수는 있을 것이다.

'한데 적들의 전술이 과연 이것뿐일까? 우리 군사들을 밖으로 유인한 뒤 성안을 공략한다면? 이번에는 항복하는 게 좋겠군. 그러나 어떤 방식으로?'

왕이 합리적인 방법을 찾고 있을 때 아가가 모욕적인 말을 던졌다.

"가짜 왕 길가메시, 어서 나오라. 열을 셀 때까지 안 나오면 네 목을 날리겠다!"

왕은 주먹을 불끈 쥐었다.

'저 작자의 입을 뭉개주어야 한다. 그 방법은 전투뿐이다!'

그때였다. 성문이 열리더니 버허투르가 나가며 소리쳤다.

"자, 나왔다! 어쩔 테냐!"

적군들이 달려들었다. 버허투르는 적들을 뿌리친 뒤 아가 앞으로 뚜벅뚜벅 걸어갔다. 아가가 벌컥 화를 냈다.

"그놈은 길가메시가 아니다. 졸개다. 매우 쳐라!"

채찍이 난무했고 어깨와 등에서 피가 튀었다. 그때 또 누군가가 성문에서 달려 나왔다. 길가메시였다. 그의 눈에서는 불이 뚝뚝 떨어졌고 가슴은 분노로 벌떡였다. 당장에라도 전투를 선포할 기세였다. 아가는 속으로 픽 웃으며, 그러나 예우를 갖춰 물었다.

"그대가 길가메시요?"

"그렇소. 내가 왕이오!"

길가메시는 딱 버티고 서서 눈을 이글거리며 자신이 왕임을 강조했다. 복종하지 않겠다는 뜻이었다.

'이제 어떤 말을 들이댈 것인가.'

입에서는 갈증의 거품이 부글부글 일었다. 며칠간 아편을 하지 않은 탓이었다. 부왕은 아편을 모두 압수하면서 명령했다.

"왕실의 빈 곳간부터 채워라."

그리고 덧붙이기를 복속 도시에서도 이제는 만만히 보고 공물을 올리지 않는다, 우루크를 쳐라, 그들은 법령을 어겼다, 왕위를 폐위시키고 범칙금을 받아오라…. 그래서 기병 1백을 이끌고 내려온 것이었다. 그런데 궁정에 다녀온 사절단은 길가메시가 쉽게 응할 것 같지 않더라고 보고했다. 최고 장군은 더 비관적이었다.

"그는 분명히 무장을 할 것입니다."

그렇게 되면 꿀을 얻자고 벌집을 쑤신 결과가 아닌가. 아가는 입이 말랐다. 아편이 그리워 온몸의 신경조차 마른 수포로 증발할 지경이었다.

"그들이 무장하면 우리는 망한다. 선수를 쳐라! 오늘 밤 당장 공격하라!

그때 최고 장군들이 안건을 내놓았다. 내일 첫새벽에 마을을 습격한다, 주민 전부를 몰아서 성으로 간다, 그들을 군사로 이용하는 것이 아니라 볼모로 흥정을 하자는 것이다…. 그래서 오늘 첫새벽 인근 마을을 돌며 주민들을 휘몰아 지금 강변에 세워둔 것이었다.

아가가 손을 번쩍 쳐들었다. 주민들을 대령하라는 지시였다. 도착하면 모두 효수에 처하리라. 못된 통치자를 만난 죄로 자신들이 죽어야 한다고 왕을 원망하거나 외치게 하리라.

"지금 뭐 하는 것이오?"

길가메시가 쏘아보며 물었다.

"저 소리가 그 대답이오."

아가가 뒤를 가리켰다. 사람들이 쫓겨 오고 있었다. 자기 주민들이었다. 기병들이 채찍을 휘둘렀고 주민들은 죽을 듯이 달려와 고꾸라지듯 차례로 주저앉았다. 아가가 한 노인을 지목해서 물었다.

"너는 어느 나라 백성이냐."

"수, 수메르 백성입니다."

"수메르의 왕권은 어디에 있느냐?"

"키, 키시에 있습니다."

아가가 길가메시를 지목하며 다시 물었다.

"그럼 이 사람은 누구냐?"

"그분은… 쿨랍(신전 지대)의 제사장이옵니다."

왕의 얼굴이 일그러졌다. 아가는 그 면전을 향해 마지막으로 경고를 했다.

"이제 결판났으니 어서 복종 서약을 하시오. 아니면 저 백성들을 모두 죽이거나 끌고 갈 것이오."

주민들이 일제히 울음을 터뜨렸다. 그때 노인이 벌떡 일어나더니 아주 불손한 언사로 길가메시를 질타했다.

"당신이 무엇이기에 이 백성들을 다 죽인단 말이오! 어서 항복을 하시오!"

왕은 충격으로 온몸이 굳었다. 그때 힉세르가 구세주처럼 나타났다. 검은 투구에 긴 칼을 찬 신전 기사들이 힉세르의 뒤를 따랐다. 왕은 간신히 목소리를 끌어 올려 힉세르에게 말했다.

"당신이 왕의 명예를 회복하시오."

그러나 기사들은 그 자리에 무릎을 꿇었고 힉세르는 점토판과 갈대 축을 들고 공손히 아가 앞으로 다가갔다. 길가메시의 얼굴이 다시 굳어졌다.

'제사장이 나 대신 항복문을 써 왔는가?'

힉세르가 나직한 목소리로 아가에게 말했다.

"절차가 너무 번잡합니다. 용건만 말씀하십시오. 우루크가 해야 할 일이 무엇입니까?"

"5년간 공물을 올리지 않은 것과 왕을 사칭한 데 대한 배상이오."

아가가 대답하자 힉세르가 서판을 내밀었다.

"저기 우루크 백성들이 있습니다. 그들이 들으면 좋을 것이 없으니 여기에 배상에 대한 내역을 기록해주십시오."

아가는 서판을 받아 배상 공물을 적었다. 곡식이 1천 자루, 금이 3백 미나* 은이 5백 미나. 그리고 서판을 넘겼다. 힉세르가 내역을 훑어보더니 고개를 저었다.

"우리 신전에는 이만큼의 금이 없소이다. 그러나 곡물은 가능하니 다시 써주기를 바라오."

힉세르가 새 점토판을 내밀었다. 수메르에서 최고의 부자 도시에 금이 없다니, 아가는 버럭 언성을 높였다.

"우리는 곡물보다 금을 더 원하오!"

"아시다시피 우리 신전은 백성들이 바치는 곡물로 운영하고 있소이다. 금을 바칠 만한 신도들이 없지요. 곡식 2천 자루에 은 1백 미나면

----

* 1미나는 약 120돈.

가능합니다."

아가가 마뜩잖아 세모 눈썹을 세우는데 그의 장군이 그만 받아들이라고 손을 가리고 속삭였다. 아가는 장군의 의견을 무시했다. 장군은 부왕으로부터 '빈 곳간을 채우라'는 명을 받았겠지만 아가 자신에겐 금이 더 필요했다. 곡식 따위를 받으려고 힘들게 원정을 온 것이 아니었다. 힉세르가 다시 서판을 내밀자 아가는 역정을 냈다.

"재협상은 안 되오."

아가가 완고하게 버티자 그의 장군이 조용히 말했다.

"저들의 말이 거짓은 아닌 듯합니다. 오늘은 이쯤에서 저들의 간청을 승낙하시고 후일을 기약하시지요."

아가는 힉세르를 빤히 바라보았다. 힉세르는 아가의 매서운 눈길에도 전혀 동요하지 않았다. 외려 당당해 보였다. 아가는 스스로를 타일렀다.

'전쟁을 한다면 어차피 서로에게 득이 될 게 없다. 힉세르가 저렇게 굽히고 나왔을 때 받아주는 게 전쟁 없이 이번 원정을 마무리할 수 있는 최선의 선택이다. 하지만 서판을 다시 쓰는 것은 싫다⋯.'

힉세르는 여전히 서판을 내민 채 그를 보고 있었다. 아가는 그것을 물리쳤다.

"이미 결정이 났는데 기록이 왜 필요하오?"

힉세르는 서판을 거두고 공손히 돌아서다가 마치 아가에게 들으라는 듯 노인을 향해 큰 소리로 꾸짖었다.

"쿨랍에는 제사장이 둘이오? 이 사람이 제사장이라면 나는 그럼 허수아비란 말이오?"

그러고는 길가메시를 앞세우고 성안으로 들어갔다. 아가는 완전히 뒤통수를 얻어맞은 꼴이었다. 길가메시는 자기가 왕이라고 우겼고 흑세르는 자기가 제사장이라고 했다. 그리고 길가메시를 향해 그저 '이 사람'이라고 칭했다.

　'그래서 신전에는 금이 없다고 했다면 이 사태를 신전 수준으로 종결 짓겠다는 책략인가?'

　아가가 그들의 등을 향해 발작적으로 외쳤다.

　"금이 없으면 신전 보석이라도 가져오라!"

　흑세르는 서판을 획 쳐들어 보인 후 그대로 들어가버렸다.

9

왕은 노인으로부터 받은 모욕이 견딜 수 없었다. 노인은 자기에게 마치 백정을 가리키듯 손가락질까지 했다. 수모는 깊은 상흔으로 남기 전에 지워버려야 한다. 왕은 딸과 단둘이 산다는 그 노인을 딸과 함께 잡아들이라고 명령했다. 위엄을 보이려고 용포까지 갖춰 입은 뒤 밀실로 들어갔다. 방에는 처녀 혼자만이 의자에 앉아 고개를 숙이고 있었다.

"네 아비는 어디에 있느냐?"

처녀가 모기만 한 소리로 대답했다.

"많이 편찮으셔서…."

왕은 다가가서 처녀의 옷을 찢었다.

'너는 노인의 피를 받았고 그 죄로 잔인한 대접을 받는 것이다.'

처녀가 찢겨진 옷을 끌어 올리자 왕이 따귀를 때리며 다시 벗겨냈다.

'이게 뭔가?'

왕은 멈칫 물러섰다. 처녀는 젖가슴이 없었다. 아니, 대추야자만큼 부풀어 있었다. 왕이 물었다.

"몇 살이냐?"

겁에 질려 대답도 하지 못하자 왕이 버럭 소리를 질렀다. 소녀는 당황해서 얼른 자기 나이를 알렸다.

"여, 열두 살이옵니다."

"한데 그 늙은이의 딸이란 말이냐?"

"할아버지에겐 딸이 없습니다. 저는 손녀로….'

"네 아비는?"

"제가 일곱 살 때 돌아가셨습니다. 침략자들이 제 아비와 어미를 죽였다고 할아버지가 말씀해주셨습니다."

이제는 제법 또렷하게 저간 사정까지 밝혔다.

'침략자? 일곱 살 때라면 5년 전….'

자신이 니푸르에서 달려와 치렀던 그 전투였다.

"네 아비는 군인이었느냐?"

"아니옵니다. 선원이었사옵니다."

칼에 찔려 신음하던 한 선원이 떠올랐다. 그가 적들은 배를 탈취해 북상했다고 일러주었다.

왕은 내관을 불러 소녀를 잘 대접해서 보내라고 이른 뒤 궁전 밖으로 나갔다.

'들끓어대는 이 마음을 어디 가서 달랠 것인가?'

왕의 발길이 천신전으로 향했다. 신전 입구로 산가와 샤브라들이 들어가는 것이 보였다.

왕은 돌아서서 어머니 처소로 갔다. 어머니는 신단 앞을 빙빙 돌며 춤을 추고 있었다. 기도의 마지막 순서였다. 긴 목수건을 휘저으며 한 바퀴 돈 뒤 신단의 성수를 작은 항아리에 붓고 다시 새 물을 채운 후 장미 꽃잎을 띄웠다. 어머니는 긴 수건을 어깨에 감고 큰절을 올리는 것으로 기도를 끝냈다.

"잘 오셨습니다. 그렇지 않아도 내가 가려고 했습니다."

어머니 닌순이 다가오며 말했다.

"엔릴 신께서 무슨 말씀이라도 일러주셨습니까?"

"신께서는 요즘 전하의 마음이 매우 번거롭다 하셨습니다. 까닭은 전하의 힘이 한군데로 모아지지 않아서라는데, 그러나 방법이 있습니다."

"그게 무엇입니까?"

"이난나 여신과 결혼식을 올리십시오. 제사장이 여신을 독점하고 있어 풍요와 열정, 불패, 지배의 힘을 전하에게 드리지 못하고 계십니다. 하지만 여신과 신성한 결혼식을 올리면 그 모든 힘이 전하께로 돌아옵니다."

"한때 여신의 종이었는데 어떻게 감히 결혼식을 올릴 수 있겠습니까?"

"제사장이야 그럴 수 없다지만 전하께서는 왕이지 않습니까. 당당하게 청혼하실 수 있습니다. 그렇게 하십시오."

그런 제안도 왕의 마음을 가라앉혀주지 못했다.

2장
야성인 엔키두

매춘부가 멀리 숲 속에서 내려온
야만인 엔키두를 보았다.
여자는 스스로 옷을 벗고 그를 유혹했다.
그리고 일곱 낮과 일곱 밤을
함께 누워 있었다.
— 수메르 신화 —

1

왕은 자바르디와 함께 야금장 시찰을 갔다. 세계로 팔려 나갈 청동 덩이가 길게 늘어서 있었다. 직사각형에다 가운데에 구멍을 뚫어둔 것이 이상해서 왕이 물었다.

"저렇게 구멍을 뚫으면 무게가 적다고 값을 깎자고 하지 않나?"

"저 구멍은 지지대 사용을 위해 만든 것입니다. 무게가 꽤 나가 두 사람이 운반해야 하기 때문입지요."

"좋은 생각이군. 수출 물량이 없을 땐 국내용 농기구를 넉넉히 만들어두게."

왕이 지시를 내리고 야금장을 떠날 때 자바르디가 말했다.

"요즘은 어디를 가나 전하를 칭송하는 소리가 자자하답니다."

"구체적으로 말해보게."

"자원이라고는 역청과 갈대, 대추야자뿐인 우루크를 세계 교역의 중심지로 만든 왕이 우리 검은 머리 사람들의 자랑이자 영광이라는 것이지요."

"그 칭찬에 춤이라도 춰야겠다. 이제 들로 나가보자!"

왕이 성 밖으로 말을 몰았다. 저수지 초입과 둘레는 갈대밭으로 조성되어 있었다. 왕은 말에서 내려 물맛을 보았다. 1급 담수가 되어 있었다. 갈대가 확실히 염분 침전을 돕는 모양이었다.

왕은 저수지를 지나 안쪽으로 들어갔다. 박토에도 잘 자라는 포더가 온 들을 덮고 있었다. 포더는 건초로 만들어 가축의 겨울 식량으로 쓰기도 하지만 갈대와 함께 잘게 썰어 거름으로 깔기도 했다.

"수로로 가자."

제1, 2, 3 수로가 모두 새로운 모습이었다. 바닥에 쌓인 흙은 깊이 제거되고 폭은 넓어졌으며 둑은 벽돌로 쌓아 올려져 있었다.

"저기 카누가 내려옵니다."

수로 확장 후 농민들이 카누를 타고 장에도 가고 이웃 나들이도 간다던 보고가 생각났다. 갈대로 엮은 카누는 수로에 비해 너무도 작고 초라했다.

왕은 아가에게 침략당했을 때 성문 축조를 미룬 것을 후회했다. 성문이 튼튼했다면 끝까지 버텨볼 수도 있었을 것이다. 성벽을 개수하느라 성문까지 신경 쓰지 못한 것이 자신의 무능력으로도 여겨졌다.

'삼나무 2백 동만 있으면 성문에다 저 갈대 카누까지도 나무로 바꿀 수 있겠군.'

말에 오를 때 자바르디가 환기시켜주었다.

"여인숙 지대에서 수도를 언제 설치하느냐고 물어옵니다."

왕의 머릿속에서 성문은 또 다음 차례로 넘어갔다.

왕은 상원을 소집해 사업 구상을 얘기했다.

"성 밖 상가와 여인숙 지대를 새로 단장할 생각입니다. 먼저 토관을 묻어 저수지로부터 식수를 끌어오고 도로는 포장할 계획입니다."

원로원장이 말했다.

"지금도 여러 곳이 공사 중입니다. 정원 확장을 위해서도 엄청난 예산이 들었으니 새로운 공사는 좀 쉬었다 하는 것이 옳을 줄 압니다."

"성 밖 상가 지대는 우루크의 주머니를 채워주는 곳입니다. 도선장에서부터 시장, 여인숙은 세계 각국의 사람들이 모여드는 곳이기도 합니다. 그런데 위생은 어떻습니까? 우물은 턱없이 부족한 데다 강물을 그대로 사용하는 사람이 태반입니다. 태풍 때나 물 수위가 줄어드는 11월부터는 그 물에서 오물 냄새가 난다고 교역인들이 불평을 합니다. 실제 복통으로 고생한 외국인도 있다 했고요. 그런 까닭으로 수도 사업은 한시도 늦출 수가 없습니다."

"중요한 사업이라 해도 재정이 넉넉해야 추진할 수 있습니다. 현재 국고는 거의 비어 있으니 내년에 시작함이 옳을 줄 압니다."

국고에 지금地金이 다섯 상자나 있다는 것을 알고 있었음에도 반대하는 원로들의 근성에 질려 왕은 그만 회의를 끝내버렸다.

2

원로원장이 말했다.

"공사를 시작했네. 의회 통과도 없이 말이네."

힉세르가 반문했다.

"의원들이 또 거부권 행사를 한 것입니까?"

"아니네. 그럴 기회도 없었어. 아예 소집조차도 하지 않았으니까."

힉세르는 혼자 생각했다.

'왕이 추진하는 일에는 무조건 찬성하라, 그리고 여신전 보수공사도 상정해달라고 부탁했는데 절차까지 생략하고 자기가 원하는 공사만 시작해?'

그리고 곧 물었다.

"공사라면 성 밖의 식수로겠지요?"

"도로포장과 함께 시작했다네. 군사들을 동원해서 말이네."

'나의 계획들이 방향을 잃고, 또 서로 엉켜 있구나!'

여신전 보수공사를 서두른 것은 해가 뜰 때마다 여신전의 빛이 궁전

벽으로 달려가 견딜 수가 없었기 때문이었다.

'길가메시가 이제 여신의 사랑까지 뺏어 간다!'

길가메시는 여신을 사랑하지도 경외하지도 않았다. 자신의 집안은 할아버지 때부터 철저히 여신을 모셔왔으나 길가메시는 천신 계열이다. 그럼에도 빛을 훔쳐 가는 것은 여신의 힘까지 자신이 장악하겠다는 것이다.

'어서 빨리 벽에 무지개를 만들어야 한다!'

무지개의 두 뿌리를 벽에 붙잡아두자면 모자이크 사이사이에 빛을 먹는 안료와 유약 타일을 써야 한다. 그 비용으로 은화 5백 셰켈은 있어야 하니 최소한 3백 셰켈은 도움을 받아야 착공이 가능했다.

힉세르가 이빨을 잘근거리다가 불쑥 물었다.

"국고 사정은 어떻습니까?"

"금이 좀 있다네. 하지만 열쇠도 재정관한테로 넘어갔네. 그래서 우리는 대응을 하기로 했다네."

"대응이라니요?"

"집단 사임을 하겠다는 것이지."

양원이 없으면 군주가 상승하고 신전은 몰락하게 된다. 그건 우루크의 사멸을 의미한다. 힉세르가 나무랐다.

"누구 마음대로 사임을 한단 말입니까? 원로란 종신직이 아닙니까? 왕도 곧 의회의 중요성을 깨닫게 될 테니 그때까지 기다리도록 하십시오!"

힉세르는 벌떡 몸을 일으켰다. 원로원장은 자신의 외삼촌이기도 했으나 인사도 않고 제사장실을 나와버렸다. 마음속에 다른 가시들까지 곤두서서 누구와 맞대면하고 있을 기분이 아니었다.

'가시들이 내 심장을 찔러대는구나.'

그는 금고 방 쪽으로 향했다. 가시는 계속해서 새끼를 치면서 돌연변이를 만들어 이제는 본체가 뭔지도 알 수가 없어졌다.

그는 금고 방 앞에 멈춰 섰다. 안으로 들어가면 그 옆에 자신만의 비밀 방이 있다. 한 벽면은 큰 청동거울이고, 그 뒤에는 사람 형상의 나무를 세워놓았다. 나무 조각은 자신의 분신이었다. 열등감과 질투가 악수를 한 날, 그 나무를 만들어 목을 졸랐고 자신도 숨을 쉬지 않았다. 그때 기절했다 깨어나보니 하나의 깨달음에 도달해 있었다.

'나는 신의 대리자. 최고의 인간보다 훨씬 우위에 있다.'

그러나 오늘 돋는 가시는 질투도 열등감도 아니었다. 왕은 동녘의 태양을 향해 달리는데 자신은 석양을 향해 간다는 그런 시시한 열패감도 아니었다. 그렇다. 본체를 알 수 없는 이것은 미래에 대한 불확실성이었다.

힉세르는 금고 방을 뒤로하고 마법실로 갔다. 문을 걸어 잠그고 온몸에 향유를 바른 다음 유향을 피웠다. 연기가 잦아들자 그 위에 사프란 꽃술 가루를 뿌렸다. 연기가 물줄기처럼 피어올랐다. 그가 머리를 들이대자 향내가 머리카락을 빗기며 정수리로 파고들었다. 그는 자세를 바로 하고 주문을 외웠다.

"물길을 치웠다. 사막도 치웠다. 숲과 바위도 옆으로 물러났다. 가시나무도 자리를 비켰다. 무지개, 대기 그리고 하늘도 입을 벌렸다. 달려오라, 미래의 통로!"

그러나 미래는 열리지 않았다. 그는 다시 꽃술 가루를 뿌렸다.

"나는 가시나무가 아니다. 그럼에도 수많은 가시가 저마다 곤두서서 나를 위협하고 있다. 미래야, 어서 네 모습을 보여라. 그리하여 이 가시들을 잠재우라!"

그는 향로를 쏘아보았다. 연기가 그의 두 눈으로 빨려 들어왔다. 그러나 그뿐 아무것도 펼쳐지지 않았다. 그는 사프란과 백단 가루를 섞어 넣은 뒤 이번에는 신께 호소했다.

"신이시여, 우루크는 애초부터 신의 도시였습니다. 언제까지나 신성한 힘으로 지배해야 할 도시이기도 합니다. 그러나 지금 우루크는 물질 만능으로 신성이 뒷전으로 밀려나고 있습니다. 제가 첫 번째 재임할 때는 백성들은 검소했고 아침저녁으로 신께 경배했습니다. 그러나 이제는 저마다 배부름에 취해 신전은 뒷전이옵니다. 신이여, 말씀해주소서. 우루크가 신성을 되찾을 날은 오는지요? 신의 대리자가 신성으로 도시를 이끌어갈 그런 이상적인 미래는 오고 있는지요?"

신조차 대답하지 않았다. 그는 자기 가슴을 탁탁 치며 간원했다.

"대답해주소서. 제가 정녕 궁금한 것은 우루크의 미래입니다. 신성한 미래가 보장되어 있다는, 그것만 확신시켜주신다면 어떤 고통도 참아내겠습니다!"

다시 사프란을 뿌렸다. 연기가 공처럼 불쑥 치솟더니 판판하게 펼쳐졌고 그 위에 새 한 마리가 뒤뚱거리며 나타났다. 날개가 짝짝이였다. 큰 날개에는 자신이, 작은 날개에는 길가메시가 앉아 있었다. 그는 기뻤다. 자신이 큰 날개를 가진 것이다. 그러나 새는 날지 못했다. 그저 뒤뚱거리며 사라져갔고 길가메시의 목소리만이 주위를 감돌았다.

"당신이 내 날개를 키워줘야 해."

날개의 양쪽은 신정과 왕정이라고 힉세르는 판단했다. 우루크의 신권은 70년이 넘었으나 왕권은 겨우 3~4년, 아직 어리다. 함께 날자면 날개의 길이가 같아야 한다.

그는 옷을 입고 왕실로 향했다.

3

도시가 번성하면 침략자들이 꼬이기 마련인데 우루크의 더 큰 걱정
은 도심지가 성 밖에 있다는 것이었다. 시장과 여인숙 모두 길게 강을
끼고 있어 성벽을 쌓아 보호할 수도 없었다. 불상사가 생길 경우 성이
라도 지키는 것이 우루크가 취할 수 있는 최상의 수비였다.

왕은 성문부터 바꿔야 한다는 생각에 세쿠를 불러 아버지가 개척한
삼나무 지대에 대해 물었다. 그곳은 자그로스 산 북쪽이라고 했다. 거
기에 대홍수 때 피난 가서 눌러사는 수메르인 마을도 있다니 벌목을 도
와줄 것이라 했다. 왕은 즉시 버허투르를 보냈다.

내관이 전했다.

"전하 군정관 버허투르가 돌아옵니다."

벌목을 했다면 이렇게 일찍 돌아올 리가 없었다. 역시 빈손이었다.
왕이 까닭을 물었다.

"어떻게 된 일인가?"

"수메르인들 마을은 고산지대였습니다. 주민들은 돕고 싶지만 엔키두라는 거인 때문에 그럴 수 없다고 했습니다."

"알아듣게 말하라. 엔키두가 누구란 말이냐?"

"태어나면서부터 거인이었는데 양친이 죽은 이후 마을을 떠나 짐승들과 함께 동굴에서 살고 있답니다."

"벌목할 나무가 그가 사는 지대에 있다, 그 말인가?"

"그러하옵니다. 거인은 그 누구도 접근을 허락하지 않는답니다."

"까닭이 있을 게 아니냐?"

"어느 날 한 주민이 멋모르고 그의 짐승을 잡았기 때문이라 합니다. 그 뒤로는 접근하는 사람이 있으면 나무를 뽑아 던진다고 했습니다. 주민들은 화해를 원했으나 그가 마음을 열지 않는다는 것입니다. 족장도 화해를 하려고 들어갔다가 나무에 맞아 여태 누워 지내고 있답니다."

그래도 버허투르는 모험을 단행했다. 짐승만 잡지 않으면 된다는 생각으로 벌목꾼들을 앞세우고 숲으로 갔다. 숲 속은 아름드리나무로 꽉 차 있었다. 그들이 행장을 풀고 도끼를 집어 들 때 나무 위에서 황소 같은 것이 떨어져 내리더니 나무를 뽑아 일행 앞으로 휙 던졌다. 엔키두였다. 하반신은 털로 덮였고 어깨는 떡 벌어졌으며 머리카락이 칡넝쿨처럼 뻗친 야성인이었다.

"계속해서 나무를 뽑아 던지는 통에 더 이상 버틸 수가 없었습니다."

왕이 눈을 번쩍이며 물었다.

"굵은 나무를 손으로 뽑아?"

"주민들 말로는 어릴 때부터 힘이 장사였고, 지금도 나무를 탈 땐 원숭이, 달릴 때는 산소 같다고 했습니다."

왕은 그 야성인에게 마음이 동했다. 세상에는 힘센 사람이 많고 자신 또한 장사라는 말을 들어왔지만 굵은 나무를 손으로 뽑는다는 사람은 듣느니 처음이었다.

"엔키두… 그자를 만나고 싶은데 유인해 올 방법은 없겠나?"

"산 채로 유인해 오긴 어렵고 군부대가 가서 집중 공격을 한다면 죽여서 데려올 수는 있습니다."

"얼마나 힘이 센지 내 눈으로 봐야겠으니 살려서 데려올 방법을 찾아보라."

버허투르는 난감했다. 괴력을 가진 인간을 어떻게 생포할 것인가. 문득 엔키두의 아랫도리가 떠올랐다. 부수수한 털 사이에 불끈 솟아 있던 남근, 그것은 매우 성이 나 있었다.

"한 가지 방법이 있긴 합니다."

"그게 뭔가?"

"세상의 그 어떤 수컷도 암컷에게는 적의를 품지 않는다고 했으니 여자를 이용하면 가능할 수도 있겠습니다."

"여자? 어떤 여자가 그런 일을 하겠는가?"

"매춘부가 있습니다. 그들은 유혹도 기술이라고 떠벌리는 족속이니 화대만 넉넉히 지불한다면 응할 것입니다."

버허투르는 여인숙 지대에서 보았던 한 매춘부를 떠올렸다. 불법 무기 거래에 대한 정보가 있어 나갔다가 그 매춘부의 이상한 호객 행위 소리를 들었다.

"나의 자궁은 가난하답니다. 팔고 팔아도 내 배는 늘 굶주리지요. 앉은뱅이, 절름발이 가리지 않아요. 열흘 치 곡식만 가져오세요. 고기와 기름이라면 한 달은 봉사해드리겠어요. 나만의 비법으로 아주아주 즐겁게 해드리지요. 꿀과 고기와 기름이라면 두 달, 더 싸게도 팔 수 있어요. 누구든 이 주린 배를 채워주신다면 그 은혜 잊지 않겠어요. 열락과 행복으로 보답해드리겠어요. 배는 부른데 남근이 주린 이들이여, 모두모두 오세요."

그때 그는 '멍청한 여자야, 그렇게 청승을 떨면 오던 남자도 달아나겠다.'라고 생각했는데, "나만의 비법으로 아주아주 즐겁게 해드리겠어요."라는 대목은 오래도록 기억에 남아 있었다.

"그 여인이 정말로 어떤 비법을 가졌다면 야성인이라 해도 쉽게 굴복시킬 수 있을 것입니다."

버허투르가 자신 있게 말했다.

"당장 가서 데려오게."

버허투르는 명령을 받고 집무실을 나갔다.

소녀 니단이 조용조용 걸어 다니며 등잔마다 불을 켰다. 아가와의 분쟁 때 길가메시에게 무례하게 굴었던 바로 그 노인의 손녀였다. 니단이 밀실의 불을 다 붙인 뒤 왕에게 물었다.

"좋은 허브 향 기름이 있다 했습니다. 발을 씻겨드릴까요?"

소녀의 아비가 산악인 침략 때 목숨을 잃은 선원이었다는 사실을 알게 된 뒤 미안함도 씻을 겸 왕실에 두게 한 것이었다.

"곧 손님이 올 테니 구석구석 유향이나 뿌려두어라."

니단이 유향을 뿌리기 시작했다.

'저 아이의 아비가 피를 흘리면서도 적들의 방향을 일러준 그때 그

선원이었을까…'

왕은 아이의 손놀림에서 배우는 게 있었다. 묶인 것을 풀어내는 듯한 태도, 왠지 그렇게 느껴졌다.

'버허투르가 데려올 매춘부에게도 그런 점이 있을까? 엔키두의 꼬여 있는 마음을 풀어내고 내 앞으로 데려오기만 한다면 상을 내릴 텐데…'

버허투르가 여인을 데리고 들어왔다. 여인은 사방을 두리번거렸다. 버허투르는 여인을 앉힌 뒤 벽 쪽으로 물러섰다. 왕이 물었다.

"들기로 너는 남성을 즐겁게 하는 비법이 있다고 했다. 그러냐?"

"예."

"그 비법이 무언지 설명해보라."

"저분이 계시는데도 말입니까?"

여인이 버허투르를 가리켰다.

"그가 있으면 어떠냐? 어서 말해보라."

여인이 무릎걸음으로 가까이 다가왔다. 말로 설명해보라는 것이었는데 여인은 당장 관계를 하자는 것으로 알아들은 모양이었다. 왕은 당황해서 손을 쳐들었다.

"멈추라. 거기서 말하라!"

여인은 멈추어 서서 왕의 둔부를 살펴본 뒤 대답했다.

"지금은 남근이 매우 성이 나 계신 듯하니 그 어떤 비법도 필요 없겠나이다."

왕이 픽 웃자 여인이 덧붙였다.

"하지만 하룻밤만 지나면 착한 아기처럼 잠들 터이고, 그러면…"

"헛소리 그만하고 몇 가지 비법이 있는지 그것만 말하라."

"사람에 따라 비법도 다르옵니다."

"세상 사람들은 모래알처럼 많고 각자가 다르다. 한데 그 모두에게 맞출 비법이 따로따로 다 있다는 게냐?"

"예. 누구든 만나기만 하면 어떤 비법을 써야 할지 알 수 있나이다."

"그렇다면 상대가 나라고 생각하고 그 비법을 말해보아라."

"첫날밤은 비법이 필요 없습니다. 거의 모두가 화살을 쟁이고 기다리는 포수 같으니까요."

'화살을 쟁인 포수는 다람쥐만 지나가도 쏘게 된다….'

왕이 물었다.

"그러니까 네 비법은 화살이 다 떨어졌을 때 필요하다, 그 말이냐?"

"예, 그러하옵니다."

"그럼 나와 함께 있다면 이튿날엔 어떤 비법으로 시작하겠느냐?"

"여기서 발설할 수가 없사옵니다."

"발칙한 것!"

버허투르가 소리쳤다. 여인이 놀라 엉뚱한 말을 늘어놓았다.

"나으리, 저는 보리를 찧을 줄 알지만 찧을 보리가 없고, 고기를 잘 구울 줄 알지만 고기가 없사옵니다. 그러니까 제가 가진 것은 이 몸뚱이 하나요, 팔 수 있는 것도 이 하나뿐입니다."

"사설이 길다. 생략해서 말하라."

"저에게 먹을 만큼의 보리를 주신다면 이 치맛자락이 한 폭 열리고, 만약 부모와 동생들을 먹일 곡식과 고기까지 주신다면 치마가 한 바퀴 만큼 열린다는 뜻이옵니다."

"그러니까 화대에 따라 네 비법이 달라진다, 그 말인가?"

"예, 그러하옵니다."

"그러면 너에게 일 년 치 화대를 준다면 어떻게 하겠느냐?"

"그것은 감동이라 목숨도 드릴 수 있사옵니다."

'목숨까지….'

성실하게 임하겠다는 뜻이다. 왕이 본론을 밝혔다.

"한 야성인이 있다. 그는 멀고 먼 산속에 사는데 성질이 난폭하다. 유혹할 자신이 있느냐?"

"예."

"그뿐만이 아니라 내 앞으로 데려와야 한다. 그럴 자신도 있느냐?"

"예. 그가 바위 같은 남자라 해도 잘 녹여서 데려올 수 있나이다."

"그럼 당장 떠나도록 하라."

"하오나 나으리, 저에게는 절름발이 아비와 동생들이 있습니다. 그들에게 먹을 것부터 주십시오. 그러면 당장이라도 가겠사옵니다."

왕이 버허투르에게 일렀다.

"이 여인의 말을 들었느냐? 가족들에게 기름과 곡식부터 주고 여인을 그곳으로 데려가도록 하라."

여인의 얼굴에 안도감이 흘렀다. 버허투르는 부드럽게 말했다.

"네 집으로 앞서거라."

4

매춘부 멜라는 숲 속을 헤맸다. 왕의 충복들이 길을 잃은 사람으로
가장하라, 그래야 접근하기 쉬울 것이라고 했는데 정말로 길을 잃고 말
았다. 멜라는 고개를 들어 하늘을 보았다. 햇살이 나무 위로 죽죽 흘러
내렸지만 동굴이 어디라고 가르쳐주진 않았다. 한참을 걸어가도 바위
하나 없이 나무뿐이었다. 멜라는 더럭 겁이 났다.

'밤이 되도록 찾지 못하면 어떻게 하나. 나를 데려다 준 사람들도 떠
났는데…'

멜라는 주위를 돌아보았다. 묵묵히 서 있는 나무조차도 이제는 무서
워졌다. 곁에 일행이 있을 때는 이 숲이 천국 같았다. 나무가 그처럼 미
끈하게 잘생겼다는 것을 처음으로 본 데다 저마다 향내까지 내뿜어 마
치 자신의 누더기 같은 삶을 깨끗이 씻어주는 것 같기도 했다. 그러나
지금은 여자 혼자라고 잔뜩 겁을 주었다. 멜라는 하늘을 쳐다보았다.
태양은 아직도 그 자리에 있었다.

'동무 삼을 것이 너뿐이구나…'

멜라는 시선으로 햇빛을 부여잡고 숲 속을 걸었다. 고개가 아파도 햇빛을 놓지 않았다.

"악!"

멜라는 그만 구덩이에 빠지고 말았다. 고산지대 주민들이 짐승을 잡으려고 파둔 함정이었다. 크게 깊지 않았음에도 놀란 멜라는 울음부터 터뜨렸다. 산에는 짐승뿐만 아니라 괴물들이 산다고 했다.

'이제 어쩌나, 어쩌나.'

멜라는 급히 눈물을 거두고 기도를 시작했다.

"천신이여, 저를 용서해주소서. 그간 천신을 섬기지 못한 것은 바칠 것이 없어서 그랬나이다. 제가 소녀 적에, 강 건너 시골에서 살 때, 야만인들이 몰려와 우리 마을 곡식 창고를 깡그리 쓸어 갔습니다. 그때 저희 아버지는 창고 책임자로서 곡식을 지키려다가 그들의 칼에 찔려 절름발이가 되었고 제 어미는 끌려갔나이다. 그때부터 저는 도시로 나와 몸을 팔았나이다. 배고파 우는 동생들이 딱해 옥수수 한 덩이에도 손님을 받았나이다. 재수가 좋으면 겉보리 한 되도 받았지만 그래도 신에게 바칠 여유가 없었나이다. 하지만 천신이시여, 이제는 전과 다르옵니다. 잘만 하면, 제 임무만 다하면 저는 일 년 열두 달 하루도 빠짐없이 신께 따뜻한 음식을 바칠 수 있나이다. 제 어미가 잡혀가기 전에 그랬듯이 저 또한 우유와 기름을 신께 먼저 바치겠사오니 부디 저를 살려주십시오…."

무언가가 발등을 건드렸다. 토끼였다. 어미 토끼 한 마리가 먹을 것을 구하러 나왔다가 구덩이에 빠진 모양이었다. 멜라는 토끼를 끌어안고 속삭였다.

"토끼야, 널 구해주신 분은 내가 아니라 천신님이란다. 그분께 감사하렴."

멜라는 토끼를 놓아주고 자신도 구덩이에서 빠져나왔다. 태양은 이미 간 곳이 없었고 어둠이 안개처럼 번져오는가 했는데 그보다 더 빠른 무엇이 갈기를 휘날리며 달려왔다. 사자였다. 멜라는 비명 한마디 지르지 못한 채 혼절하고 말았다.

정신이 돌아왔을 때는 자신이 누군가의 어깨에 실려 있었다. 그가 엔키두라는 것을 멜라는 즉각 알아차렸다. 옷을 입지 않은 것이나 날 듯이 뛰어가는 것이 그랬다.

'천신님이 보내주신 거야. 날더러 더 이상 헤매지 말라고 그를 이렇게 보내주신 거야.'

멜라는 천신께 감사를 드린 뒤 동굴에 도착할 때까지 모른 척하겠다고 자신에게 속삭이며 눈을 감았다.

엔키두는 멜라를 동굴 초입에 내려놓고 안으로 들어갔다. 멜라는 막 정신이 돌아온 듯 몸을 일으키며 몽롱한 목소리로 물었다.

"여기가 어딘가요?"

엔키두가 다시 나왔다. 혼자가 아니었다. 사자와 함께였다.

"아아, 난 저 사자가 무서워요!"

멜라가 기겁을 하자 엔키두는 사자를 데리고 다시 안으로 들어가버렸다. 동굴 밖으로는 달빛이 흘러내렸다. 문득 엔키두의 얼굴이 보고 싶었다. 이런 달빛이면 어떻게 생겼는지는 짐작할 수 있을 것이다. 멜라는 아주 부드러운 목소리로 그를 불렀다.

"저를 살려주신 분이 누구신지 얼굴을 보여주세요."

엔키두가 동굴 밖으로 나오더니 멜라 앞에 우뚝 섰다. 몸집이 크다는 것은 알겠는데 달빛을 등지고 있어 얼굴이 보이지 않았다.

"여기 제 옆에 앉으세요. 그러면 달빛이 당신 얼굴을 비춰줄 거예요."

그가 옆으로 와 앉았다. 치렁치렁한 머리가 수사자의 갈기처럼 늘어져 있었다. 갑자기 무서워졌다. 자신이 상대해야 할 사내는 인간이라기보다 야수에 가까웠다. 심장이 요동을 쳤다.

'잘못하면 이 남자가 나를 잡아먹을지도 모른다.'

멜라는 진정하기 위해 심호흡을 했다.

'짐승이든 사람이든 상대는 남자다. 그 점부터 이용하자. 그것이 또 내가 할 일이 아니냐.'

멜라는 용기를 내서 자기소개를 했다.

"제 이름은 멜라예요. 여염집 규수인데 산 너머 친척 집에 가던 길이었어요. 물론 시종들과 함께요. 한데 갑자기 괴물이 나타났어요. 뿔이 열 개나 달린 괴물이었지요. 그 괴물이 내 시종들을 물어 갔어요. 그래서 저는…."

멜라가 머리를 써서 그럴듯하게 꾸며대는데도 상대는 꿔다 놓은 보릿자루처럼 아무 반응이 없었다. 이야기로 그를 유혹하기는 틀렸다 싶어 멜라는 슬며시 그의 하반신을 살펴보았다. 굵은 다리 사이로 커다란 성기가 하늘을 향해 있었다. 혐오감이 오스스 닭살로 돋아났다.

'몸을 팔면서 얼마나 증오했던 물건인가. 게다가 이 남자는 야성인이다. 내 임무를 위해 몸을 허락하면 사람이 죽는지도 모르고 덤벼들 것이다. 그러면 이제 어떻게 해야 하나? 만약 여기서 달아난다면, 길을 잘못 들었으니 보내달라고 한다면 이 야수는 곱게 놓아줄까? 그가 놓아주어 내가 숲 속을 빠져나갈 수 있다면 그다음은? 내 앞날은? 굶주린 동생들, 걷지 못하는 아버지, 내 손만 쳐다보는 가족들의 허기진 눈…. 죽음보다 못한 우리의 삶…. 그래, 우리도 한번 사람답게 살아봐야 해. 가끔 아, 배부르다, 그런 말도 할 수 있는 삶…. 그러자면 이 야수를 유혹해야 한다. 살아남을 수 있는 방법으로 유혹을 하고….'

멜라는 동료 언니를 떠올렸다. 열여섯 살 때 손님을 끌지 못해 굶주리고 있을 때 그 언니는 비법이 있어야 한다고 귀띔해주었다. 그러나 그 비법이 어떤 것인지는 가르쳐주지 않았다. 그런데도 '기술이 있어요, 비법이 있어요' 하고 호객을 했고 손님들은 거짓말을 했다고 화대를 깎았다.

'하지만 지금은 달라. 나와 거래를 튼 사람은 장돌뱅이나 목부, 농부가 아닌걸. 외국에서 오는 그런 뜨내기도 아닌걸. 아주 높고 높으신 분인데….'

멜라는 엔키두를 바라보았다.

'그래, 손으로 유혹하자. 이 야성인은 여자의 그것이 어디에 붙었는지도 모를 테니까 속아 넘어갈 거야. 혹시 알고 묻는다면 나의 그것은 손에 붙었다고 둘러대고….'

멜라는 엔키두 쪽으로 몸을 기울이다가 다시 어깨를 움츠렸다. 갑자기 자신의 존재가 처절하도록 싫어졌다. 멜라가 달을 쳐다보며 한숨을 쉬자 달이 말했다.

'지금 당장 애쓰지 않아도 돼. 아직 시간이 많으니 내일 생각해도 늦지 않아.'

멜라는 바닥에 쓰러져 누우며 말했다.

"안녕, 내일 아침에 다시 봐요."

엔키두가 멜라를 깨웠다. 해가 떠오를 때였다. 멜라가 화들짝 놀라며 몸을 일으키자 엔키두가 뭔가를 내밀었다. 털만 벗겨낸 짐승 다리였다. 고개를 돌려보니 동굴 앞에는 사자가 앉아 있었다. 그 날고기는 사자가 잡아 온 것인가 보았다.

"저는 날고기를 먹지 못해요."

멜라가 거절하자 엔키두는 곧 밖으로 달려 나갔다. 사자도 그의 뒤를 따라 나가자 멜라는 덜컥 겁이 나 동굴 안쪽을 살펴보았다. 혹시 큰 짐 승이 남아 있다면 자기를 해칠지도 몰랐다. 다행히 짐승들은 모두 아침 사냥을 나간 모양이었다. 멜라는 몸을 일으켰다.

'어디엔가 옹달샘이 있을 테니 세수라도 하자.'

멜라는 사방을 휘둘러본 뒤 동굴 아래로 내려갔다.

한참 수풀을 헤쳐 갈 때 엔키두가 불쑥 나타났다. 멜라가 얼른 세수 하는 흉내를 내자 엔키두가 여인을 들쳐 업고 달리더니 열 숨도 쉬기 전에 옹달샘 앞에 내려놓았다. 샘 옆에는 불이 피워져 있었고 꼬챙이에 꿰인 채 멜라가 거절했던 짐승 다리가 익어가고 있었다. 멜라는 고기 를 보자 참을 수 없을 만큼 배가 고파졌다. 엔키두는 마치 멜라의 마음 속을 들여다보기라도 한 듯 재빨리 고기를 집어내 여인 앞에 내밀었다. 멜라는 그것을 받아 들고 허겁지겁 먹기 시작했다.

"아, 배부르다. 고마워요."

멜라는 뼈다귀를 던지고 나서 비로소 엔키두를 쳐다보았다. 얼굴은 컸지만 순해 보였다. 그 순한 눈이 자기를 지켜보고 있었다.

'이 남자와 살면 굶는 일은 없겠구나….'

평생 여기서 살아도 좋겠다는 생각이 찾아들었다.

'하지만 아니야. 아직 이 사람을 잘 몰라. 매춘부들은 늘 배가 주려 있고, 남자들은 거기가 주려 있듯이 먼저 그 짓이 하고 싶어 선심을 베푸는지도 몰라. 설령 그렇지 않다 해도, 이 남자가 정말 좋은 남자라 해도 가족을 두고 나만 잘 살 수는 없지. 그렇고 말고. 천신에게도 약속했는걸.'

멜라는 샘가로 가서 세수를 했다. 정신이 맑아지자 마음이 바빠졌다. 앞으로 여섯 날, 그때까지 이 남자를 유혹하지 못하면 모든 것이 물거품이 되고 만다. 멜라는 교태를 부려가며 부드럽게 엔키두를 불렀다.

"이 물가로 오세요. 내가 씻겨드릴게요."

엔키두가 다가왔다. 몸에서 역한 짐승 냄새가 났다.

'난 짐승을 상대하긴 싫어. 우선 사람부터 만들어주자.'

멜라는 그의 갈기 머리를 땋아주었다. 손길이 편안한지 엔키두는 꾸벅꾸벅 졸았다. 이 남자는 착했다. 정말 착했다. 발을 씻겨주면 아이처럼 헤 웃었다. 멜라는 이처럼 편한 상대를 만나본 적이 없었다. 멜라가 몸을 열지 않았음에도 타박을 하거나 덤벼들지 않았다. 짠돌이들이 겉보리 한 되를 가져와서는 그 짓만 하려 드는데 이 남자는 얼마나 신사적인가. 멜라는 그의 가슴을 쓸어주며 어리광을 피워보았다.

"저녁에는 치즈와 빵이 먹고 싶어."

엔키두는 알았다는 듯 고개를 끄덕였다. 멜라는 팔을 크게 벌려 그를 안아주었다. 거의 7년간이나 몸을 팔아오면서도 단 하나 숨겨온 순정, 여태 한 번도 사용해보지 못한 그 순정이 지금 꿈틀꿈틀 움직이기 시작했다. 그토록 지겹게 몸을 팔면서도 가끔은 그 몸을 그저 줄 수 있는 상대, 안아주고 싶어 못 견딜 그런 상대를 가져보는 것이 꿈이기도 했다. 건실한 지아비를 얻어 튼튼한 아이를 낳고 자기 사랑을 맘껏 퍼내줄 수 있는 아내, 그 아내의 신분이란 천국의 열매만큼 멀리 있는 것이라 해도 누구 한 사람, 딱 한 사람, 진정한 사랑을 해볼 수 있는 그런 상대를 얻을 수 있다면 소원이 없겠다 싶을 때도 있었다. 멜라는 그의 이마와 뺨에 키스를 해주다가 뜨겁게 입술을 찾았다.

사흘 후였다. 그날도 엔키두는 마을에 갔던 모양이었다. 언제 갔는지 알지 못했는데 아침에 일어나 보니 바구니에 빵이 있었다. 그러나 그 빵은 굳은 데다 고소한 맛도 없었다.

"꿀이 있으면 좋겠다."

멜라가 빵을 씹으며 말했다. 그러자 엔키두는 또 당장 여인을 들쳐업었다.

"어디로 가는 거야?"

그는 대답하지 않았다. 하지만 멜라는 지금 꿀을 찾으러 간다는 것을 알고 있었다. 어제도 그랬다. 지나가는 말로 저잣거리에서 파는 무화과를 들먹였을 뿐인데 그는 정말로 자신을 그곳으로 데려갔다. 농익어 입이 벌어진 무화과가, 도시에서는 아주 비싼 그 무화과가 사방에 지천이었다. 그 과일을 먹고 사는, 말을 할 줄 아는 임두구드새는 "저기도 있다, 저기도." 하고 나무마다 옮겨 다니며 더 잘 익은 것을 일러주었다.

"여보, 좀 천천히 가."

멜라가 말했다. 엔키두가 걸음을 늦추었다.

'말은 한마디도 하지 않으면서 내 말은 어쩜 이리도 잘 알아들을까? 이처럼 근사한 남자에게 내가 줄 수 있는 것은 무엇일까?'

멜라는 신전의 한 관리를 떠올렸다. 손님으로 온 그는 자기는 인생의 교사이지만 성에 대해서는 아직 학생이고 너는 성에 대해서 선생일 테니 가장 좋은 비법을 가르쳐달라고 했다. 그때 멜라가 배꼽을 핥아주자 남자는 곧 자지러졌다.

'그래, 배꼽, 아니, 가까이 있는 이 귀….'

멜라는 입술을 찰싹 붙여 그의 귀를 핥아주었다. 엔키두가 간지러운지 고개를 돌렸다. 멜라는 더 가까이 다가들어 혀로 귀를 감았다.

"윽, 윽!"

엔키두는 짐승 같은 소리를 질러댔다. 도시의 남자들처럼 그도 그것이 좋은 모양이었다. 멜라는 더 기쁘게 해주려고 정성을 다해 귀를 핥았다. 갑자기 엔키두가 몸서리를 쳤다. 그리고 여인을 바닥에 던지고는 그대로 달아나버렸다. 멜라는 놀라 비명도 지르지 못한 채 입만 딱 벌렸다.

'무엇이 잘못되었는가? 그는 왜 화를 냈으며 어디로 갔는가?

"여보, 돌아와! 어서 돌아와!"

소리쳐 불렀으나 그는 돌아오지 않았다. 사내를 잃었다고 나무들이 다시 적의를 드러냈다. 멜라는 울먹이면서 중얼거렸다.

"비법이 틀렸다면 다른 것으로도 해줄 수 있어. 그러니 어서 돌아와."

그래도 기척이 없었다. 멜라는 악을 쓰기 시작했다.

"난 버림받는 것이 싫단 말이야! 어서 돌아와! 어서!"

숲이 멜라의 메아리를 꿀꺽 삼키곤 스산한 바람을 뱉어냈다. 무서워서 더 기다릴 수가 없었다.

'동굴로 가자. 여기서 안심할 수 있는 곳은 그곳뿐이야.'

멜라는 숲을 헤치고 동굴을 향해 걸어갔다.

"그는 저 위에 있어."

깜짝 놀라 고개를 들어보니 임두구드새였다. 멜라는 그가 어디에 있
느냐고 물으려다 자존심이 상해 "무슨 상관이야!"라고 말해버렸다. 그
러자 그만 새가 날아가고 말았다.

"아니야, 아니야! 가지 마…."

멜라는 허둥지둥 새를 쫓아가다 우뚝 몸을 세웠다. 저만치 앞에 엔키
두가 앉아 있었다. 멜라는 달려가 그를 와락 껴안고 눈물로 젖은 얼굴
을 비벼댔다. 너무도 반가워 그냥 그렇게 비벼대기만 하는데 엔키두가
다시 여인을 밀어냈다.

"간지럽히지 마! 그건 칵칵 싫어."

'엔키두가 말을 했다!'

그 첫마디가 사랑 고백보다 더 황홀해서 멜라는 다시 그를 와락 껴안
았다.

"당신, 그것이 싫었구나. 그래, 알았어. 알았어…."

멜라는 그의 어깨를 토닥였다.

'나는 당신에게 기쁨을 주려고 귀를 핥았는데 당신은 그것이 간지러
웠구나. 그래서 짐승 같은 소리를 지르고는 달아나버렸구나. 그래, 사람
마다 취향이 다른데, 나는 어찌하여 그 생각을 못했던가. 알았어, 이제
당신을 배울게. 좋아하고 싫어하는 게 무엇인지 그것부터 배울게.'

"이제 꿀 따러 가!"

엔키두는 여인을 안아 휙 둘러업고는 달리기 시작했다. 멜라가 그의 머리 위에 턱을 올리고 사방을 돌아보자 나무들도 가지를 흔들며 여인을 축복해주었다.

5

왕이 목수에게 성문에 새길 문양에 대해 설명을 듣고 있을 때 시종이 들어와 어머니의 방문을 알렸다. 왕이 목수를 내보낸 뒤 어머니 닌순을 맞았다.

양손을 꼭 쥐고 맞은편에 앉은 어머니의 두 눈이 반짝이고 입가에 알 수 없는 미소가 어린 것이 또 무슨 신탁을 받은 모양이었다. 어머니는 신들과 각별한 사이였다. 우루크의 그 누구도 어머니만큼 자주 신과 만나는 사람은 없었다.

"얼굴이 빛나 보이십니다. 또 어떤 신님을 만나셨습니까?"

어머니는 니푸르 부사제장의 딸이었다. 아버지가 천산의 위치를 알려고 엔릴 신전에 들렀을 때 부사제장이 "내 딸이 꿈에 우루크 사람을 보았다더니 자네로군." 하고 말했다. 어머니는 자기 신랑감을 꿈에서 미리 만났고 아버지가 천산에서 돌아올 즈음 따라 나설 준비를 하고 있었다고 했다.

"아니오, 요즘 신님들은 조용하십니다."

어머니가 대답했다. 왕에게 어머니는 불가사의한 존재였다. 사춘기 때, 아버지에 대한 모험담이 사방에서 회자되고 있을 때 그는 보물찾기하듯 어머니의 과거를 추적해본 적이 있었다. 외할아버지는 엔릴 신의 9대손이라 했고, 우루크에서 온 외손자에게 "네 아버지가 육신의 여행가라면 네 어머니는 영혼의 여행가란다. 얘야, 네 어머니를 잘 살펴보렴. 시도 때도 없이 엔릴 신을 만나고 있단다. 어두운 길을 걸을 때는 신께서 불까지 밝혀주시지."라고 했다. 어머니는 바느질을 하면서도 신과 이야기를 했다.

"신들께서 조용하시다면 심심해서 오셨습니까?"

어머니가 시종이 가져온 대추야자 접시를 밀어내며 말했다.

"신전에서 여사제를 뽑는다는 소식은 들었습니까?"

"얼마 전에 들었습니다."

왕은 자신도 모르게 눈살을 찌푸렸다. 어머니는 아랑곳하지 않고 말을 이었다.

"아주 잘된 일이 아닙니까. 여신과의 성스러운 결혼식을 한다 해도 그중에서 뽑을 수 있겠고, 또 후궁을 보더라도…."

여신과의 성스러운 결혼식은 원래 어머니 닌순 혼자만 생각해오던 일이었다. 한데 어제 힉세르가 찾아와서 '왕이 지금 후궁을 얻고 싶은 모양이다, 옥체가 귀하시니 신분이 걸맞은 여성이어야 하는데 신전에서 여사제를 뽑아 그중에서 후궁을 발탁하면 신성미도 있지 않겠느냐'고 했다. 어머니는 후궁을 여신 대역으로 생각했던 것이다.

"가장 출중한 인물을 간택해 여신의 신전에서 '성스러운 결혼식'을 올리고 그 침실에서 신혼을 보내는 것이지요. 그러면 여신께서는 당신이 가진 모든 것을 전하께 드릴 것입니다. 수메르 전체 왕이 되기 위해서도 불패의 신탁은 반드시 필요하지요."

왕은 조용히 고개를 끄덕였다. 어머니의 말에도 일리가 있었다.

'수메르 전체의 왕. 그건 자신도 한때 꿈꾸었던 게 아니던가.'

키시의 방종으로 수메르인들의 정신이 해이해졌다. 그걸 누구보다 뼈아프게 느낀 사람이 바로 자신이었다. 홍익·제세이화 이념도 희미해졌고 엔릴 신의 후예라는 자부심도 사라졌다. 널리 인간을 이롭게 하라는 지고지순의 정신을 지녔던 민족을 다시 부흥시킬 수 있는 방법 가운데 하나가 바로 자신이 수메르 전체의 왕이 되는 길뿐이라고 길가메시는 오래전부터 생각해왔다. 어머니의 뜻이 그러하다면 받아들이지 못할 것도 없었다. 성스러운 결혼식이 민족의 정신을 되살리는 길이라면 마다할 이유가 없었다. 하지만 후궁이라니.

왕이 물었다.

"여신과의 결혼식은 전에도 한 번 말씀하신 적이 있었습니다만, 후궁은 지금도 여럿입니다. 한데 별안간 왜 그런 말씀을?"

"전하께서 새 후궁을 맞고 싶으시다면서요?"

"제가요? 대체 누가 그러던가요?"

"제사장이 말했습니다. 그래서 하루 빨리 여사제를 뽑을 생각이라고…."

'근간에는 만난 적도 없는 사람이 후궁을 언급했다니 대체 무슨 꿍꿍이 속인가?'

"그리고 이참에 쿨랍 제도를 대폭 개혁할 것이라고도 했습니다. 제사 보조원, 신전 관리들까지 사제직으로 개편하고 신전에는 신의 종들만 머물게 한다는 것이지요. 또한 일반인이 신들과 더 가까워질 수 있도록 신전 축제도 자주 열겠답니다."

"좋은 생각이군요. 하지만 여사제 문제는 접어두라고 전해주십시오. 지금은 그런 일에 신경 쓸 여유가 없습니다."

어머니가 아들을 바라보았다. 눈에 아지랑이가 피어올랐으나 얼른 거두고 마무리를 지었다.

"지금 전하의 용안에는 급하다, 급하다, 그런 말이 쓰여 있군요. 그러나 잊지 마십시오. 전하는 머지않아 수메르의 최고 지도자가 되실 것입니다."

6

깊은 밤이었다. 멜라는 조용히 일어나 동굴 밖으로 나갔다. 오늘이 이레째, 그 세월도 길다고 달은 어느새 떠나고 사방엔 칠흑 같은 어둠만이 휘장처럼 드리워져 있었다. 멜라는 동굴 난간에 걸터앉았다. 어둠속 저쪽에서 새들이 찌찌거리는 소리가 들려왔다. 벌써 친구가 되었다고 멜라의 기척에 응답하는 모양이었다.

'내일이면 너희들과도 이별이구나.'

가슴이 아려왔다. 임무를 완수하지 못한 것은 아쉽지가 않았다. 이 낙원에 자기 사랑을 두고 간다는 것, 술처럼 잘 익혀온 자신의 행복 항아리를 미련 없이 뒤엎고 가야 한다는 것만이 슬프고 안타까울 뿐이었다.

'정말 그래야 하는가.'

자기 생애에서 가장 행복했던 나날들, 그 황금 같은 시간이 미련의 기둥이 되어 자신을 둘러쌌다. 벌들이 둥지를 튼 그 고목에 갔을 때 그는 흘러내리는 꿀을 손으로 퍼 담아 자신의 입에 넣어주었고 이튿날은 또 어디서 구했는지 그릇까지 들고 가 그 꿀을 담아 왔다. 아침이면 먼 마을까지 달려가 따뜻한 양유를 얻어 왔고, 산속에 대해서는 모르는 것이 없는 그는 늘 자신을 업고 다니며 산과수가 있는 곳으로 데려가기도 했다.

'여태껏 살아오면서 단 한 번도 만나보지 못한 아름다운 남자, 난생처음 발견한 이 남자, 사랑 법을 제대로 사용할 줄 아는 이런 귀하고도 귀한 남자를 그냥 버리고 가야 하는가. 그러나 어쩔 것인가. 그를 위해서는 그 길밖에 없는 것을. 내 가난은 숙명이라 견딜 수 있지만 낙원을 가진 이 남자는 자기 둥지를 잃으면 살아갈 수가 없다. 당신에게 차마 도시에 가서 살자, 그 말을 할 수 없었지. 당신은 도시로 가면 곧 노예가 되는데, 이 낙원의 왕자가 노예가 되고 마는데, 내 어찌 당신에게 그런 죄를 짓겠어. 나는 다시 몸을 팔아도 살 수 있지만 당신은 노예로 살 사람이 아니지. 그래서 당신을 두고 가는 거야. 나에게 준 행복, 그 귀한 행복의 대가를 그렇게라도 치르고 싶은 거야. 한데 왜 이다지도 마음이 아플까? 당신에게서 행복을 훔친 사람은 바로 난데, 다디단 추억까지 챙겨 가는 사람도 나 자신인데 어찌하여 세상 모두 잃은 듯이 이토록 슬프고도 아픈 거야?'

엔키두의 기척이 들려왔다. 문득 그와는 단 한 번도 부부관계를 가지지 않았다는 사실이 떠올랐다.

'아, 그래, 이 사람은 나의 신랑, 내 마음의 영원한 신랑, 그 흔적이라도 남기고 가야지.'

그가 다가오자 멜라는 그의 허리를 껴안았다.

"당신 제대로 된 사랑 모르지? 이제 그걸 해보는 거야."

멜라는 옷을 벗기 시작했다. 천천히 허리띠를 풀고 앞가슴을 열어 옷을 훌렁 벗어젖힌 후 그의 손을 끌어다 자신의 젖가슴을 쥐여주었다. 그는 젖가슴을 만지는 대신 "춥다, 춥다."라고 말하며 얼른 여인을 끌어안았다.

"여보, 내 몸이 이렇게 더운걸. 자, 이제 젖을 물어봐. 새끼가 어미젖을 먹듯이 그렇게 물어봐."

그는 여인의 가슴을 만질 줄도 먹을 줄도 몰랐다.

'하지만 남편은 그래야 하는 거야. 구슬을 다루듯이 부드럽게 만져야 하지.'

멜라는 그에게 젖을 물려주었다. 그는 그저 입을 대고 있었지만 그것이 너무 따뜻해서 온몸이 저절로 녹아내리는 듯했다. 멜라는 바닥에 누우며 슬며시 그를 끌어당겼다.

새벽 새소리가 들려왔다. 멜라는 살며시 일어나 동굴을 나섰다. 이때쯤이면 언제나 뒤를 보러 나갔으니 의심하지 않을 터이다. 멜라는 재빠르게 걸어 숲으로 들어갔다. 쉬지 않고 걸으면 정오 전에는 도착할 것이다. 가끔 안개가 불쑥불쑥 휘감겨왔으나 그까짓 것 얼마든지 헤쳐 갈 수 있었다. 멜라는 팔을 벌려 나무를 짚어가며 충복들에게 해야 할 말을 되새겼다.

'그는 내 말을 듣지 않았어요. 오만 가지 비법을 다 썼지만 허사였어요. 내가 도시로 가서 살자고 하면 그때마다 나를 두들겨 팼어요. 아시겠어요? 나도 노력을 했다고요. 정말이지 혼신을 다했다고요. 그가 물을 떠 오라면 물을, 몸을 달라면 몸을 주었어요. 하지만 그것만 뚝 따먹고는 그만이었어요. 장담하건대 그 누구도, 그 어떤 여자도 그를 끌어

114

낼 사람은 없을 거예요!'

그때였다. 뒤에서 무엇인가가 날아오는 것 같더니 멜라 앞에 뚝 멈추었다. 엔키두였다. 그가 물었다.

"여보, 어딜 가나?"

멜라가 했던 말, 그 '여보'란 말을 엔키두가 사용했다. 얼마나 듣고 싶었던 호칭인가.

'여보, 그래 여보….'

멜라는 당장 달려가 그를 껴안고 싶었다. 하지만 그러면 서로가 망하고 만다. 멜라는 냉정한 목소리로 말했다.

"집으로 가야지. 동생들이 기다리고 있는데…."

"나도 가면 안 되나?"

"안 돼."

그러자 그가 다가들어 멜라를 번쩍 들쳐 업었다. 멜라는 악을 쓰며 내려달라, 내려서 이야기하자고 소리쳤다. 그가 내려주자 멜라는 바닥에 털썩 주저앉았다. 엔키두도 그 옆에 쭈그리고 앉아 행여 놓칠세라 허벅지까지 바짝 붙여왔다.

'무슨 말로 어떻게 설득해야 하나.'

골몰해봐도 마땅한 묘안이 떠오르지 않았다. 멜라는 그를 물끄러미 바라보다가 불쑥 물어보았다.

"당신 아까 말했지? 날 따라가겠다고?"

그가 고개를 끄덕였다.

"당신 가족은 어쩌고? 사자는 어쩌고?"

"난 여보가 더 좋아."

"도시에 가면 아주 고달프게 살아야 하는데도?"

"난 그런 것 몰라. 어쨌든 당신과 함께 살 거야."

'나와 함께 살겠다고?'

멜라는 벌떡 몸을 일으켰다.

'그래, 이렇게 되는 것이 순서였어. 당신을 데리고 가는 것이. 내일 일은 내일에 맡기는 거다.'

"그럼 가자. 함께 가자."

멜라는 엔키두의 손을 잡고 숲 속을 빠져나가기 시작했다.

버허투르가 옥좌 앞에 멜라를 꿇어앉혔다. 엔키두를 데려오지 못했으니 죄인임에는 틀림없었다. 우루크에 도착했을 때 엔키두는 번잡한 도시에 놀랐는지 다시 산속으로 돌아가자고 졸랐다. 그때 멜라는 동행자들에게 말했다.

"이 사람을 전하 앞으로 곧장 데려가는 것은 위험합니다."

"그건 무슨 소린가?

"물불을 모르는 사람이라 몹시 불충할 수도 있습니다."

딴은 옳은 말이었다. 이 야만인은 먼 길을 함께 오면서도 그들에게조차 호의를 보이지 않았다. 그저 틈만 나면 여인을 들쳐 업고 도로 산속으로 달아날 태세였다. 그들이 위협을 주느라 칼을 겨누어도 꿈쩍하지 않는데 왕에게 어떤 짓을 할지 뉘 알겠는가.

"그럼 어째야 한단 말인가?

"먼저 적응시킬 시간을 주십시오. 그러면 제가 이 사람을 다듬어보겠습니다."

그래서 그들은 집을 얻었다. 식료품도 넉넉히 주어져 또 다른 행복의 연장선 같았다. 하지만 그 행복에도 기한이 있었다. 이레 후에는 왕에게 넘겨야 한다는 조건이었다. 멜라는 그 기간 동안 사랑만 하겠다고 다짐했다. 자기 생애가 몇 살까지 살아지는지, 또는 얼마만큼의 사랑이 남아 있을지 알 수 없지만 육신 속에 고여 있는 그 모든 것을 써버릴 작정이었다. 그와 헤어지면 두 번 다시 사랑할 기회도 없을 텐데 후회나 회한이 없도록 바닥까지 박박 긁어서 주고 싶었다. 그래서 멜라는 처음 사흘간은 먹고 마시고 사랑만 나누었다. 한 번의 키스를 열 번으로, 열 번의 사랑을 스무 번으로 연장하며 두 육신은 서로 누리고 또 불태웠다. 한데 나흘째 되는 날 자신의 내부에서 문득 이런 소리가 들려왔다.

　'노예로는 안 돼. 절대로 그럴 순 없어! 만약 이 야성인을 데려간다면 그의 엄청난 힘을 제어하기 위해서라도 당장 족쇄부터 채울 것이다. 시장에 팔려 온 노예들도 그렇지 않았던가. 건장한 노예는 거의 온몸이 묶인 채 걸핏하면 채찍질을 당하기도 했다. 왕도 이 남자를 다룰 수 없다면 결국 시장에 내다 팔 것이고 그러면 내가 또 그 꼴을 봐야 할 게 아닌가. 그는 내 마음의 신랑인데, 내 가슴에 새겨둔 그 아름다운 지문을 비천한 노예로 바꿀 수는 없지.'

　왕의 발소리가 들려왔다. 멜라는 급히 머리를 조아렸다. 예상했던 대로 왕은 걸음까지 뚝 멈추고 언성을 높였다.

　"엔키두는 어디 있느냐?"

　"예, 그는…."

　멜라가 더듬거렸다.

　"지금 어디 있단 말이다!"

"예, 집에 있습니다. 전하께서 주신 그 집에….”

"당장 가서 데려오지 못할까?"

"전하, 저는 그를 끌고 오지 못합니다. 그 어떤 힘센 사람도 완력으로는 끌어내지 못합니다."

왕은 버허투르를 쳐다보았다. 그는 고개를 저었다. 그 말이 맞다는 것인지 아니면 거짓이란 뜻인지 판단할 수가 없었다. 왕이 여인에게 물었다.

"그럼 대체 누가 끌고 올 수 있단 말이냐?"

"전하, 제가 겪어본 바로는 그를 죽이지 않는 한 불가능하옵니다. 전하께서 만약 살아 있는 인간을 만나고 싶으시다면 방법을 써야 하실 줄 아옵니다."

버허투르가 나섰다.

"전하, 더 이상 사정 봐줄 필요가 없습니다. 명령만 내려주시면 오늘 밤에 처치해버리겠습니다."

왕이 버허투르의 말을 무시하고 여인에게 물었다.

"그 방법이 무어냐?"

"그 사람은 자기가 이 세상에서 가장 힘이 세다고 늘 자랑합니다. 그리고 만약 자기를 이기는 사람이 있으면 언제라도 그에게 충복이 되겠다는 말도 했습니다. 그러니 먼저 어떤 경기를 만들어 그를 굴복시킨다면 전하 뜻대로 하실 수 있을 것이옵니다."

우루크에서는 노예라도 경기에 이기면 그 신분이 방면되었다. 그것은 왕 자신이 만든 법이었다. 멜라는 엔키두에게도 그런 절차를 붙인다면 노예로 전락되는 일은 막을 수 있겠기에 그 수법을 동원했던 것인데

118

버허투르는 그를 죽이자고 했다. 왕은 과연 누구 말을 들을 것인가, 멜라는 숨도 쉬지 못하고 왕의 대답을 기다렸다.

"지금 경기라고 했느냐?"

"예, 전하. 일을 그르친 소인의 죄가 큽니다. 저를 죽여주소서."

왕은 멜라를 내려다보았다. 그는 이 여인이 참 불가사의하게 여겨졌다. 처음 비법을 운운할 때는 그저 좀 색다른 창녀다 싶었는데 이제는 사나이들이 가장 명예롭게 여기는 그 '경기'를 제안하고 있다. 엔키두가 직접 그런 말을 했을 리가 없다. 산속에서만 살아온 그가 충복의 뜻을 어떻게 알 것인가. 이 여인은 엔키두를 넘겨주되 그의 가치부터 확인시켜주자는 것이다.

"너, 혹시 그 야성인한테 반한 것이 아니냐?"

여인이 화들짝 놀라면서 고개를 저었다.

"아, 아니옵니다."

"그러하면 어찌 내 앞에서 거짓말을 하느냐?"

"거짓이 아니옵니다, 전하…."

왕이 버허투르에게 명령했다.

"이 여자를 데려가라. 그리고 오늘부터 집 밖에는 한 발짝도 나오지 못하게 감시하라."

버허투르가 여인을 끌고 나가자 왕은 자리에 앉아 생각에 잠겼다. 엔키두를 처치해버리면 문제는 간단하나 그건 자신이 원하는 방법이 아니다.

'그럼 경기를 한다? 하지만 누가 상대할 것인가? 우루크에서는 그를 이길 자가 없지 않은가.'

7

우루크의 모든 남자들이 경기장으로 모여들었다. 벽돌공과 가죽공, 신전의 장인은 물론 시골의 농부와 목부까지도 이른 아침부터 뗏목을 타거나 걸어서 성안으로 들어왔다. 백성들은 흥분했다. 하루 휴무에다 향연까지 베푼다고 해서가 아니었다. 어떤 거인이 왕에게 대결을 신청했고 왕이 받아들여 만인 앞에서 그 우열을 가린다는데 대체 그 거인이 누구란 말인가.

"먼저 황소 열 마리를 때려잡는다고?"

"그것도 맨손으로 말이야."

"그런 후 또 왕과 대적한다?"

"그렇대. 한데 그 거인이란 자 말이야, 괴물이라는 소문도 있더만."

"괴물? 그러면 산에 산다던 그 괴물인가? 머리에는 뿔이 달리고 얼굴은 솥뚜껑보다도 크다는 그 괴물?"

"내가 듣기로는 날아다닌다던데?"

"날아다닌다… 그러면 엔키 신이 무찔렀다는 그 용이로구면."

"뭔 헛소리여? 용이 황소를 때려잡는다는 말은 내 평생 들어본 적이 없구먼."

왕과 원로들이 차례로 도착했다. 왕의 일행이 단상으로 가서 앉자 목부들이 갈대 용수를 씌운 황소들을 끌고 나와 좀 떨어진 곳에 자리를 잡았다.

"아니, 황소 머리는 또 왜 저렇게 씌웠지?"

"용이든 괴물이든 상대를 보고 겁먹지 말라고 그런 거겠지 뭐."

"저길 봐요!"

버허투르와 자바르디가 엔키두를 대동하고 나타났다. 샅바로 둔부만 가린 것이 괴물이 아닌 사람이었다. 관중은 그만 실망했다. 털북숭이에다 엄장이 크다는 것뿐 험악한 모습도 아니었다. 관중의 입에서 픽픽 헛바람 소리가 빠져나올 때 군사들이 소리를 질렀다.

"모두 뒤로 물러나라! 더 멀찍이, 더, 더!"

사람들이 뒤로 물러나자 북소리가 울렸고 뒤이어 왕이 일어나 손을 번쩍 쳐들었다. 경기를 시작하라는 신호였다. 목부가 황소의 용수를 벗겨낸 후 경기장 안으로 들여보냈다. 뿔이 예리한 황소는 온 근육에 적의를 세우고 뚜벅뚜벅 중앙을 향해 갔다. 야성인 엔키두가 맞은편에서 걸어 나오자 사람들이 술렁거렸다. 이제 곧 황소가 그의 복부를 꼬챙이처럼 꿰고 하늘로 치받을 터였다.

엔키두가 달려가서 공중 놀이를 하듯 황소의 등에 올라탔다. 한순간이었다. 갑자기 점령당한 황소는 당황해 풀쩍풀쩍 뛰더니 곧 관중석을 향해 질주했고 사람들은 급히 피하느라 서로 포개지면서 넘어졌다. 엔키두가 황소의 두 뿔을 잡고 방향을 틀었다. 위험을 넘긴 군중이 벌떡 벌떡 일어나면서 소리쳤다.

"때려잡아! 어서 죽여!"

그러나 엔키두는 황소를 때려잡지 않았다. 대신 황소의 등에서 물구나무를 서는 것이었다. 큼직한 발가락이 하늘을 향했고 그의 두 손은 황소 뿔을 잡은 채 관중 앞으로 빙빙 돌며 내달렸다. 스릴 만점의 서커스였다. 하지만 관중은 피를 원했다.

"죽여, 어서 죽여라!"

황소가 우뚝 멈추었다. 이제 정말 황소를 때려잡을 것이라고 숨을 죽이는데 엔키두가 등에서 내리며 소리쳤다.

"이 황소는 항복했다. 다음 황소를 보내라!"

관중석은 물론 상석에서도 술렁거렸다. 황소가 죽지 않고 항복을 한다는 것은 경기 종목이 아니었다. 그때 관중석에서 누군가가 외쳤다.

"황소의 항복이 어떤 것인지 우리에게 보여라!"

엔키두가 그 말을 듣고 황소에게 뭐라고 말하자 황소는 마치 주술에 걸린 듯 네 다리를 접고 앉았다. 관중이 환호성을 지르자 엔키두가 다시 외쳤다.

"어서 나머지 소를 보내라! 한꺼번에 모두 보내라!"

왕은 난감했다. 자신이 겨룰 때쯤은 엔키두도 기운이 빠져 쉽게 이길 수 있다고 생각했는데 일이 이렇게 진행되면 결과를 장담할 수가 없었다. 하지만 어쩔 것인가. 백성들에게 한 약속은 지켜야 한다. 왕이 명령을 내렸다.

"뭣들 하느냐! 소를 한꺼번에 내보내라!"

아홉 마리의 소가 두리번거리지도 않고 곧장 엔키두를 향해 갔다. 그중 한 마리는 뿔을 겨누고 질주하기도 했다. 피하지 않는다면 그 뿔이 엔키두의 가슴을 관통할 수도 있었다. 그러나 엔키두는 피하지 않았다. 열 발, 다섯 발, 그리고 한 발쯤 남았을 때 엔키두는 다시 소 등에 올라 뿔을 잡고 발로 허리를 챘다. 황소가 달렸다. 나머지 황소들도 뒤를 따라 경기장 밖으로 사라졌고 뒤이어 흙먼지만 자욱하게 밀려왔다.

"달아났다! 추격하라!"

전사들이 소리치며 나귀 등에 오르자 왕이 그들을 저지시켰다.

"기다리라! 그는 돌아온다!"

얼마 후 엔키두가 돌아왔다. 소들도 함께였다. 그가 소에서 내리자 나머지 소들은 다리를 접고 앉았다. 그 모습을 지켜본 상석의 원로들은 이해할 수 없다는 듯 서로 쳐다보았고 왕실 서기는 이런 현상을 어떤 기준으로 기록할 것인지 고심했다.

엔키두가 왕을 향해 뚜벅뚜벅 걸어왔다. 왕의 차례였다. 왕이 용포를 벗자 관중은 이제 곧 눈을 감아야겠다고 생각했다. 아무리 힘센 왕이라 해도 엔키두 앞에서는 무릎을 꿇고 말 것이다. 황소들도 그러지 않았는가. 한 방 후려치지도 않았는데 스스로 무릎을 꿇었다. 저 야만인은 자기만 아는 어떤 주술을 사용할지 모르고 왕 또한 무릎을 꿇을 게 뻔한데 백성 된 도리로 차마 어찌 그 꼴을 볼 것인가.

왕은 단상에서 내려갔다. 난감하다 못해 눈에 불이 일었다. 저 야만인은 맨손 결투를 요구했다. 자기는 칼을 사용해본 적이 없다, 손을 칼 대신 사용해 황소를 때려잡겠으니 왕과의 대결도 그렇게 해달라고 요구했다. 한데 대결도 아닌 무릎 꿇기? 그것도 만백성 앞에서?

'네가 만약 나에게도 그런 야로를 부린다면 오늘이 너의 제삿날이 될

것이다.'

왕은 엔키두를 노려보며 천천히 걸어갔다. 상대도 그렇게 걸어왔다. 한 발 한 발 다가갈수록 왕의 다리에 힘이 올랐다. 신들의 응원이었다. 놈이 다가들기 전에 턱을 차겠다고 벼르고 있을 때 엔키두가 걸음을 멈추었다. 열 발짝쯤 앞, 발이 닿지 않을 거리였다.

'이놈이 이제 주술을 쓸 참인가?'

주먹을 불끈 쥐는데 엔키두가 털썩 주저앉으며 말했다.

"저에게 문지기를 시켜주십시오."

문지기? 그 말은 뒤통수를 치는 반격보다 더 놀라웠다.

"멜라가 그렇게 시키더냐?"

"황소를 이기고 왕 앞에 무릎을 꿇으면 저는 멜라와 살 수 있다고 했습니다. 멜라만 주시면 무슨 일이든 하겠습니다."

눈치 빠른 심판관이 관중에게 큰 소리로 알렸다.

"거인이 항복을 했다! 우리의 왕이 이기셨다!"

군중은 천둥과 번개의 순서가 뒤바뀐 듯 어리둥절했다. 버허투르는 기합을 넣듯이 선창을 했다.

"우루크의 영광, 우리의 왕 만세!"

백성들이 그 말을 복창할 때 왕은 엔키두를 일으켜 세우고 그의 손을 치켜들었다.

"야성인 엔키두는 신비한 능력을 가진 장사다. 오늘부터 그는 나를 섬기고 우루크를 위해 봉사할 것이다. 모두 큰 박수로 환영하라!"

관중의 박수가 끝나자 왕이 다시 선언했다.

"이제 향연이다. 맘껏 먹고 즐겨라!"

왕이 퇴장하자 일꾼들이 경기장을 새로 단장했다. 씨름판 자리는 모래를 고르고 그 옆에는 노래자랑 무대가 설치되었으며 서기나 교사들은 주사위 놀이를 시작했다. 점토로 만든 입방체형의 주사위가 벌써 둥근 금 안으로 던져졌고 훈수와 환성이 동시에 터졌다. 왕실에서는 돼지와 염소, 양은 물론 사냥꾼들이 진상한 귀한 영양까지 통째로 내놓았다. 죽은 황소가 없으니 그로써 대신한 것이었지만 영양은 최고급의 육식이라 남자들이 주머니칼을 꺼내 들고 벌 떼처럼 몰려들었다.

8

 왕은 용포를 입었다. 벌목꾼들에게 환송 연설을 하기 위해서였다. 어깨 술을 찰랑거리며 집무실로 나올 때 버허투르가 들어와 엔키두가 동행을 거절한다고 알렸다.

 "뭐라는 게냐?"

 "이유를 물어도 대답하지 않고 그저 싫다고만 합니다."

 '복종하겠다고 제 입으로 약속한 놈이 배짱을 부려? 놈에게 사나이의 언행과 신의가 어떤 것인지 단단히 보여주리라.'

 "가서 끌고 오라!"

 '하루빨리 나무를 가져와 성문을 축조할 계획인데 미련한 놈이 야로를 부려?'

 엔키두가 오랏줄에 묶여 끌려왔다. 그가 반항해서 그랬다지만 왕은 눈살을 찌푸렸다.

 "뭐 하는 짓인가? 그가 적인가? 당장 풀어주게."

 "풀어주면 뛰쳐나갈 것입니다."

버허투르는 달아나는 것을 애써 잡았다고 덧붙였다.

"풀어주라고 하지 않았나!"

버허투르가 오랏줄을 풀어주자 엔키두가 스스로 꿇어앉았다. 왕이 물었다.

"나와 한 약속을 잊었느냐?"

대답하지 않았다.

"도망가고 싶으냐?"

역시 대답하지 않았다.

"벌목을 위해 많은 준비를 했다. 한데 지금 와서 안 가겠다고 한다면 그에 대한 벌을 받겠다는 거냐?"

그래도 대답하지 않았다. 왕이 버럭 소리를 질렀다.

"말하라! 이유가 뭐냐?"

엔키두가 고개를 번쩍 들고 버허투르를 지목했다.

"저 사람이 사냥도 할 것이라고 했어요. 저 사람은 내 사자도 죽일 거예요. 안 돼요. 싫어요!"

"짐승은 잡지 않겠다고 약속하면 가겠느냐?"

"나무도 안 돼요! 그 나무들은 나의 부모예요. 저에게 자연의 언어를 가르쳤단 말이에요!"

그렇다면 엔키두와의 거래는 끝났다.

"짐승 같은 놈이 나를 우롱했구나. 저놈을 묶어라!"

엔키두가 급하게 말했다.

"다른 곳을 일러드릴게요. 더 굵고 좋은 나무가 있어요. 삼나무 숲이에요. 정말이에요!"

"거기가 어디냐?

"마을에서 북쪽으로 더 올라가면 있어요. 저는 지름길도 알고 있어요."

버허투르가 나섰다.

"전하, 이자 말을 어떻게 믿겠습니까. 우리 일행을 숲에 데려다 놓고 사라져버릴지도 모르지 않습니까?"

왕이 엔키두에게 물었다.

"거기까지 너를 묶어서 가도 좋으냐?"

엔키두가 그래도 좋다고 대답했다. 문득 버허투르에게 그를 맡기면 서로 간의 알력으로 벌목이 늦어질지도 모른다는 생각이 들었다.

'내가 나서? 왕이 도시를 비우면 침략자들이 가만있을까? 비밀리에 간다면? 원로들에겐 알려야 한다. 그들은 국정을 위해 화해와 협조를 요청했고 나는 그걸 지켜주겠다고 약속했다. 의회를 소집하면 공론화가 될 수 있으니 원로원장에게만 재가를 얻는 것처럼….'

왕이 버허투르에게 말했다.

"내가 출행할 것이다. 밖으로는 비밀에 부치고 너는 나 대신 도시를 지키도록 하라."

버허투르는 왕의 말을 이해하지 못한 듯 한참 동안 눈만 끔뻑이고 있었다.

9

도선장 큰 배 앞에 벌목꾼들이 서 있었다. 똑같은 토가에 활 통을 메고 도끼와 단도를 찬 그들은 부양가족이 없거나 고아인 자들로 새로 모집한 청년들이었다. 버허투르가 그들을 배로 인솔한 후 갑판에 세워놓고 말했다.

"너희들을 인솔하실 분은 우리의 왕이시다. 너희들에겐 두 번 다시 없을 영광이니 잘 모시도록 하라."

버허투르가 내리자 배가 출발했다. 벌목꾼들은 우루크를 완전히 벗어나서야 왕을 만날 수 있었다.

대홍수 때 유프라테스 강은 키시 아래서 세 지류로 나뉘어 서쪽 지류는 이신과 키수라, 슈루파크를 지나 우루크 앞을 관통하고 동쪽 지류는 니푸르, 아다브, 움마를 끼고 돌며, 가운데 지류는 내륙을 둥글게 돌다가 우루크 상류에서 서쪽 지류와 합류했다.

목적지는 티그리스 강 쪽에 있는 데르였다. 자그로스에서 가져오는 돌과 나무는 대부분 그 도선장을 통해 운송되었다. 엔키두가 지적한 곳도 그쪽이라 운항 코스는 가운데 지류를 타고 아다브까지 북상해서 거기서 유프라테스 강의 지류를 통해 티그리스 강 원류로 진입하는 것이었다.

강 지류로 들어섰을 땐 캄캄한 새벽이었다. 거기서부터는 흐르는 물살이라 늦어도 정오쯤에는 티그리스 강에 도착할 것이고 다시 북상을 한다 해도 노대바람만 만난다면 큰 어려움은 없을 터였다.

"역풍입니다!"

순항은 잠깐, 티그리스 강에 도착했을 때 바람이 방향을 바꾸었다. 선장은 "돛을 접어라, 노를 저어라!" 소리쳤고 선원들과 청년들이 번갈아가며 노를 저었으나 배는 늘 그 자리에 있는 듯했다.

"걱정 마십시오. 그래도 새벽까지는 도착할 것입니다."

데르에 도착한 것은 이틀 후였다. 하선했을 때는 모두가 지쳐 그대로 주저앉거나 아예 누워버렸다.

엔키두는 불만스러운 듯 선 채로 하늘만 쳐다보았다. 몸을 묶거나 구속하지 않는데도 전혀 고마워하지 않는 태도였다. 왕이 은봉으로 엔키두 등을 툭툭 치며 명령했다.

"엔키두, 내 짐을 들어라!"

엔키두가 왕의 갑옷은 남겨둔 채 장검과 활과 화살 통만 들었다.

"갑옷도 들어!"

갑옷은 덥고 무거워 산속에서나 입을 생각인데 엔키두가 들은 척도 않고 그냥 가고 있었다. 왕이 소리를 질렀다.

"너 묶이고 싶으냐?"

엔키두가 되돌아와 갑옷을 들었다.

산에 들어온 지 닷새째였다. 높은 산을 두 개나 넘고 계곡을 돌아 나오자 바위산이었다. 색깔이 독특한 바위가 눈에 익었다. 이틀 전에 지나쳤던 그곳이었다. 산 전체를 손금 보듯 훤히 알고 있을 엔키두가 엉뚱한 곳을 맴돌고 있는 것이었다. 왕은 칼을 뽑아 그의 목을 겨누며 청년들에게 명령했다.

"이놈이 우리를 속이고 있다. 어서 묶어라!"

청년들이 그를 묶으려고 다가들자 엔키두는 그들을 떨쳐내고 왕에게 말했다.

"왜 묶어요? 내가 종이오?"

멜라는 말했다. 길가메시는 도시의 왕이고 당신은 산속의 왕이라고. 여기는 자신의 구역인데도 왕은 계속해서 종 부리듯 하고 있었다. 천리가 자기 마당인 사자와 곳곳에서 산소들이 보고 있는데도 말이다.

"너는 종보다 못한 포로다. 뭣들 하느냐, 어서 묶어라!"

"나를 묶으면 산소와 사자들을 부르겠어!"

"우리가 가진 칼과 화살은 장난감이라더냐?"

"당신들 숫자로는 어림도 없어!"

이놈은 맹수들을 부르고도 남을 작자다. 50명의 청년으로는 대적할 수가 없다는 것을 놈은 무기로 내세우고 있다. 왕은 만정이 떨어져 엔키두를 쏘아보며 물었다.

"안 묶으면 바른 길로 가겠느냐?"

엔키두는 대답 않고 오던 길로 몸을 되돌렸다. 왕은 족히 사흘은 허비했을 것이라 생각했는데 두 시간쯤 가서 산을 올랐고 그 산을 넘자 그 아래 삼나무 숲이 있었다.

"굉장한 향기입니다!"

청년들이 소리쳤다. 신전에서 쓰는 백단 향기가 아래에서부터 진하게 올라왔다. 상록 침엽교목이 저마다 하늘을 찌를 듯한 삼나무들, 진청색으로 펼쳐진 나무들의 바다. 왕은 감격해서 소리쳤다.

"어서 내려가서 자리를 잡아라!"

청년들이 숲 속으로 우르르 내려갔다.

10

숲 속에는 도끼 소리가 요란했다. 왕은 계곡으로 올라가 세수를 하고 그 물에 발을 담갔다. 차고 시린 물이 허브 향처럼 상쾌했다.

'이런 재미가 없다면 산신령도 지루해서 견딜 수 없겠구나.'

낮잠 아니면 따로 할 일이 없는 왕은 날마다 주니에 몸이 뒤틀렸다. 엔키두가 마음을 열면 사냥이라도 가자고 할 텐데 놈은 식사를 할 때도 멀리 떨어져 앉았다. 경기 때 한 언약 따위는 아예 기억도 못 한다는 태도였다.

'겉모습만 사람이고 속은 철저히 짐승인 놈! 성으로 돌아가면 네놈을 추방하고 말 것이다!'

왕이 물에서 발을 들어낼 때 그 속에서 어떤 빛이 튀어 올랐다. 역광에 빛을 발한 것은 짙은 청색의 돌, 역청암(우라늄)이었다. 색깔은 어둡다 해도 반짝반짝 빛이 나는 것이 보석 같아 왕은 그 돌을 집어 올렸다. 팔꿈치가 징, 울려왔고 그때 아버지의 말이 생각났다.

"처음 여행 때 산속에서 암청색의 예쁜 돌이 있기에 베고 잠을 잤더니 온몸이 마비가 되어 한 달이나 숲 속에 누워 있었단다."

'아, 이것이 바로 그 돌!'

왕은 급히 돌을 던지고 전신을 만져보았다. 아무 이상이 없었다. 그가 서둘러 내려가는데 별안간 두 팔이 뻣뻣해져왔다. 왕이 아래를 향해 청년들을 불렀으나 말이 입 밖으로 나가지 않았다.

왕은 옆의 바위에 머리를 기댔다. 목마저 뻣뻣해졌고 머잖아 온 얼굴도 굳어버릴 것 같았다. 왕은 눈을 감고 다섯 숨을 쉰 뒤 다시 눈을 떠보았다. 그새 눈꺼풀이 쩍 달라붙어 꼼짝도 하지 않았다. 이제 살아서 움직이는 것은 숨결뿐이라고, 그 숨이라도 놓치지 않겠다고 심호흡을 하는데 별안간 가슴이 타는 듯 뜨거워졌고 왕은 곧 혼절하고 말았다.

"길가메시야, 우루크의 왕, 신의 아들아,

너 언제까지 그렇게 누워 있을 것이냐?

땅은 어두워졌고 산 그림자가 그것을 덮었다.

황혼도 이미 그 빛을 거두어갔다.

오, 길가메시여, 그대를 동행한 도시의 아들들이 산자락에서 너를 기다리지 않느냐.

더 이상 그들을 기다리게 하지 말고

그대의 어머니를 도시의 광장으로 쫓겨나게 하지 말라!"

우투 신의 목소리였다. 왕은 눈을 뜨려고 했으나 정신의 작은 등불만이 아주 깊숙한 곳에서 깜박거렸다.

'등불아 커져라. 그리하여 내 온몸을 밝혀라. 그러면 나는 움직일 수

가 있다.'

왕은 손에 힘을 뻗쳐보았다. 손가락에 섬광이 튀는 듯하더니 조금씩 움직여졌다. 그때 늑대 울음소리가 들려왔다. 왕은 번쩍 눈을 떴다. 사방은 콜타르 같은 어둠이었고 그 사이로 늑대들의 눈빛이 다가왔다. 한두 놈이 아니었다. 왕은 손을 더듬어 장검을 찾았다. 그것을 집고 몸을 일으키자 이빨까지 덜덜 떨렸다. 정신을 집중하고 칼을 빼 들었으나 놈들이 눈빛을 길게 쏘아대 눈앞이 핑핑 돌았다.

'이건 교란작전이다!'

왕은 한 바퀴 돌며 칼을 날렸다. 늑대의 눈들이 공중으로 치솟더니 다음 순간 자신을 향해 일제히 공격해 왔다. 왕은 다시 한 번 칼을 휘둘렀다. 아무것도 베어지는 것이 없었음에도 불빛들이 잘린 풀잎처럼 후드득 떨어져 내렸다. 청년들이 왕을 부르는 소리가 들려오자 자신이 싸우던 환영이 사라지면서 그는 다시 쓰러져 누웠다.

열흘간 정신이 들었다 나갔다만 반복했다. 정신이 돌아올 때는 '길가메시여, 너답게 일어나라!'라고 자신을 독려했고 정신이 떠날 때는 그것을 잡으려고 발버둥 쳤으나 어느 순간 맥이 탁 풀리면서 깊고 캄캄한 물길 속으로 빨려드는 것이었다.

보름째 되는 날 오로惡露가 찾아왔다. 사람의 몸 어디에 그토록 많은 땀이 있었던지 찐득찐득한 액체가 하루 종일 흘러내렸고 그 액체가 다 빠져나갔을 때 왕은 몸을 벌떡 일으켰다.

"아직 일어나면 안 돼요."

엔키두가 왕을 눕히고 몸을 덮었던 나뭇잎을 떼어냈다. 막사 구석에는 죽은 나뭇잎이 가득 쌓여 있었다. 생명의 동산에 가서 엔키두가 훔쳐온 생명나무 잎이었다.

왕이 계곡 옆에 쓰러져 죽음과 사투를 벌이고 있을 때 엔키두는 왕이 죽으면 자신의 생명도 끝난다는 것을 깨달았다. 그는 밤마다 산소를 불러 생명나무와 생명수를 가져와 왕을 간호했다. 왕의 몸은 얼마나 강한 독에 쏘였는지 나뭇잎을 붙이자마자 시들어 죽었고, 쉬지 않고 생명수를 넣어주는데도 입술은 새까맣게 타들어갔다.

왕이 몸을 일으켜보았다. 다리엔 힘이 없었지만 걸을 수 있었다. 밖으로 나가보니 청년들이 일손을 놓고 그의 회복을 기다리고 있었다. 왕이 물었다.

"나무를 몇 둥치나 베었느냐?"

"2백 둥치 모두 베었습니다."

왕이 엔키두에게 물었다.

"나무를 옮기자면 어디로 가야 하느냐?"

"산 너머에 강이 있습니다. 제가 산소를 타고 산맥으로 돌아다닐 때 사람들이 삼나무를 베어 그 강으로 흘려보내는 것을 보았습니다."

엔키두는 다른 사람이 된 듯 말투가 공손했다.

"강의 끝자락은 바다인가?"

"예, 그렇습니다."

유프라테스와 티그리스 강도 바다에 닿으니 그 자락을 만날 수 있을 것이다. 아니면 적당한 지점에서 나무를 끌어 올려 운반한다 해도 몇 개의 산을 넘는 것보다는 수월할 터이다. 왕이 청년들에게 명령했다.

"철수 준비를 하라."

11

벌목한 삼나무를 케르카 강까지 옮긴 후 열 개씩 묶어 뗏목을 만들었다. 스무 개의 뗏목에는 청년들이 나누어 타고 나머지 하나에는 엔키두와 왕이 오른 뒤 청년들이 탄 뗏목부터 차례로 출발했다.

왕은 갑옷까지 입고 뗏목에 올랐으나 기운이 없는지 누웠고 엔키두가 상앗대를 잡았다. 그는 헤엄을 쳐보긴 했지만 상앗대 조정은 처음이라 진땀이 났다. 물살은 급한데 바닥도 짚이지 않았고 게다가 가파른 하강이었다. 곳곳에 바위마저 돌출해 있어 부딪치기만 해도 뗏목은 물론 사람들까지 박살이 날 판이었다. 엔키두가 왕에게 일렀다.

"나무둥치를 꼭 끌어안으십시오."

큰 바위가 삐죽삐죽 솟아 있었다. 엔키두는 상앗대를 뻗쳐 바위를 아슬아슬하게 피해 갔다. 얼마 가지 않아 또 폭포였다. 그는 자신의 몸으로 왕을 덮고 뗏목을 꽉 움켜잡았다. 뗏목이 날기 시작했다. 두 눈을 질끈 감고 한참 애를 쓰는 사이 뗏목이 아래 강 위로 철썩 내려앉았다.

"무겁다. 어서 그 몸 치워."

왕이 그를 밀어냈다. 돌아보니 강폭이 넓어졌고 물살도 잠잠했다.

"이제 험한 지대는 다 지나온 것 같습니다."

엔키두가 상앗대를 짚고 서서 멀리 바라보며 말했다. 왕도 몸을 일으켜 주위를 돌아보았다. 산이 멀찍이 물러나 있으니 이제부턴 정말 안심해도 될 모양이었다.

왕이 강물을 떠 세수를 하고 있을 때 앞서 가던 뗏목에서 고함 소리가 들려왔다.

"용, 용이다!"

'뭐야, 용?'

연기를 품으며 올라오는 것은 용이 아닌 배였다. 통나무로 지붕을 씌우고 선수에 큰 연통을 달아 연기를 내뿜는 것이 차라리 거북의 모습인데도 청년들은 용이라고 소리치다가 화살을 맞고 한둘이 쓰러졌다.

"서 계시면 위험합니다. 앉으십시오!"

엔키두는 청년들 쪽으로 뗏목을 몰아 가 그 뗏목에 뛰어오르며 명령했다.

"너희들은 전하를 지켜라!"

엔키두는 배를 살펴보았다. 지붕을 씌운 것은 선수뿐이었고 뒤에는 그저 나무판이었으며 활을 쳐들고 있는 사나이들은 모두 선미에 있었다. 그는 자기 뗏목을 선미 쪽으로 몰아갔다. 적들의 화살이 자신에게로 집중해 왔다. 그는 칼로 화살을 쳐내면서 청년들을 향해 다시 소리쳤다.

"빨리 피하라!"

약탈꾼들도 깨달은 것이었다. 이 강에는 돌이나 나무를 실어 다니는 뗏목이 많았다. 그들은 잡아봐야 별로 건질 게 없었으나 갑옷을 입고 무장한 사나이들은 금은보화, 보석 자루를 운반하는 무리였다. 거구의 사나이가 보호하려는 저쪽, 청년들이 둘러싼 뗏목에 틀림없이 보물이 있을 것이다.

엔키두가 약탈자들의 배로 뛰어올랐다. 그는 칼로 두 놈을 후려쳤다. 왕을 향해 화살을 겨냥한 놈들이었다. 고개를 들어보니 또 한 놈이 칼을 들고 달려왔다. 여차하면 자기 목이 달아날 참이었다. 대적할 여유가 없어 몸을 돌리는 순간 화살 하나가 쌩 하고 날아와 놈의 가슴에 꽂혔다. 왕이 쏜 것이었다. 놈들이 지붕 안으로 달아나기 시작했다. 엔키두가 칼을 휘두르며 무리를 쫓자 왕이 외쳤다.

"위험하다! 엔키두, 돌아오라!"

그러나 엔키두는 이미 보이지 않았다. 왕이 청년들을 다그쳤다.

"뭣들 하느냐! 어서 가서 엔키두를 구하라!"

청년 다섯이 강물로 뛰어들어 빠르게 헤엄쳐 갔다. 그리고 배에 올라 지붕 안으로 들어가보니 통로에는 시체가 널렸고 노를 젓던 사나이들은 부들부들 떨고 있었다. 발이 묶인 것이 약탈 때 잡은 포로들이었다.

"우리 쪽 사람은 어디로 갔느냐?"

그때 연통이 부서지면서 불길이 치솟았다. 두목이 엔키두를 막으려고 도끼로 내려친 것이었다. 배가 빙글빙글 돌았다. 청년들이 중심을 잡으려고 우왕좌왕할 때 엔키두가 두목의 머리를 들고 나왔다.

"너희들은 이 사람들을 풀어주고 그들로 하여금 불길을 잡게 하라!"

엔키두가 밖으로 나가 두목의 머리를 쳐들고 왕을 향해 소리쳤다.

"이것이 용의 대가리입니다!"

뗏목이 다가왔다. 그가 뛰어내릴 때 배에서 불길이 치솟았다. 뒤이어 청년들이 포로들을 데리고 튀어나왔다. 불길을 잡기엔 이미 늦어 그런 조치를 취한 것이었다.

"엔키두, 그 용의 대가리는 가져가서 삶아 먹을 참인가?"

엔키두는 자기 손에 들린 두목의 머리를 내려다보며 싱긋 웃었다. 정말 삶아 먹겠다는 표정으로 그 머리를 불타는 배로 휙 내던졌다. 머리는 핑글핑글 돌아 불길 가운데로 뚝 떨어졌다. 포로들은 함성을 질렀다. 엔키두는 강물에 손을 씻었다.

3장

생명나무

지배자 길가메시는 생명의 땅을 향하여

그의 마음을 세우고….

— 수메르 신화 —

1

수년간 태평성대가 이어졌다. 새로운 일에 대한 욕구가 슬금슬금 씨눈을 틔울 즈음 왕은 힉세르와 함께 식사를 하고 정원으로 산책을 나갔다.

힉세르는 야자나무와 관상식물들을 지나 꽃 덩굴 아치가 씌워진 벽돌 벤치에 앉았다. 왕도 그 옆에 따라 앉자 힉세르가 말했다.

"여긴 혼자 와도 꽃향기가 동무를 해주지요."

"정원을 이처럼 잘 가꾸다니 정원사에게 상을 줘야겠습니다."

"그렇습니다. 남쪽과 북쪽, 사막의 수종까지 구해다 심은 것은 상을 줄 만한 열성이지요."

이 정원은 아버지가 벌목 원정지에서 가져온 식물을 심으면서부터 시작되어 계속 확장해왔고, 현 정원사도 이국의 씨앗과 식물을 수집해 외국 종자 밭을 따로 관리해오고 있었다.

힉세르가 계속했다.

"내가 어느 신생 왕국에 머물 때 들은 이야기입니다. 그들이 부족국가에서 왕국으로 태동할 때 부족들이 지도자들에게 황금가지*를 요구했답니다. 그것을 구해 오는 사람이 왕이 될 수 있다는 것이었지요. 그래서 많은 지도자들이 황금가지를 찾아 길을 떠났고 결국은 황금가지를 가진 자가 왕이 되었다는데….”

힉세르가 접했던 내막은 '돌아온 사람은 가장 늦게 출발했던 자이며 그가 왕이 되었는데, 그는 황금가지를 가지고 돌아오는 부족장을 살해하고 왕이 되었다'는 것이었다. 하지만 지금 하고 싶은 이야기의 요지는 그것이 아니었다.

왕이 반문했다.

“그래서요?”

“그 황금가지 나무가 우리 정원에 있다면 우리의 왕권은 영원하지 않겠습니까?”

“영원한 왕권….”

“사실대로 말해 수메르의 여섯 도시가 전부 신정이지 않습니까? 그것이 기본인데 신전도 없는 키시에서 전 수메르를 지배한다는 것은 어불성설이지요. 니푸르나 에리두 제사장들도 신정 도시가 수메르를 지도해야 한다고도 주장하지만, 내 생각에는 왕권, 신권 양 체제를 다 갖춘 데에서 전체를 다스려야 한다는 것입니다.”

매년 키시에 올려 보내는 공물이 벅차서가 아니라 황금가지라는 나무가 왕은 궁금했다.

“그 나무는 어떻게 생겼답디까?”

----

* 원시시대부터 지배자들이 가졌던 자작나무 가지.

143

"키가 사람의 열 배쯤이고, 잎은 삼각형이며 그 잎에 침이 있다 했습니다. 또 열매에는 날개가 달려 있다더군요."

왕은 삼나무 원정 때 엔키두가 자기 몸에 붙여준 생명나무를 떠올려 보았다. 자신이 본 잎은 죽어 있어 본연의 모습을 알 수가 없었다.

"나무가 있는 곳이 어디랍니까?"

"북쪽, 아나톨리아 옆 어디라고 들었습니다."

엔키두에게 위치를 물어봐야겠다고 생각할 때 자바르디가 정원으로 들어왔다.

"전하, 강에 시체들이 떠내려간다고 망루지기가 알려왔습니다."

"시체가? 어디 가보세."

왕과 힉세르는 마차를 타고 성문으로 달려갔다. 조망대에 올라보니 과연 시체들이 떠내려가고 있었다. 힉세르가 말했다.

"슈루파크에 역병이 돌았다더니 거기서 버린 시체들 같습니다. 우리도 조취를 취해야 할 것입니다."

"조치라면 타지방 사람들의 출입을 막자는 것입니까?"

"모든 조취를 취해야 합니다. 나는 어서 신들께 올릴 제사를 준비해야겠습니다."

2

엔키두는 멜라를 들쳐 업고 강을 건너갔다. 강둑으로 올라서자 멜라가 물었다.

"여보, 지금 어디로 가려는 거야?"

엔키두는 대답도 없이 달리기만 했다. 멜라는 발버둥을 쳤고 그래도 멈추지 않자 토하기 시작했다. 엔키두가 내려주자 멜라는 땅바닥에 주저앉으며 다시 물었다.

"당신 갑자기 왜 이러는 거야?"

"나무들이 불러. 사자와 산소도 자꾸 불러. 그들이 보고 싶어 견딜 수가 없어."

멜라는 엔키두의 향수병을 벌써부터 알고 있었다. 야성인의 향수는 야성이 부르는 소리, 판에 박은 도시 생활에 진력이 났다는 것도 충분히 이해할 수 있었다. 그러나 그들은 떠날 수 없는 사람들이었다.

"여보, 이런다고 해결되는 게 아니잖아?"

"여보, 난 아파. 물을 마셔도 목이 타고, 가슴은 자꾸만 소뿔로 쑤시는 것 같아. 이대로 있다간 나 죽고 말아."

이렇게까지 말한 것은 처음이었다. 하지만 자신들을 인간의 반열에 올려준 왕을 배신할 수는 없었다.

"그럼 당신 혼자 떠나. 나는 전하를 배신할 수가 없어."

혼자 떠나라는 말이 엔키두의 목에 뼈처럼 걸렸다. 그럴 수는 없었다. 누구 때문에 우루크에 왔단 말인가.

"전하가 내게 말했어. 무엇이든 내가 원하는 대로 하라고. 그러니 여보, 우리 가자. 우리 집으로 가자."

멜라는 무릎에 얼굴을 묻고 울었다.

'나는 당신 아기를 가졌어. 그토록 기다려오던 우리 아기. 그간 아기가 생기지 않아 내가 얼마나 절망했는지 당신은 모를 거야. 하지만 당신에겐 알려주고 싶지 않아. 왜냐하면 내 아인 도시에서 자라야 하니까. 도시 아이는 젖만 먹고 살지 않아. 아프면 의원도 있어야 하고 나이가 차면 학교도 가야 해. 당신이 떠나고 없어도 내 아인 여기서 자라야 하니까.'

엔키두는 머리가 터질 것 같아 벌떡 몸을 일으켰다. 또 생각이라는 벌레들이 준동하는 모양이었다. '생각의 벌레'는 인간들의 질병이지만 자신에겐 면역력이 없다.

멜라는 자주 말했다. 당신은 인간을 선택했다, 그러면 인간을 배워야 한다, 인간은 누구에게나 생각이 심어진다, 생각이 자라 씨앗을 떨어뜨리면 마음은 그것을 받아 행위를 정리한다, 그것이 익숙해지면 두통도 사라진다고 했다.

"여보, 생각이란 것도 곡식처럼 길러야 해. 귀찮아하면 가시를 세워.

잘만 보살피면 여왕벌처럼 생각의 일꾼까지 무진장으로 낳아주지."

멜라의 조언대로 그는 인간의 생각과 마음을 배우고 따르려고 노력했다. 하지만 사람들은 가시처럼 항상 그를 찔러댔고 그가 인간임을 인정하지 않았으며 왕의 충복들은 노골적으로 '짐승 같은 널 전하께서 편애하시다니 이해할 수 없다'고 지싯거렸다. 진정한 남자는 충동으로 행동하지 않는다는 멜라의 충고대로 먼저 고기를 씹듯이 여러 번 생각하고 행동하려 했으나 그럴 경우 골치만 더 아팠다. 저만치서 버허투르가 군사들을 대동해 다가오고 있었다. 멜라가 벌떡 일어나며 그를 맞았다.

"나으리!"

버허투르는 이를 뿌드득 갈았다. 은혜도 모르는 것들, 호강에 떠받쳐 요강을 타려는 작자들이다. 전하께서는 왕자가 아픈데도 저런 배은망덕한 것들을 걱정했다. 멀리는 못 갔을 것이다.

"다치게 하지 마라. 그저 왕이 찾는다고 그 말만 하라."

멜라가 다가오며 말했다.

"나으리, 저 사람은 인간이 아니에요. 은혜를 모르는 배반자예요. 데려가봐야 골치만 아프니 내버려두세요."

이제 멜라까지도 놈에게 질린 것이다. 하지만 왕이 찾는 사람은 멜라가 아닌 엔키두였다. 버허투르는 군사들에게 지시했다.

"멜라 말이 옳네. 내버려두고 철수하세."

엔키두는 멜라를 두고 떠나지 않을 것이다. 떠난다고 해도 무기를 사용하지 않고는 도저히 잡을 수 없었다고 보고하는 것이다.

군선을 탈 때 엔키두가 달려왔다. 버허투르는 별로 반가워하지 않으며 자리를 내주었고 멜라는 몰래 안도의 숨을 쉬었다.

3

역병을 차단하려고 성문에 염소 피를 뿌리고 돌아온 날 왕자의 몸이 열로 펄펄 끓었다. 의원들이 백방의 약을 썼음에도 낫지를 않자 왕은 생명나무를 생각하고 엔키두를 호출했다. 한데 어디론가 사라지고 없다는 것이었다.

'그간 행사가 많아 가까이하지 못했더니 서운했더란 말인가? 왕자는 인사불성인데 어찌해야 한단 말인가. 대사제장과 어머니까지 철야 기도를 하는데도 차도가 없는데….'

"전하, 엔키두가 돌아옵니다."

시종이 알렸다. 왕이 몸소 문 앞으로 뛰어나가자 버허투르가 과정을 설명했다.

"그새 멀리도 가 있었습니다. 멜라와 함께…."

왕이 그의 말을 잘랐다.

"버허투르, 됐네. 자넨 나가보고 엔키두는 날 따라오게."

집무실로 들어서자 왕이 급하게 말했다.

"엔키두, 왕자가 많이 아프네. 의원 말이 어서 손을 쓰지 않으면 목숨을 잃을 수도 있다네. 생명나무를 가지러 가야겠네."

엔키두는 무슨 말인지 알아듣지 못하는 눈치였다.

"자네가 날 살린 그 나무 말일세. 당장 가서 가져오자는 것이네."

"제가 전하에게 쓴 것은 나뭇잎과 생명수 둘이었습니다. 생명수는 흰 눈산에 있고 언제든지 길어 올 수 있습니다만, 생명나무가 있는 동산엔 괴력을 가진 산지기가 지키고 있어 접근이 쉽지 않습니다."

도서관장이 찾아낸 서판에는 우투 신께서 대홍수 때 뿌리 뽑힌 모든 나무를 데려가 생명나무가 있는 동산에 심었다고 기록되어 있었다.

"산지기는 내가 처리하겠네. 어서 떠날 채비를 하세."

"전하께서 그 괴물을 처리해요? 얼굴은 사자 같고 이빨은 용의 그것이며, 달려오는 태세가 홍수 같은 놈을 말입니까? 괴물은 사자의 목도 이빨로 물어뜯어 죽입니다."

"그런데도 자네는 살아 나왔지 않은가?"

엔키두의 눈에 눈물이 핑 돌았다.

"저는 사자를 보냈습니다만, 결국은 괴물 산지기에게 들켜 죽고 말았습니다."

놈이 잠든 시간에는 침투할 수 있고 사자가 죽은 후에 자신도 그랬지만 엔키두는 그 말을 하지 않았다.

"그렇게 무섭다면 입구까지만 안내해라."

왕은 시종을 불러 출행 준비를 시켰다.

버허투르는 말을 타고 떠나는 왕과 엔키두의 뒷모습을 바라보았다.

짐말 등에는 주둥이가 작은 큰 물 항아리와 음식이 실려 있었다. 육포와 꿀에 절인 대추야자 등을 자신이 정성껏 준비해주었음에도 왕은 치하 한마디 하지 않았다. 벌목을 떠날 때처럼 도시를 잘 지키라는 말도, 행선지에 대해서도 알려주지 않았다.

왕의 모습이 사라지자 빈 세상이 그를 향해 입을 벌렸다. 엔키두에게 다정했던 왕의 목소리가 다시 들려오며 날카로운 이빨처럼 그의 마음을 씹어댔다.

'아아, 이 상실감은 무엇이냐? 회오리치는 이 마음은 도대체 무엇이냐. 사막에서나 부는 불 바람이 내 심장을 태울 듯한 이 기분은 무엇이냐. 이 아픔은, 아픔의 근원은 또 무엇이냐. 전하를 모셔온 지가 십수 년, 그간에 쌓은 정이 저 야만인보다 얄팍했더란 말이냐? 포도주보다 더 감미롭던 그 사랑은, 신뢰는 다 어디로 갔단 말이냐…'

버허투르는 궁전 벽에 등을 기대고 비어 있는 하늘에 들끓어대는 마음을 불어냈다.

4

해가 서쪽 지평선에 걸리고 나뭇잎들이 잠자리 준비를 할 때 인간을 태운 말 세 마리가 들어왔다. 나무들은 벌목꾼들이 아니니 긴장을 풀라고 서로에게 신호를 보냈다.

엔키두가 어느 동굴 앞에 도착해서 말했다.

"생명수를 먼저 길어 와야 합니다. 저 혼자 갔다 올 테니 전하께서는 여기서 기다리고 계십시오."

"아니다, 나도 함께 가겠다."

"아주 멉니다. 산소를 타고 밤새껏 달려야 하는데 전하께서는 힘이 들어 안 됩니다."

"내 자식을 살리는 일인데 힘이 든다고 안 하겠느냐. 어서 산소를 불러라."

엔키두가 나무에 올라가 이상한 소리를 내자 산소들이 땅을 울리며 달려왔다. 다섯 마리였다. 그는 한 마리의 등에 항아리를 옮겨 묶고 두 마리에겐 말을 지키게 한 뒤 뿔이 휘어진 놈을 왕에게 넘겼다.

"이놈을 타십시오."

왕이 산소 등에 오르자 엔키두가 당부했다.

"이놈들은 아주 빠릅니다. 뿔을 꼭 잡고 계셔야 합니다. 세우고 싶으실 때는 저를 부르십시오."

엔키두는 산소 등에 휙 올라 앞서 달려 나갔다. 어떻게나 빠른지 왕은 정신을 차릴 수가 없었다. 고개를 잔뜩 숙였음에도 나뭇가지들이 그의 머리를 쳐댔고 뿔을 쥔 손에서는 땀이 흘러 미끄러졌다. 뿔을 놓치면 당장 바닥으로 꼬나 박힐 것이었다. 세상에 이렇게 힘든 일도 있다니, 차라리 소를 때려눕히는 일이 백배는 쉽겠다 싶었다.

소가 나무를 피하느라 방향을 틀자 왕의 한 손이 뿔에서 미끄러져 나갔고 그와 동시에 나뭇가지가 이마를 후려쳤다. 몸이 기우뚱하며 떨어지는 순간 엔키두의 손이 왕의 몸을 잡아주었다. 혼비백산했던 왕이 애원했다.

"좀 쉬었다 가자, 응?"

엔키두가 소에서 내리며 말했다.

"그것 보십시오. 저 혼자 갔으며 벌써 한참은 더 갔겠습니다."

"아니다, 쉴 것 없다. 그냥 가자."

왕은 산소 등에 납작 웅크렸다.

시간의 묘약은 어떤 고통도 영원토록 계속되게 내버려두지 않는다. 오장육부가 공중으로 튀어나가 춤을 추는 듯하던 고통이 뚝 멈추었다. 옹달샘 앞이었다. 수증기가 띠를 이루고 있는 데다 밤인데도 빛에 감싸여 있는 것이 신들의 샘이 틀림없었다.

엔키두는 물주머니에 물을 담아 왕에게 내밀었다.

"물은 많습니다. 먼저 마시고 세수도 하십시오. 아주 개운하실 것입니다."

"항아리부터 채워라."

항아리에 물을 채우고 아가리를 틀어막은 뒤 두 사람은 샘에 얼굴을 박고 벌컥벌컥 물을 마셨다. 험한 길을 달려온 고통과 피로가 싹 가셨다.

"이제 돌아가자."

엔키두는 산 위로 산소를 몰았다. 산을 넘으면 말들이 기다리는 동굴이고 산 정상에는 신단神檀이 있었다.

정상에 올랐을 때 해가 떠올랐다. 왕은 넓고 판판한 고인돌과 그 위에 널려 있는 제물을 보았다. 갖가지 보석과 금전, 은전도 있었고 바닥에는 양 피가 흩뿌려져 있기도 했다. 왕이 물었다.

"누가 이런 산꼭대기까지 와서 제사를 지내느냐?"

"누군지 모르겠습니다만, 잘 차려입은 사람들이 여기 와서 제사를 지낸 뒤 모두 그곳으로 갔습니다."

"그곳이라니?"

"생명나무가 있는 곳이지요."

왕은 놀랐다.

'생명나무를 노리는 사람들이 이미 있었다? 그 나무가 힉세르가 말하던 황금가지인가? 아니면 단지 생명을 구하려고? 한데 어느 부족, 어느 국가에서 그 사실을 알고 있었더란 말인가. 수사? 엘람? 그들 모두가 그것을 얻어 갔다?'

문득 침략자들이 떠올랐다. 카시트인, 카파도키아인, 그들 모두가 산악 부족이었다.

'그들도 왕국으로 태동하는가? 힘이 비대해지면 수메르는 그들의 밥이 될 수도 있으니 그 전에 내가 그 나무를 가져야 한다는 뜻인가? 왕자가 아팠던 것도 나를 이곳으로 보내기 위한 신들의 조처였던가?'

왕은 제물을 쓸어버리고 그 위에 자신의 검을 올린 뒤 두 팔을 벌려 태양을 안았다.

"우투 신이여, 우루크 왕, 길가메시가 고하나이다. 저는 지금 생명나무를 가지러 가나이다. 제가 그 나무를 뽑아 와 우루크의 정원에 심을 수 있도록, 그리하여 영원토록 보살필 수 있도록 부디 도와주소서!"

두 번 절을 올리고 일어나자 엔키두가 말했다.

"이제 내려가서 한숨 잔 뒤 동산으로 가지요."

"잘 시간이 없으니 곧장 가도록 하자."

"지금은 안 됩니다. 놈이 잠든 틈을 이용해야만 무사히 접근하고 또 빠져나올 수가 있습니다."

"그럴 시간이 없다지 않느냐! 어서 출발하자."

해가 한 발쯤 남아 있을 때 동산 앞에 도착했다. 울타리는 삼나무로 빽빽이 줄지어 섰고, 들어가는 입구도 따로 없었다.

"지금부터는 나뭇잎조차 건드리지 말아야 합니다."

엔키두가 속삭인 뒤 매우 조심스럽게 안으로 들어갔다. 열 겹의 나무를 통과해 가자 정원이 펼쳐졌다. 키가 작거나 큰 식물이 저마다 화려한 꽃을 피운 것이 천국의 안뜰 같았다.

엔키두가 손가락으로 오른쪽 하늘 아래 있는 고깔 모양의 산을 가리켰다. 생명나무는 그쪽에 있다는 뜻이었다. 산은 높지는 않았으나 올라가는 길이 가팔랐고 양옆으로는 가로수가 빽빽하게 어우러져 저마다 긴 가지를 팔뚝처럼 내려놓고 있었다. 엔키두가 속삭였다.

"나뭇가지를 건드리시면 안 됩니다. 조심해서 저를 따라오십시오."

길은 구불구불 이어졌고 나뭇가지가 하늘을 덮고 있어 끝이 보이지 않았다. 50보쯤 올라갔을까, 왕은 흡 하고 숨을 들이쉬었다. 얼굴 바로 앞에서 나무에 매달린 시체가 빙글빙글 돌았다. 뼈에 껍질만 씌워놓은, 명태처럼 말라버린 시신이었다.

왕은 등을 구부리고 시체를 지나갔다. 열 발짝 오르자 또 시체였다. 발가벗긴 채 말라버려 신분은 알 수 없었지만 올라가는 길목마다 나뭇가지에 매달려 마치 처마 밑 풍경처럼 일렁거리는 것이, 산지기가 생명나무를 훔치려는 자들을 죽여 그렇게 전시해둔 모양이었다. 왕은 몹시 기분이 나빴으나 한편으로는 다행이다 싶었다. 이렇게 많은 사람들이 죽었다면 생명나무는 건재하다는 뜻이다.

"저 나무입니다!"

정상으로 올라서자 거기 한 그루의 큰 나무가 서 있었다. 잎은 삼각형에다 침이 달렸고 열매는 날개를 펼친, 힉세르가 말한 황금가지와 거의 비슷했다.

"해가 나무 위로 올라갑니다!"

엔키두가 놀라 소리쳤다. 해가 아닌 햇살이었다. 길게 뻗어온 햇살이 나뭇잎을 비추더니 성큼 우듬지로 올라앉았고 열매들이 동시에 날개를 흔들었다. 우투 신의 현신이었다. 왕은 무릎을 꿇고 절을 올렸다.

엔키두가 다급하게 소리쳤다.

"그 괴물입니다. 어서 나무 위로 오르십시오!"

그러나 이미 늦었다. 갑옷에 큰 도끼까지 쳐든 사나이가 비호처럼 달려와 우뚝 멈춰 섰다. 열 발짝쯤 앞이었다. 수염이 수사자처럼 갈기를 지은 데다 이빨 두 개가 대문짝 모양으로 툭 튀어나온 것이 엔키두가 묘사했던 것보다 더 괴상망측했다. 왕이 물었다.

"네가 산지기냐?"

"그렇다. 나는 신의 명을 받고 이 동산을 지키는 후와와다."

"나는 우투 신의 지시로 생명나무를 가지러 온 우루크의 왕 길가메시다."

왕의 말에 산지기가 입을 쩍 벌리고 컬컬컬 웃었다. 부채만 한 목젖이 앞뒤로 덜렁거리는가 했더니 그 입을 문짝처럼 철커덕 소리 내어 닫으며 말했다.

"고얀 놈, 여기 온 모든 놈들은 자기는 왕이다, 신의 지시로 왔다, 헛소리를 했지만 한 놈도 증명해 보인 놈이 없다."

"무엇을 증명한단 말이냐?"

"손으로 뽑아 보여라. 만약 연장을 사용하면 그 즉시 죽여 입구에 달아놓을 것이다."

왕이 하하 웃으며 대답했다.

"나도 그럴 생각이다. 뿌리 하나 다치지 않고 온전하게 뽑아 갈 생각이다."

왕이 엔키두에게 나무를 뽑으라고 지시하자 후와와가 가로막았다.

"종놈은 안 된다. 왕이라는 네놈이 직접 뽑아라."

나무를 뽑을 수 있는 사람은 자신이 아닌 엔키두였다. 왕이 말했다.

"우투 신께서 나의 충복에게 그 힘을 주셨다. 엔키두, 뭘 하느냐? 어서 뽑아라!"

산지기가 도끼를 겨누었다.

"종놈이 뽑으면 목을 날릴 것이다. 어서 네가 뽑아라. 신께서 그가 주인이면 아이라도 뽑을 수 있다 하셨다."

피할 수가 없었다. 왕은 밑동을 잡고 신께 힘을 달라고 간원한 뒤 힘껏 들어 올렸다. 땅속 깊이에서 뿌리가 끊어지는 것이 느껴졌다.

"신이 돕는다!"

왕은 소리치며 다시 온 힘을 쏟았으나 더 이상 움직이지 않았다.

"오, 신이시여, 신이시여!"

왕이 온몸의 땀구멍이 터지도록 힘을 쓰고 있을 때 산지기가 왕에게 도끼를 겨누었다. 그를 본 엔키두가 도끼를 집어 들고 번개같이 달려가 산지기의 목을 쳤다. 괴물의 목과 도끼가 나무 밑동에 떨어지며 피를 흩날렸다. 왕은 산지기의 머리를 보며 더듬거렸다.

"이게 대체 무슨 일이냐?"

"어서 나무를 뽑으십시오. 아니, 제가 뽑을 테니 이리 나오십시오."

엔키두는 거의 모든 나무를 뽑을 수 있는 사람이었다. 하지만 이 나무는 꿈쩍도 하지 않았다.

"전하께서도 좀 거들어보십시오."

두 사람이 온 힘을 다했으나 좀 전에 느껴졌던 뿌리의 감각조차 없었고 오히려 나무가 그들을 뽑으려 드는 듯 힘이 빨려 들어갔다. 왕이 손을 털며 말했다.

"이 나무가 우리 힘을 빼앗고 있다. 좋은 징조가 아닌 것 같으니 네가 올라가서 가지를 꺾어 내려라. 그것이라도 가져가야겠다."

왕은 옷을 벗어 바닥에 펼쳤고 엔키두는 나무를 타고 올라갔다. 사자가 생각났다. 자식처럼 말을 잘 듣던 사자는 여기서 나뭇가지를 꺾다가 산지기한테 들켜 목이 질겅질겅 씹혀서 죽었다. 엔키두는 산지기가 불사의 존재인 줄만 알았다. 만약 산지기도 죽는다는 걸 알았다면 먼저 죽일 생각부터 했지 사자를 보내지는 않았을 것이다. 놈이 왕에게 도끼를 겨눌 때 엔키두는 자신도 모르게 도끼를 쥐고 달려들었다. 산지기의 목을 향해 도끼를 내리치는 순간에도 자신이 정말로 산지기의 목을 자를 수 있으리라 믿지 않았다. 어떻게든 위급한 상황에 처한 왕을 구할 수만 있다면 좋았다. 엔키두의 도끼가 바람 소리를 내며 허공을 가르자 산지기가 뒤를 돌아보았다. 그러나 이미 때는 늦었다. 엔키두의 도끼가 힘차게 산지기의 목을 내려찍었다. 그리고 사과가 쪼개지듯 단번에 산지기의 목이 떨어져 나갔다.

'사자야, 그래도 내가 네 원수를 갚았구나.'

엔키두는 가슴에 차오르는 슬픔을 불어내고 가지를 꺾기 시작했다. 스무 가지쯤 꺾었을 때 구름이 서쪽 하늘을 덮으면서 번개가 번쩍거렸다. 번개들이 곧 전쟁을 일으킬 모양이었다. 천둥을 동반하면 이미 싸우는 중이라 별로 위험하지 않지만 땅을 쏘아대는 번개는 지상의 생명체로부터 피를 빨아 힘을 얻는 것이므로 나무고 짐승이고 걸리면 살아남지 못했다.

"어서 떠나야겠습니다. 가지를 모두 싸십시오."

엔키두는 나무에서 내려갔다. 자기 옷으로 나무를 싸고 있는 왕의 알몸을 보고 엔키두는 옷을 벗어 왕에게 입힌 뒤 산소를 불렀다. 산지기가 유독 짐승 냄새를 잘 맡아 멀찍이서 기다리게 했으니 좀 있으면 도착할 것이다.

비탈길로 내려설 때 엄청난 빛이 무서운 소리와 함께 생명나무를 때렸다. 나무가 잎을 떨어내며 쓰러졌고 그 위로 장대비가 달려와 확인 사살을 했다. 왕이 소리쳤다.

"저, 저기 산지기 머리가 제 몸으로 도로 올라붙고 있다!"

엔키두가 보기엔 두 눈을 부릅뜨고는 있었지만 아직 자기 몸에서 떨어져 있었다. 그러나 알 수 없는 일이라 엔키두가 달려가 머리를 집어 멀리 던졌다.

별안간 사방이 캄캄해졌다. 아무것도 보이지 않았고 한 치 앞도 분간할 수가 없었다. 이건 칠흑의 늪이었다. 거기에 빠지면 천 리 길 땅속으로 끌려 들어간다. 왕은 황급히 엔키두를 불렀다.

"너 어디 있느냐?"

"여기 있습니다."

바로 옆에서 엔키두가 왕의 팔을 잡고 앞으로 끌었다. 비탈길을 더듬어 내려갈 때 산소의 냄새가 다가왔다.

5

라르사 나루에서 뗏목을 기다릴 때 터번을 쓴 두 남자가 찾아와 도끼
를 빌려달라고 청했다.

"도끼는 왜요?"

엔키두가 물었다.

"저희 공주님이 나무를 베어달라 하시는데 우리에겐 도끼가 없어서
그렇습니다."

엔키두가 왕에게 자기 손으로 나무를 한번 뽑아보고 싶은데 갔다 와
도 좋겠느냐고 물었다. 생명나무를 뽑지 못했던 것이 마음에 걸리는 모
양이었다. 뗏목도 좀 전에 떠났으니 돌아오기까지 한참 걸릴 터라 왕이
함께 가보자고 했다.

갈대밭 위쪽에 두 개의 천막이 있고 그 옆에는 나귀들이 풀을 뜯고
있었다. 터번을 쓴 남자들이 먼저 달려가 붉은 천막 앞에서 뭐라고 조
아리자 안에서 여자가 나왔다. 이마에 보석 줄을 두른 것이 어느 지방
에서 왔는지는 알 수 없어도 공주 같아 보였다.

"맨손으로 어떻게 나무를 뽑는다지?"

엄장은 크지만 때 절은 옷으로 보아 상것들이라 싶었던지 공주가 단박에 무시했다. 왕이 픽 웃었다.

"길고 짧은 것은 대봐야 아는 법…. 한데 그 나무는 가져다 뭘 하겠다는 거요?"

"남이야 뭘 하든 무슨 상관인가?"

"하긴 그렇지. 내 마누라 일도 아닌데 굳이 알 필요는 없는 법. 그래 나무는 어디에 있소?"

"눈이 뒤통수에 박혀도 찾겠네!"

공주가 쏘아주고는 안으로 들어가버렸다. 엔키두가 화가 나서 공주를 잡아채려고 하자 왕이 가로막았고 당황한 남자들은 서둘러 '나무는 저기 있다'고 알려주었다.

"앞서시오."

사나이들이 종종걸음으로 앞서 갔다.

나무는 한 그루였으나 제법 굵은 버드나무였다. 엔키두가 팔뚝에 힘을 모아 밑동을 잡았다. 별로 용을 쓰는 것 같지도 않았는데 나무를 거뜬히 들어 올렸다.

"보셨지요? 내 힘이 돌아왔어요, 내 힘이!"

엔키두는 두 팔을 쳐들고 춤을 주었다.

"이제 나루로 가자!"

6

조망대의 감시병이 성문을 향해 소리쳤다.

"전하께서 돌아오신다!"

문지기들이 달려들어 성문을 열자 왕과 엔키두는 곧장 궁궐로 내달렸다. 궁전 앞에는 신전 기사들이 도열해 있었다.

"전하!"

원로들이 달려 나와 왕을 맞았다. 원로들을 밀치고 안으로 들어가자 홀 중앙에 관이 놓였고 그 옆에서 왕비와 왕자들이 곡을 하고 있었다. 의원이 다가와 말했다.

"왕자님은 아침나절에 영면하셨습니다."

'죽다니 있을 수 없는 일이다. 아니, 살려내야 한다.'

왕이 소리쳤다.

"어서 뚜껑을 열라!"

힉세르가 사제들에게 뚜껑을 열라고 지시한 뒤 왕에게 말했다.

"역병이라 향 처리를 했습니다."

왕은 왕자의 얼굴을 내려다보았다. 눈을 감고 있었지만 죽은 사람 같지 않았다. 그는 자신이 가져온 생명나무를 펼쳤다. 물에 적셔가며 왔더니 그런대로 싱싱했다. 생명수까지 부으면 왕자는 살아날 것이었다. 수의를 벗기고 가슴에 나뭇가지를 덮자 엔키두가 물 항아리를 들어 올리며 말했다.

"왕자님의 입을 좀 벌려주십시오."

왕이 아들의 입을 벌리자 엔키두가 생명수를 붓기 시작했다. 물이 입가로 흘러내렸고 왕은 손으로 그 물을 입속에 넣으려 애를 썼다. 엔키두는 남은 물을 왕자의 온몸에 뿌렸다. 왕이 의원에게 말했다.

"다시 진맥해보시오."

의원이 매우 섬세하게 발끝에서 머리끝까지 진맥을 했으나 어느 구석에도 생명이 되살아나는 징조가 없었다. 의원이 고개를 저어 보이자 왕이 말했다.

"아직 좀 더 기다려봅시다."

하룻밤을 기다려도 왕자는 되살아나지 않았다.

'역병보다 더 위험한 병도 생명나무가 물리쳐주었는데 어찌 아들에게는 통하지 않는단 말인가. 대체 무엇이 잘못되었더란 말인가.'

왕은 자신의 여정을 돌이키고 또 돌이켜보았다.

'생명나무는 왜 뽑히다 말았는가. 괴물도 제거했는데 무슨 까닭으로 번개가 끼어들어 생명나무를 죽였는가. 나뭇잎은 시들지 않았는데 어이하여 왕자를 살려내지 못하는가? 이미 죽었고 자신들이 너무 늦게 도착했기 때문이라면 생명나무는 죽어야 할 이유가 없지 않은가.'

왕은 사망 선포도 미룬 채 생각만 거듭했다.

왕은 왕자의 죽음이 까닭 없이 온 것이 아니라는 생각이 들었다. 부자간의 죽음에는 보편적으로 순서가 있다. 힉세르로부터 황금가지와 영원한 왕권에 대한 이야기를 듣고 있을 때 역병에 죽은 시체들이 강에 떠내려갔고 즉시 액막이를 했음에도 왕자가 아팠다.

'생명수와 생명나무도 효력이 없었던 것은….'

왕이 소리쳤다.

"니푸르다! 20년 전 내가 맹세했던 일을 지키지 않았기 때문이다!"

왕은 도화 천을 가져오게 한 뒤 니푸르 성지에 대한 도면을 그려나갔다. 무아지경에 빠진 듯한 그의 손끝에서 새로운 니푸르 성지가 태어나고 있었다.

'우선 성벽을 높인 뒤 일곱 개의 성문을 방향에 따라 배치하고 정문은 현재보다 두 배 크게 만들어 '영원한 문'이라 이름을 붙여야 한다. 남쪽 문은 우루크의 문이라 부르고 그 외에는 수메르의 다른 도시 이름을 따서 붙이면 될 테다. 에쿠르 신전 앞에는 아치형의 평화의 문을 세운다. 누구나 그 문을 지날 때면 천신이 우리에게 허락한 평화를 느끼지 않을 수 없을 것이다. 엔릴 신전 앞의 여덟 개 기둥에는 세상에서 가장 아름다운 문장으로 헌정사를 새겨놓겠다. 그리고 엔릴 신전 옆에는 신께서 귀여워하셨다는 이난나 여신전을 세워야겠지. 신들을 호위하듯 그 북쪽에는 조상들의 신전을 세우고 엔릴 신께서 닌릴 여신이 목욕하는 것을 지켜보았다는 개울은 연애 보존 구역으로 지정하여 항상 꽃단장을 해야 할 것이다. 어디 그뿐이랴. 신전을 관리하는 부속 건물도 지어야 한다. 도서관은 필요할 때마다 증축할 수 있도록 주변의 토지를 남겨둘 것이며 사제관 앞에는 중앙 공원을 만들어 사제들의 쉼터로 할

것이다.'

왕은 이처럼 자신의 머릿속에서 피어나는 생각을 단숨에 그림으로 그렸다. 장엄하고 아름다운 니푸르 성지가 도면으로나마 완성되었다. 흡족해진 왕은 자신이 그린 도면을 접어 들고 어머니 닌순의 처소로 갔다. 먼저 자신을 맞은 것은 아버지의 조각상이었다. 예전에는 보지 못한 것이었다. 그가 놀라 걸음을 멈추자 어머니가 말했다.

"부왕이 너무 보고 싶어 하나 만들었습니다. 어떻습니까? 아버지가 계시니까 전하도 좋으시지요?"

점토로 빚어 색까지 입힌 조각상은 마치 살아 있는 아버지를 보는 것만 같았다.

"아버님 넋도 자주 찾아오십니까?"

"꿈에만 오신답니다. 그리고 하시는 말씀이…."

"그래, 뭐라고 하셨습니까?"

남편 루갈반다는 말했다. 아들 길가메시는 장차 수메르에서 가장 큰 만신전을 짓고 수메르의 모든 신을 모시게 된다, 그때 자기도 신의 반열에 오를 것인데 자기를 만나고 싶으면 '하늘과 땅 사이의 방'으로 오라고 했다. 하지만 지금은 그런 이야기를 할 수가 없어 닌순은 손자 이야기를 했다.

"손자가 저승까지 무사히 왔다, 걱정 말라 하셨습니다."

왕이 다그치듯 되물었다.

"아버님께서 왕자를 만났다고요?"

"예, 그러합니다."

왕은 왕자의 죽음이 신벌이 아니었음을 깨달았다. 그것은 운명이었다. 왕이 도면을 내밀며 말했다.

"어머니, 니푸르에 가서 이걸 외삼촌에게 전하십시오. 공사 대금은 언제라도 보낼 수 있으니 당장 착공하라고 일러주십시오."

어머니가 도면을 접으며 말했다.

"지금 당장 가야겠습니다."

왕은 자바르디를 불러 마차를 대령시켰다.

7

버허투르는 수상한 청년들이 엔키두의 집에 들어갔다는 보고를 받고 그들이 나오면 연행해 오라고 지시했다.

"잡아왔습니다."

감시군이 청년 둘과 그들로부터 뺏은 돈주머니를 내놓았다. 청년들이 지니기엔 엄청난 액수의 돈이었다. 버허투르가 신문했다.

"이 돈은 어디서 난 거냐?"

청년들은 벌벌 떨 뿐 대답을 하지 못했다.

"어디서 났느냐고 묻지 않는가!"

"예, 저, 저의 자형과 누님이 주셨습니다."

"네 자형은 누구냐?"

"사람들이 거인이라고 말하는 그분이옵니다."

버허투르는 문득 뻔히 아는 것을 물어대는 자신이 역겨워졌다.

'대체 무슨 귀신이 씌어 성격에도 없는 이런 짓을 하고 있단 말인가.'

이성적인 생각과 달리 그의 입이 다시 물었다.

"우루크에 거인이 한둘이냐? 어서 이름을 대라고 하지 않느냐."

"엔키두입니다."

"엔키두에게 이런 큰돈이 있을 리 없고, 있다 해도 너희에게 줄 리가 없다!"

"정말입니다."

"둘 중 한 놈이 가서 네 자형을 데려오라. 만약 사실이 아닐 경우 너희는 살아서 나가지 못할 것이다!"

형인 듯한 청년이 엔키두를 데리러 갔다. 잠시 후면 뻔한 결과가 도래할 것이다. 버허투르는 왜 일을 이렇게 끌고 가는지 자신도 납득할 수가 없었다. 이 며칠 사이에 자기 생각이 좇는 것은 '쥐도 새도 모르게 죽이는 방법'뿐이었다.

엔키두가 헐레벌떡 들어와 언성부터 높였다.

"당신이 뭔데 내 가족까지…."

"너야말로 그 돈이 어디서 났지? 누가 준 뇌물인가? 전하께서 가장 싫어하는 일이 뭔지 알아?"

엔키두가 주먹을 들이대며 말했다.

"당신이야말로 나와 무슨 원수가 졌다고 이러는 거야, 응?"

버허투르가 칼을 빼 들었다. 죽이고 싶었다. 자신이 죽는 한이 있어도 지금은 그를 죽이고 싶었다. 그가 칼끝을 들이대며 다그쳤다.

"어서 말해! 누구한테 받은 뇌물이야?"

엔키두가 소리쳤다.

"전하께서 주신 상여금이야! 이제 산속으로 돌아가도 좋다고 그간 고생했다고 주신 돈, 처가에 준 거야. 우리 없이도 잘 살라고 그 돈 준

거란 말이다! 당신이 뭔데 그걸 뺏고 사람까지 오라 가라 하는 거야?"

'산속으로 돌아간다?'

버허투르는 자신의 살을 찌르고 싶었다. 가만있었으면 엔키두가 사라졌을 텐데 자신의 미친 마음이 화를 만든 것이다. 버허투르는 칼을 거두고 말했다.

"네 처남들 데리고 돌아가라!"

엔키두가 바위 같은 말을 던졌다.

"너 같은 것을 믿고 전하 곁을 떠나려 했으니 내가 바보였다!"

칼을 든 버허투르의 손이 부르르 떨렸다.

왕은 생명나무를 가지러 가기 직전 생각해둔 것이 있었다. 돌아오는 즉시 엔키두를 산속으로 돌려보내준다는 것이었다. 드디어 오늘 그 일을 실행한 뒤 키시에 대한 보고 서판을 읽고 있을 때 버허투르가 들어와 단도를 앞에 놓고 털썩 꿇어앉았다.

"전하, 저를, 저 버허투르를 죽여주십시오!"

왕은 버허투르가 큰일을 벌였음을 직감했다.

"무슨 죄를 지었기에 죽여달라는 게냐?"

"제 양심은 썩을 대로 썩어 살아 있을 가치가 없습니다."

"그 썩은 양심으로 무슨 일을 저질렀다는 게냐?"

"엔, 엔키두를⋯."

왕은 벌떡 일어나며 물었다.

"죽였단 말이냐?"

"그를 죽이려 했습니다."

"죽이려 했다는 것은 또 무슨 말이냐?"

"죽이고 싶었습니다. 천만번 그러고 싶었습니다. 그리고 오늘 정말로 죽이려고 했을 때, 그 순간 깨달았습니다. 제가 만약 미움의 칼로 엔키두를 죽인다면 전하께서는 그보다 더한 미움의 칼로 저를 죽이시리라…. 그건 저에겐 가장 무서운 형벌이옵니다. 하오니 전하, 전하의 미움이 더 자라기 전에 이 단도로 저를 죽여주십시오. 그러면 저는 사랑의 칼을 안고 기쁘게 눈을 감겠나이다."

왕이 버럭 소리쳤다.

"무슨 허튼소리냐! 썩 물러가라!"

버허투르는 아주 불쌍한 얼굴로 눈물까지 철철 흘리면서 다시 애원했다.

"하오면 전하, 저를 좀 구제해주옵소서."

왕은 버허투르에게 이상한 성격이 있었는데 그걸 자신이 몰랐다는 것이 의아했다.

"무엇을 구제하란 말이냐?"

"제 심장에는 살의가 고여 있습니다. 터트리지 않는 한 꺼낼 수가 없습니다. 이 칼로 저의 발칙한 심장을 처단해주소서."

'살의를 품었던 것이 네가 아니라 네 심장이라고?'

그렇게 말한다면 이성이 남아 있다는 증거다. 왕은 그의 공적과 능력을 돌이켜보았다. 그간의 크고 작은 침략은 모두 그가 앞서서 격파했다. 하원은 물론 군사 통솔에도 그를 따를 자가 없었다. 하지만 그는 이제 자신의 참된 능력을 상실했다. 왕이 입을 열었다.

"너는 지금 병이 들었다. 내가 그 병을 고칠 기회를 주겠다. 내일 아침 날이 밝는 즉시 우루크를 떠나라."

버허투르의 얼굴이 처절하게 일그러졌다. 왕이 계속했다.

"네가 갈 곳은 시파르다. 그곳에는 큰 상인이 많으나 엔시(시장)의 힘이 약해 질서가 어지럽다고 한다. 지금 우리가 필요한 것이 국제 무역 중간 지점이다. 네가 가서 그 일을 성사시키라."

"제가 어떻게 전하 곁을 떠나 살 수가 있단 말이옵니까? 그 명령만은 도저히 따를 수가 없나이다."

"그러니까 너는 내 명을 어기겠다는 것이냐?"

"전하…."

"이것이 너에게 주는 마지막 기회다! 어서 물러가라!"

버허투르는 눈물을 훔쳐내고 몸을 일으켰다.

4장

이난나와 하늘소

도시의 아낙들이 울부짖었다.
내 남편을 돌려 달라,
부쿠(북)와 메쿠(채)가 내 남편을 앗아 갔다.
― 수메르 신화 ―

1

　오늘은 '신성한 결혼식'이 있는 날이었다. 이 결혼식을 주도한 것은 왕의 어머니 닌순이었다. 왕이 자식을 잃고 힘이 빠졌다, 그에게 열정을 주도록 여신과의 결혼식을 추진해달라고 했을 때 힉세르는 매우 불쾌했다. 길가메시는 여신의 사랑까지 차지하자는 게 아닌가. 하지만 자신에게는 거절할 방법이 없었다.

　힉세르는 탈의실로 들어가 신랑이 입을 양털 옷과 가발, 지팡이 등을 점검했다. 그는 역사상 처음 시행하는 이 결혼식의 형식을 결정하기까지 두 달이 걸렸다. 인간이, 특히 길가메시가 직접 신랑이 되는 것이 너무도 싫어 왕의 역할을 여신의 본남편으로 정한 것이었다.

　힉세르는 신랑의 예복을 목부의 것으로 결정한 뒤 여사제들을 살펴보았다. 마땅한 인물이 없었다. 그는 여신 대행자를 새로 모집했고 응시한 규수가 20여 명이었다. 거의 모두가 평범한 처녀거나 기준에 비해 어린 편이었으나 그중 한 명은 나이도 적당한 데다 몸체도 풍만한 것이 적격자였다.

왕이 도착했다. 수염을 말끔히 깎고 왕관에다 금장 단도를 든 모습이 썩 훌륭했지만 오늘은 그런 차림이어서는 안 되었다.

"오늘 신랑은 왕이 아닌 목부 신 두무지입니다. 여기 그 옷을 준비했으니 갈아입으시오."

왕은 탁자 위에 펼쳐둔 의상을 훑어보았다.

'허름한 양털 옷과 가발, 게다가 노인네들이나 드는 지팡이까지? 이건 너무 초라하지 않은가. 더욱이 결혼식인데….'

왕이 거절했다.

"대사제장, 나는 여신의 새 남편이 되고 싶습니다."

힉세르는 모욕감을 느꼈으나 찬찬히 대답했다.

"여신은 단 한 번 결혼을 했으며 새 남편을 둔 적이 없소이다. 그런데 여기 새 남편감이 생겼으니 결혼해달라면 선뜻 응해주시겠습니까?"

"이곳은 바드 티비라가 아니지 않습니까. 거기서 행사를 연다면 기꺼이 그 복장을 해야겠지만 여긴 우루크입니다. 우루크 왕으로서 여신을 맞이하고 싶다는 것입니다."

"장소 문제라면 우리는 오래전부터 이난나 여신을 모셔왔습니다. 또한 수메르에서는 우리만이 여신의 신전을 가지고 있고, 그것으로도 결혼식 장소는 충분합니다."

힉세르의 말은 설득력이 있었다. 그러나 왕은 이 일을 진정한 왕으로 새롭게 등극한다는 마음으로 임하고 싶었다. 왕이 다소곳이 물었다.

"성스러운 결혼식은 해마다 열리겠지요?"

"당연하지요."

"그럼 말입니다, 다음 해부터 이 복장을 따를 테니 이번만은 제 방식대로 해주십시오.”

힉세르는 자기 뜻을 접어야 했다.

“그럼 예식 중의 발발레*는 원칙대로 따르셔야 합니다.”

“명심하겠습니다.”

그때 사제가 와서 하객이 모두 도착했음을 알렸다. 왕과 힉세르는 사제관을 나가 여신전으로 향했다. 사제들이 신전 앞에서부터 향로봉을 들고 섰고, 두 사람은 그들 앞을 지나 신전 안으로 들어섰다.

힉세르는 혼배 탁자 앞으로 다가서며 장내를 돌아보았다. 원로와 귀족들의 얼굴이 기대와 호기심으로 반짝였다. 마음 깊은 곳에서 자신의 연정이 아프게 흔들렸다. 평생 사모해온 여신을 타인의 신부로 보낸다는 것, 사제장은 여신과 공식적으로 결혼할 수 없다는 사실도 안타깝게 사무쳐왔다.

‘성스러운 날에 이 무슨 못난 생각인가.’

그는 마음을 씻어내고 혼배 잔을 채웠다. 사제가 백단 향을 태우며 한 바퀴 돌자 연주가 시작되었다. 릴리드**, 알가르***, 알라****의 합주였다. 합주가 끝나자 가수가 수금을 들고 나와 노래를 불렀다. 목소리가 어떻게나 감미롭던지 원로들의 시든 가슴에도 로맨스가 모락모락 피어나는 듯했다.

다시 연주로 바뀌었다. 무희들이 긴 수건을 휘날리며 나와 여신의 침

---

* 신들 간의 대화.
** 반구형의 큰 북.
*** 수금의 일종.
**** 탬버린.

실 쪽으로 몰려갔다. 연주가 고음과 저음으로 나뉘어 하늘과 땅을 열자 무희들이 신부를 데리고 나왔다. 음악이 뚝 멈추었고, 그에 따라 신부도 멈추어 섰다.

무희들이 신랑 쪽으로 달려갔다. 두 줄로 나누어 설 때 음악이 살아났다. 왕은 무희들 사이로 뚜벅뚜벅 걸어 나오며 신부를 살펴보았다. 면사포를 쓰고 큰 북을 들었는데 그 의상이 이국적이었다. 부드러운 천이 한쪽 어깨를 걸쳐 가슴을 덮었고, 그 자락을 발끝까지 내린 뒤 보석 벨트로 허리를 잘록하게 조였으며, 북을 쳐든 맨 팔뚝에는 빨간 꽃잎이 그려져 있었다. 눈에 익은 것은 머리에 쓴 여신의 슈구라*뿐이었다.

"두무지 신이여, 신부께서 오셨나이다. 기쁘게 맞으소서!"

힉세르가 식순을 열었다. 왕이 천천히 다가가며 발발레를 시작했다.

"오, 여신이시여, 당신의 모습은 너무도 눈부시나이다…."

영접 인사가 채 끝나기도 전에 신부가 달려와 왕에게 북을 바쳤다.

"왕이시여, 저는 당신에게 반했나이다. 어서 이 북을 받으소서. 이것은 아주 특별한 것이옵니다. 저는 또한 당신에게 다른 것도 드릴 수 있습니다."

식순에 따르면 발발레로 서로의 연정을 확인한 다음 여신이 혼수품과 축복을 내리고 그 약속으로 혼배 술을 마신 뒤 침실로 가야 하는데 신부는 모든 순서를 생략해버렸다. 힉세르는 도저히 믿기지 않는다는 듯 사제들을 바라보았고 사제들은 당황한 얼굴로 예행연습을 시켰다는 뜻으로 고개를 주억거렸다. 원로들도 술렁거렸으나 왕은 태연히 북을

* 여신전에 항상 비치되어 있었다.

받았다.

"오, 여신이시여, 당신도 나만큼 성질이 불같으시구려."

혼수품을 받은 답례로 신부의 베일을 걷어 올린 왕은 흠칫 놀랐다. 강가에서 나무를 뽑아달라던 그 공주였다. 어떤 연유로 여신 대리자로 뽑혔는지 알 수 없지만 분명 그 공주였다. 왕은 여자가 자기를 기억하는지 알아보려고 지그시 내려다보았으나 여자는 취한 채 입만 벌리고 있었다.

'이 공주는 대체 어디서 왔기에 이토록 헤딤비는가. 검은 머리나 말씨로 보아서는 수메르인 같은데…. 그렇다면 키시에서… 키시에서 내 왕권을 약화시키려고?'

등골이 서늘해졌다. 그러나 이미 시작된 행사, 갑자기 중단할 수는 없으니 자연스럽게 대처하면서 좀 더 지켜보자 하고 왕이 두어 발짝 물러서며 물었다.

"여신이시어, 신께서는 저를 처음 보시는데 어찌 저에게 반했다 하시는지요?"

"아아, 당신은 정말 매혹적입니다. 미끈한 육신에 탄탄한 어깨, 잘생긴 눈과 입, 저는 여러 곳을 돌아다녀보았지만 당신같이 훌륭한 남성을 단 한 번도 본 적이 없습니다."

여자는 카시트족이 일으킨 산악의 제법 부유한 왕국의 공주였다. 공주는 열다섯 살 때 외부에서 온 상인들로부터 도시에 대한 이야기를 들었다. 도시에는 멋진 시장이 있고 그 시장에는 오만 가지 물건뿐만 아니라 여러 인종이 있으며 거리마다 마술사, 악사들이 연주를 하고 여자들은 유행을 즐긴다고 했다. 그때부터 공주는 도시 여행이 소원이었고 그 기회를 기다리던 중 내륙 도시로 간다는 상인이 왔다. 공주는 왕에게 달려가 그들과 동행케 해달라고 졸랐다. 그 청을 거역할 수 없었던 왕은 상인들에게 공주를 유람시켜주면 금으로 만든 송아지를 주겠다, 단 무사히 데려왔을 때 지불하겠다고 흥정을 걸었다. 금송아지만 있다면 먼 길 장사를 다니지 않아도 평생을 살 수 있겠기에 상인들은 두말없이 수락을 했고, 공주는 나귀와 시종들까지 이끌고 도시 여행을 나섰던 것이었다.

"여러 곳을 다녀보셨다? 아, 그렇지요. 당신은 여신, 어디에나 가실 수 있지요. 그렇다면 어디어디를 다니셨는지 그것부터 말해주시지요."

"그런 이야기는 신방에서, 왕께서 심심하실 때, 그때 들려드리지요."

처음에 공주는 에리두로 갔다. 거기서는 모양이 각각인 배는 많았으나 시장이 성안에 있어 아침에 들어갔다가 저녁에는 나와야 했다. 그러나 우루크는 얼마나 자유롭고 황홀한 도시인가! 큰 시장도 성 밖에 있을 뿐만 아니라 여자들은 어깨에 보기 좋은 양모 술을 달고 얼굴에는 화장을 했으며 머리는 산처럼 올려 고운 천을 둘러썼다. 남자들은 상인이나 농부도 거의 모두 정갈하게 면도를 했고 귀공자들은 신분의 표시인지 녹색과 검은색으로 화장을 했는데 그 또한 얼마나 매혹적이던가! 축제 날 시민들의 노래자랑은 또 어떻게나 흥겨운지 어깨춤이 절로 나왔다. 모두 멋지고 세련된 사람들이 모여 사는, 바로 꿈의 도시였다.

"여신이시여, 아무리 많은 이야기도 살아갈 나날보다는 적은 법, 이야기가 끝나면 다시 여행을 하시겠지요?"

"아니요, 아닙니다. 절대로!"

공주는 자기 고장으로 돌아가고 싶지 않았다. 젊거나 늙거나 수염을 펄펄 날리는 부자들조차도 짐승 가죽이나 걸치는 그런 촌스럽고 미개한 지대로 돌아가느니 차라리 거지가 되어도 이 화려한 도시에 남고 싶었다. 그래서 우루크의 말과 풍습까지 배우면서 마땅한 배우자를 찾던 중 신전에서 왕과 결혼할 여신 대리인을 뽑는다고 했다. 얼마나 기막힌 기회인가! 공주는 당장 응시를 했고 당연하게도 뽑혔으나 왕이 그토록 잘생겼으리라고는 상상도 하지 못했다.

'오, 얼마나 출중한가?'

단박에 반해버린 공주는 정신을 수습할 수가 없었다.

"왕이시여, 어서 저와 결혼해주소서. 저를 신부로 맞아주소서. 그러면 저는 당신에게 모든 것을 드리겠나이다. 저에겐 헤아릴 수 없는 양과 소가 있습니다. 양은 항상 쌍둥이를 낳고 소는 한 해도 거르지 않고 튼튼한 송아지를 낳으며, 또한 저에겐 금송아지와 은으로 된 나귀, 유리로 만든 술잔과 식기도 있습니다. 그 모든 것을 당장 이곳으로 옮겨올 수 있나이다."

공주가 애원하는데도 왕은 자꾸 딴소리를 했다.

"여신이시여, 우루크에도 많은 소와 양이 있고, 항상 쌍둥이를 낳는 염소도 있나이다. 그것은 당신도 아시지 않나이까. 우리는 금송아지와 은송아지도 당신께 바쳤고 세상에서 가장 맛난 보리와 밀, 포도주를 바치고 있나이다. 여신이시여, 무엇이 부족한지, 무엇을 더 가지고 싶으신지 그것부터 말씀하십시오. 그러면 당장에 대령하겠나이다."

'이 여자는 혼란에 빠졌다. 그렇다면 키시의 공주는 아닐 것이다. 그렇다면 어디? 지금 그런 것을 따질 여유가 없다. 우선 결혼식부터 중단

해야 하는데 어떤 형식을 취해야 가장 무난할 것인가.'

그 순간 여신의 비행이 떠올랐다.

'여신은 자기 남편 두무지를 저승사자에게 넘기지 않았던가. 그래, 그것이면 충분하다.'

"여신이시어, 당신이 달라 하시는 것은 무엇이든 드릴 수가 있습니다. 또한 영원토록 최고신으로 모실 수도 있습니다. 그러나 결혼만은 거절하겠나이다."

"오오, 왕이시여, 왕이시여, 거절이라니요. 제가 이렇게 애원을 하는 데도 거절이라니요?"

공주의 목소리가 이미 쇳소리로 변했지만 왕은 그 이유를 하나하나 밝혔다.

"여신이시어, 남편 두무지를 생각해보소서. 당신은 남편을 저승사자에게 넘겼습니다. 단지 위기를 모면하려고 그의 목숨을 하찮은 돌처럼 건네주었습니다. 그러한 당신을 어떻게 믿고 사랑할 수 있으며 또한 결혼에 응할 수 있겠나이까. 여신이시어, 정신을 차리고 거울을 보십시오. 당신은 누구며, 정녕 아름다운 마음을 가지셨는지 살펴보소서."

"저는 아름답사옵니다. 제 마음도 아름답습니다. 왕께서 저와 결혼을 하신다면 금방 다 알 수 있사옵니다."

공주가 울면서 매달렸다. 하객들은 물론 힉세르까지도 어이가 없었지만 그래도 결국은 돌아서겠거니 했다. 하지만 왕은 끝내 여자의 손을 뿌리쳤다. 모두 놀라서 우왕좌왕하는데 왕은 그대로 신전을 나가버렸다. 힉세르는 모욕감에 파르르 떨다가 급히 뒤따라 나갔다.

"전하, 멈추시오!"

힉세르가 거의 명령조로 말했다. 왕이 휙 돌아서며 일성을 토했다.

"나를 조롱하는 것입니까?"

"신성한 날에 그 무슨 억지소리요?"

"아니면 그 신부와 무슨 작당을 할 참입니까?"

"작당이라니, 이제 완전히 돌았구먼."

"오늘 보니 나는 그간 사제장의 손바닥에서 놀아난 것 같습니다. 말해보십시오. 목적이 무엇입니까? 이제 외세를 끌어들여 왕실을 잠식하실 생각입니까?"

힉세르는 온몸을 부르르 떨었다. 왕은 비로소 그게 아니라는 것을 깨닫고 목소리를 낮추어 조용히 말했다.

"내 말이 심했다면 용서하십시오. 그러나 진실을 말해주십시오. 신부는 어떤 기준으로 뽑았습니까? 혹시 정략결혼, 그런 것이었습니까? 아니면 그 외국 공주가 예물을 많이 가져왔다 해서 뽑은 것입니까?"

"외, 외국 공주? 그렇다면 신부가 정말 외국 공주란 말이오?"

힉세르의 안면 근육이 벽처럼 굳었고 눈빛은 충격으로 흔들렸다. 왕이 설명을 했다.

"그 여자를 만난 적이 있습니다. 생명의 동산에서 돌아올 때 라르사에서 타지의 한 공주가 우리에게 나무를 뽑아달라고 했는데, 바로 그 여자였습니다."

'이 무슨 실수란 말인가.'

힉세르는 자탄했다.

'머리가 검고 우리말도 유창해서 수메르 여자인 줄 알았는데….'

힉세르는 변명도 하지 못하고 후들후들 떨며 신전으로 돌아갔다.

2

버허투르가 미타니를 우루크의 상업 식민지로 만들었다고 했다. 미
타니는 유프라테스 강 최상단이라 소아시아와 지중해 일대의 교역에
중요한 요충지였다.

"군사들은 당분간 그곳에 상주해야 할 것입니다."

자바르디가 말했다. 그는 버허투르에게 군사 5백을 데려다 주고 오
는 길이었다.

"버허투르는 거기서 오래 머문다던가?"

"안정되면 시파르로 돌아갈 것이라 했습니다."

시파르는 수메르 최초의 도시이자 우투 신의 고장이기도 했다. 버허
투르를 유배시켰을 당시엔 상업지로 부상할 때라 그곳을 교역지로 발
전시키라는 뜻이었다.

버허투르는 상업보다 먼저 금광에 손을 댔다. 누비아로 가는 채광꾼
들과 합류해 많은 금을 얻었고 그것을 기반으로 향유 사업을 시작했다.
그가 취급한 향료는 아로마, 허브, 장미 등의 추출액으로 아래 지방에

서 생산되는 몰약이나 계피, 유향에 비해 진정 효과가 탁월했다. 그는 그 원료를 주로 시리아나 알레포 쪽에서 채취했는데 어느 날 우연히 말라야 삼나무를 만났고 추출액을 증류해 오일로 만들어보았더니 우루크 천신전에서 쓰는 백단 향보다 향기가 훨씬 신비로웠다. 그는 그 향을 우루크에 보내고 싶어 많은 일꾼들과 함께 알레포에서 향을 추출하던 중 미타니 군사들에게 붙잡혀 억류되고 말았다.

그 소식을 들은 왕이 즉시 원정군을 보냈던 것인데 버허투르는 그 군사를 이용해 미타니를 아예 상업 식민지국으로 만들었다는 것이다.

'항만 식민지도 하나 더 만들어야 한다. 키시를 제압할 수 있는 곳으로….'

작년부터 키시는 강압 정책을 실시했다. 복속 도시의 세금을 부쩍 올리는가 하면 우루크의 도선장 이용료까지 자기들이 징수했다. 방법도 고약해서 지중해 쪽에서 내려오던 선박은 유리 제품 일부를, 우루크를 경유해 미타니로 올라가던 인더스 쪽 선박은 귀한 상아와 카펫까지 빼앗겼다. 광물 원석을 실어다 주고 도자기와 가죽 제품, 날염된 아마천 등을 가져가는 아나톨리아 선박은 가장 인기 품목인 가죽 제품 일체를 뺏겼으니 교역 흥미가 사라졌다고도 했다.

"자바르디, 무역 식민지를 한 곳 더 찾아보게. 키시 가까이 말이네. 각국의 연합군을 상주시켜 교역선을 지킨다면 키시는 물론 어떤 해적선도 출몰하지 않을걸세."

왕의 그 말이 끝났을 때 부사제장이 헐레벌떡 뛰어들어와 비보를 알렸다.

"전하! 대사제장께서 위독하십니다!"

"갑자기 그게 무슨 소리요?

"어서 가보십시오."

왕은 부사제장과 함께 여신전으로 달려갔다.

3

쿨랍의 역대 제사장들은 자기 지위에 걸맞은 신성만을 원했고 그것만으로도 백성들은 잘 따랐다. 그러나 왕권이 세워진 뒤로는 모든 것이 복잡해졌다. 처음에는 그래도 신권이 우선하고 그것으로 정신적 우위를 차지할 수 있다고 생각했지만 신전에까지 실리 정책이 스며들면서 '신성'은 종종 차선으로 밀려났다.

힉세르는 자기 위치의 재조정이 필요했다. 왕을 이끌자면 인간으로서의 최상을 가져야 했고, 그것을 '최고의 현자'로 설정한 뒤 자기 정진을 했던 것인데 신성한 결혼식의 실패 이후 부족한 것은 오히려 자신이라는 사실만 드러났다. 지도자들은 서로 경쟁하면서 발전하고, 그 경쟁도 오랜 기간을 통해 이루어진다지만 자기 앞날에 과연 그런 날이 올지 의심스러웠다.

그날부터 힉세르는 계산을 시작했다. 미래 행로를 20년으로 잡고 신권과 왕권을 주자로 세운 뒤 쌍방의 실수와 성과를 계측하는 것이었다.

어떤 날은 성과의 점수가 더 많았고, 대세가 다가오는 지점도 빤히 보였다. 그러나 다음 날은 실패나 실수가 훨씬 많아 자신이 잡아야 할 대세는 하늘 위나 무덤 속에 있었다.

백 일이 되었을 때 하나의 복병이 불쑥 튀어 올랐다. 그는 소스라쳐 놀랐다. 자신을 패배의 입구로 이끌었던 '신성한 결혼식', 그 사건에 어떤 기억이 철썩 올라붙었다.

'여신 대행자는 카시트 공주라고 했다! 성질이 포악한 왕자가 미개인을 표적으로 활 연습을 하던 곳, 낙타와 나귀가 성문 앞에서 쓰러지던 곳, 만정이 떨어져 발길을 돌렸던 그곳의 공주!'

그는 여신이 자기를 버렸음을 깨달았다. 자신에겐 치욕의 미래가 기다리고 있었음에도 엉뚱한 계산을 해왔던 것이었다. 그는 다급해졌다. '추한 미래'는 한시바삐 지워야 하는데 사제장에겐 자살도 금기였다. 방법은 단 하나, 요절이었다. 요절할 수만 있다면 우루크의 정신 이념, '아름다운 인간상'은 지켜낼 수가 있었다.

그는 마법실에 칩거했다. 요절을 불러오자면 먼저 미래를 막아야 했다. 그는 빈 향로 앞에 앉아 하늘과 강, 바람을 차단했다. 먹지도 자지도 않았다. 그럼에도 죽음이 신호를 보내지 않았다.

그는 여신의 침실로 자리를 옮겨 별수 없이 양귀비 진액을 마셨다. 저승에 가서 신의 벌을 받는다 해도 인간들에겐 그 흔적을 보이고 싶지 않았다. 그는 잔을 깨끗이 닦아 본래대로 두고 침대에 누웠다.

힉세르가 막 저승의 문을 여는 순간 누군가가 달려왔다. 왕이었다. 어서 달아나고 싶은데 붙잡히고 말았다. 그러나 뜻밖에도 왕의 목소리는 간절했다.

"대사제장, 이게 대체 무슨 일입니까?"

힉세르는 가만히 고개를 저었다. 이제 모두 끝났다는 뜻이었다. 그 얼굴을 내려다보는 왕의 눈가에 눈물이 맺혔다. 힉세르는 생각했다.

'저 눈물은 무슨 의미란 말인가.'

"이렇게 갈 수는 없소이다, 대사제장. 당신과 나는 수메르인이라는 거대한 새의 두 날개요. 새가 한쪽 날개만으로 날 수 없다는 사실을 누구보다 그대가 잘 알지 않소. 그대가 사랑했던 이 우루크는 또 어찌한단 말이오."

왕이 그런 생각을 하고 있었다는 사실이 반갑고 고마웠다.

'죽음 앞에 이르러서야 우리가 진심으로 화해하게 되는 것인가?'

힉세르는 삶과 죽음의 경계에서만 깨달을 수 있는 걸 받아들이는 중이었다. 왕의 목소리가 떨려 나왔다.

"우루크의 한쪽 기둥을 데려가시다니, 여신이여, 어찌 이럴 수 있나이까? 그 누구보다 당신을 사랑한 사제장이 아닙니까. 그의 소망은 자신의 전 생애를 당신께 바치고 오직 당신 곁을 지키는 것이었나이다. 그런데 어찌하여 이토록 일찍 데려가시나이까. 오, 여신이시여…."

힉세르는 길가메시가 흘린 눈물이 자신의 뺨 위에 떨어지는 걸 느꼈다. 그는 돌이킬 수 없는 선택을 한 스스로를 책망하며 조용히 숨을 거두었다.

법률에는 사제장 7일, 사제는 5일장이라고 되어 있었다. 오래전부터 내려오던 이 전통을 그 누구도 변경할 수 없었다. 루갈반다조차도 아들이 부재중에 영면했지만 그 날짜를 지켜 장례를 치렀다.

그러나 힉세르는 장례를 치르지 못했다. 기사로 영입했던 타지방 청년 둘이 시신을 장악하고 있어 행사를 진행할 수 없다는 것이었다.

"몰약으로 시신을 닦아야 하는데 여태 그 일조차 하지 못했습니다."

사제들이 몰려가 애원을 해도 그들은 칼을 겨눈 채 접근을 막는다고 했다. 왕이 달려가보니 역시 같은 현상이었다. 왕이 대노해서 소리쳤다.

"너희들은 사제장에게 가장 불경한 죄를 저질렀다! 너희들의 목을 잘라 그 죄를 씻게 할 것이다. 엔키두, 어서 칼을 대령하라!"

엔키두가 칼을 건넬 때 그들이 풀썩 주저앉으며 호소했다.

"시, 시신이 침상에서 떨어지지가 않습니다."

사제들이 술렁거렸다. 왕이 물었다.

"그런데 왜 가로막고 있었더냐?"

젊은 기사가 울면서 고백했다.

"저희들은 힉세르 사제장에게 큰 은혜를 입었습니다. 저희들이 노예로 팔려 갈 때 사제장께서 은전을 주고 저희들을 구해주셨습니다. 그 은혜를 갚으려고 우루크로 찾아왔습니다만, 얼마 모시지 않아 돌아가시고 말았습니다. 저희들은 반드시 은혜를 갚아야 하고 그래서 시신이라도 흰머리산 정상으로 모셔 갈 생각이었는데 무슨 까닭인지 조금도 움직여지지가 않았습니다. 저희 둘이서 애를 써도 그랬습니다."

그들은 흰머리산 주변 출신이었다. 그들 고장의 왕처럼 힉세르의 시신도 썩지 않게 하려고 산 정상으로 옮기려고 했는데 육신이 꼼짝도 하지 않는 것이었다.

"거짓이면 죽음을 면치 못하리라!"

왕은 엔키두에게 시신을 들어보라고 지시했다. 그들의 말은 거짓이 아니었다. 엔키두가 온 힘을 다했으나 시신은 한 치도 움직여지지 않았다. 왕이 사제들에게 명령했다.

"향유를 뿌리고 백단을 태운 뒤 다시 들어보라!"

침실에 향 연기가 가득할 때 부사제장 슈반노가 힉세르의 앞가슴을 열어 몰약을 발랐다. 그리고 등 아래로 손을 넣어 조심스럽게 힘을 주었다. 시신이 들어 올려졌다. 사제들은 일제히 무릎을 꿇고 절을 올렸고 슈반노는 수의를 입혔다. 힉세르는 우루크를 떠나고 싶지 않았던 것이다.

"슈반노, 당신이 장례를 집전하시오."

왕은 가슴을 쓸어내리며 여신전을 떠났다.

4

새 사제장 슈반노, 천문학자 다간, 건축가 리슈카르가 차례로 들어왔다. 그들이 착석하자마자 왕이 선언했다.

"만신전을 지을 생각이오!"

뜻밖이었는지 아무도 입을 열지 못하고 서로 눈치만 살폈다. 왕이 건축가에게 물었다.

"리슈카르, 만신전은 어떻게 지어야 하는지 설명해보게!"

"만신전이라면 복수 신전이라 건축 양식이 달라야 합니다. 현재 우리의 신전들은 단수라 2층입니다. 그것도 1층은 축대지요. 만신전 정도면 3층은 되어야 할 것입니다."

"그보다 더 높이 지을 순 없나?"

"고래로 3층 이상 지은 것이 없습니다."

"고래의 3층? 그건 어떤 형식이었나?"

그 대답은 슈반노가 했다.

"전하께서도 아시듯이 우리 선조는 애초 동방에서 왔습니다. 높고 큰 산이 많은 곳이지요. 그중 성산聖山을 택해 3층으로 올리고 삼신과 칠성을 모셨습니다. 그를 일러 참성단이라고도 했다는데 우루크에서는 산이 없어 불가능합니다."

리슈카르가 나섰다.

"지구라트를 올리면 산 모양을 낼 수 있습니다."

지구라트를 산처럼 올린다면 높이는 충분할 것이다. 왕은 어머니에게 약속한 '하늘의 방'을 언급했다.

"맨 꼭대기 층은 '신이나 영혼을 만나는 방'으로 정한다."

슈반노가 고개를 저었다.

"그렇게 되면 신들은 2층에 모신다는 말씀인데 그건 안 됩니다. 그 어떤 장치도 신보다 위에 올릴 수는 없기 때문입니다."

리슈카르가 나섰다.

"제가 알기로는 참성단 맨 위층은 천신을 만나는 곳이라 했습니다. 그러나 우리는 천신전이 따로 있습니다. 따라서 만신전의 꼭대기 층은 전하의 의견대로 하실 수 있습니다."

다시 슈반노가 정리했다.

"그러면 먼저 그 방을 신들의 회합 혹은 사랑방으로 정하고, 신족에 한해서 신이나 영혼을 만날 수 있도록 해야 할 것입니다."

"좋은 생각이오. 그럼 이제 모셔 올 신을 정합시다. 첫 번째는 엔릴 신이니 그다음부터 말해보시오."

슈반노가 말했다.

"엔릴 신께서는 성지 니푸르에 계신데 모셔 올 수가 있을까요?"

"그분은 우리 국조 신이 아니오. 수메르인이라면 누구든 모실 수가 있으니 다음 분을 천거해보시오."

"그렇다면 엔릴 신의 부인 닌 여신도 모셔 와야 하고 다음은 달의 신 난나, 지모신 닌마, 두무지, 우투, 여섯 분 정도가 되겠습니다."

"너무 적지 않소? 만신전인데. 그 신들 옆에 루갈반다와 힉세르 사제장도 포함시키시오."

루갈반다를 언급할 때는 눈을 크게 뜨던 슈반노가 힉세르의 이름을 듣고는 그만 눈길을 내렸다. 따지고 보면 천신을 제외한 모든 신은 생존과 죽음의 역사가 있었다. 사후에 신의 반열에 오른 분도 여럿이다. 사제장들이란 평생을 신과 함께이거나 대리인이었으니 이미 신족이 아닌가.

다간이 왕에게 여쭈었다.

"하늘과 땅 사이의 방이 완공된다면 저희들에게도 사용권을 주십시오. 단, 밤에만 말입니다."

그는 고명한 천문학자 우사우의 증손자였다. 신전의 천문학자들은 달, 행성, 별의 운동을 태양의 운행으로 계측했고, 해마다 길이가 달라지는 태양과 달의 운동까지 계산했다. 주목적은 씨앗을 뿌릴 가장 적절한 시기를 백성들에게 공포하기 위해서였는데, 우사우는 우주의 법칙 중에서도 최초로 일식에 대한 정리를 한 사람이었다. 그가 일식을 알고 제사장 엔메르카르에게 달려가 '큰일 났다, 달이 미쳤다, 감히 태양을 먹으려 한다, 이런 현상을 보면 백성들이 동요를 일으켜 신전으로 쳐들어올 것이다, 그 전에 모든 재물을 풀어 백성들 마음부터 단속해야 한다'고 아뢰었다. 달이 사라지는 월식은 본 적이 있지만 벌건 대낮에 달이 나타나 태양을 삼킨다는 것은 들어본 바가 없는 제사장은 반신반의

하면서도 그의 조언대로 돼지와 소를 있는 대로 잡아 백성들에게 나누어주었다.

한데 그날이 와도 일식 따위는 일어나지 않았다. 해가 져가도 그런 일이 없자 화가 난 제사장이 그를 반역자라 해서 죽여버렸는데, 일식은 그다음 날 오전에 일어났다. 제사장은 가슴을 치며 후회했고 그 보속으로 우사우의 아들과 자손은 대대로 천문학만 연구하도록 배려하는 한편, 그를 죽일 때 노을이 핏빛이 되었다 해서 우사우를 황혼과 노을의 신으로 추대했다.

왕이 대답했다.

"그러시오. 그대의 증조부처럼 연구 사업을 하시오."

그리고 왕은 슈반노에게 물었다.

"타방 기사들이 말한 흰머리산 말이오. 힉세르 사제장에게 나도 들은 기억이 있는데, 혹시 그대에게도 그에 대한 언급이 있었소?"

"예, 흰머리산에는 신선들만 사는데 힉세르 사제장이 방문하자 당신은 세상과의 인연이 끝나지 않았다고 쫓아내더라고 하셨습니다. 한데 왜요?"

"만신전을 흰색으로 짓는다면 힉세르 사제장도 좋아하실 것이오. 리슈카르, 슈루파크와 보르시파 쪽에 백토가 많소. 그 흙을 실어 와 외벽을 쌓고, 마그다 산에서는 석고를 가져와 신의 부조를 만드시오."

리슈카르도 흥분해서 대답했다.

"흰 산 같은 만신전, 멀리서 보면 하얗게 눈이 부시는 산, 신들이 사는 산…. 세상에 둘도 없는 신전이 되겠습니다!"

그때 내관이 들어와 사제장에게 알렸다.

"신전에서 사람이 왔습니다."

사제장이 곧 되돌아와 왕에게 알렸다.

"좋지 않은 소식입니다. 북이 사라졌다고 합니다."

"북이라니요?"

"전에 여신 대리인에게 받은 그 북 말입니다. 신전에 모셔두었는데 감쪽같이 사라졌답니다."

"그게 뭐가 그리 중요하오?"

"힉세르 대사제장께서 잘 간수하라고 각별히 일렀습니다. 이제 어쩌지요?"

슈반노가 당황해서 어쩔 줄 몰라 하자 왕이 리슈카르에게 지시했다.

"사제장을 모시고 목수한테 가게. 남은 삼나무가 있을 테니 당장 북을 만들라고 이르게."

리슈카르가 사제장을 데리고 나가자 다간도 자리를 떴다.

5

　밤이었다. 뗏목 한 척이 강 상류로 올라갔다. 중년의 남자가 부지런히 상앗대를 움직였고 한 여자는 가슴에 북을 안고 있었다. 갈대 지대가 가까워지면서 남자는 상앗대를 뻗쳐 갈대 줄기를 툭툭 쳤다. 기척이 없었다.

　"좀 더 올라가요."

　여자가 속삭였다. 갈대를 헤치고 올라갈 때 갈고리가 날아와 뗏목 모서리를 걸고는 안으로 끌어당겼다. 뗏목이 닿자 두 사나이가 갈고리를 뺀 뒤 북을 달라고 손을 내밀었다.

　"아니오, 잔금부터 먼저."

　여자가 북을 꼭 껴안고 뒤로 물러서자 사나이가 은화를 내밀었다. 약속대로 은화 다섯 셰켈이었다. 여인이 돈을 확인한 뒤 북을 내주자 옆의 사나이가 단도를 빼 들고 남자와 여자의 목을 차례로 찌르고, 뗏목이 떠내려가지 않도록 안으로 바짝 당긴 뒤 여자의 손에서 은화를 뺐다. 여자는 아직 숨을 놓지 않았는지 그 돈을 빼앗기지 않으려고 손에 힘을 주었다. 사나이가 칼로 손목을 찔러 은화를 빼낸 뒤 황소 등에 올라 급하게 달렸다.

30리쯤 숨도 쉬지 않고 달리자 저만치 앞에서 횃불 하나가 불쑥 솟아올랐다가 다시 가라앉았다. 황소 발굽 소리를 듣고 자기들 진영에서 보낸 신호였다. 그들은 속도를 줄여 진영으로 들어갔다. 공주와 투사들이 다가왔다. 사나이들은 황소에서 내려 공주에게 북을 바쳤다.

"수고했네."

공주는 북을 살펴본 뒤 옆에 선 지휘관에게 말했다.

"이제 날개를 준비하시오."

그리고 공주는 자기 막사로 들어가 횃불에 북을 살펴보았다. 틀림없이 그 북이었다. 공주는 상자를 열고 북채를 꺼냈다. 단목에 금을 입힌 것이라 치기만 하면 그 소리가 사내들의 간담을 서늘케 할 것이다. 공주는 북의 몸채를 어루만지며 버드나무를 얻던 때를 떠올렸다.

우루크로 가던 중 라르사 강 건너에서 쉬고 있을 때였다. 하룻밤 자고 일어나 밖으로 나갔더니 안개가 자욱했고 그 안개 저쪽에서 누군가가 손짓을 했다. 다가가보니 이 나무였다.

'이곳은 나무가 귀하다 했는데 이처럼 당당한 나무가 있다니! 이건 여신이 나를 위해 세워놓으신 신목이다. 나도 여신의 북과 똑같은 것을 가지고 싶다고 했더니, 지금 만들라고 신이 선사하셨다!'

정말 신의 뜻이었다. 그날 오후 힘센 남자들을 그곳으로 보내 손으로 뽑게 한 것이다. 공주는 라르사의 장인을 불러 북을 만들었고 은화 두 개로 훌륭한 북이 탄생했다. 그러던 중 우루크에서 여성들의 유행을 배우고 있을 때 이난나 여신 대리자를 모집한다는 것이었다.

'오, 얼마나 지혜로운 여신이신가. 나로 하여금 북을 만들게 하시더니 이제 그 북을 바칠 곳까지 일러주신 게 아닌가!'

'여신의 침실은 세상 곳곳에 있지만 첩첩산중의 왕궁보다는 우루크가 좋다. 너희 왕궁에는 내게 금과 은, 북을 주었지만 그것들은 잘 다듬어지지 않았다. 그러나 우루크는 보석 하나를 바쳐도 먼저 아름답게 세공부터 한다. 내 신전 벽을 보라. 그 부조가 얼마나 아름다운가. 또한 갖가지 색실로 엮은 커튼은 예술이 아니더냐? 너희들은 나를 일러 정열적이고 전투적인 여신이라 하지만 그보다 나는 미와 화려함을 더 사랑한다. 너희들처럼 그냥 올려둔 금덩이와 보석에는 찬란함이 없다. 진정한 가치는 아름다움을 위해 인간들이 얼마나 많은 지혜를 쏟아부었느냐에 따라 결정이 난다…'

'제가 우루크에 있는 당신 신전을 보았을 때, 그때 깨달았지요. 날더러 당신의 대리자가 되어 우루크에서 함께 살자는, 산중의 왕궁을 벗어나 여기서 살자는….'

그래서 공주는 우루크 왕에게 가장 소중한 북을 바쳤는데, 자신은 여기에 머물겠다, 도시의 궁전에서 살겠다는 그런 뜻으로 바친 것이었는데 북만 빼앗기고 몸은 쫓겨났다. 공주는 그 수모를 견딜 수가 없어 신께 맹세했다. 반드시 복수하겠노라고. 그리고 왕궁으로 돌아가 아버지를 설득했다.

"우루크가 가장 풍요로운 도시였어요. 그런 곳을 속국으로 만든다면 세상 모든 재물을 손에 넣을 수 있어요."

아버지는 생각해보겠다고 했다. 그러나 몇 달이 지나도록 대답이 없어 다시 채근했더니 이번에는 속국도 전쟁도 싫다고 딱 잘라 거절했다.

'날더러 포기하란 말인가? 내 분노의 불길은 자꾸만 커져 속살까지 다 태웠는데 이대로 그냥 죽으란 말인가?'

공주는 남동생 왕자를 설득했다. 네가 황소 부대만 준다면 내가 우루크를 쳐서 너의 속국으로 만들어주겠노라고. 그러나 왕자 또한 고개를 저었다.

"아버지에게 군권을 빼앗겼어."

왕자는 야심가였다. 황소 부대를 창설한 것도 그였다. 주변의 부족들을 쳐서 왕궁의 세력을 확장하기 위해서였다. 그런데 왕은 그깟 야만인들을 복속시켜 전쟁이나 일삼자는 것이냐, 이제 전쟁은 싫다고 군권조차 박탈해갔다. 왕은 왕자가 그 군대로 자기를 칠 것 같아 두려웠던 것이다.

"누나가 군대를 원한다면 방법은 한 가지밖에 없어."

왕자는 '아버지를 처치해주면 가능하다'고 덧붙였다.

"아버지를 처치해달라니?"

"쉿, 조용히 말해. 아버지는 사방에 첩자를 두고 있어. 들어봐, 만약 아버지가 왕좌에 있고, 또 누나가 황소 부대를 가져간다면 우린 어떻게 되지? 늙은 왕에다 군영도 비었다면 저 무지막지한 구티족이 가만있겠어? 하지만 내가 왕이 된다면 달라진다는 거지."

공주는 알아차렸다. 자신이 거절한다 해도 동생이 아버지를 살해할 것이다. 어릴 때부터 성격이 잔인해 어머니까지도 두려워한 존재였다. 어린 양의 눈을 송곳으로 찌르고 그 눈알을 뽑아 막대기로 치고 놀기도 했다. 한번은 상인이 끌고 온 낙타의 눈을 찌르려다 그 낙타에 차여 오래 앓아눕기도 했는데 그 뒤로는 궁전으로 들어오는 큰 짐승은 활이나 칼을 던져 쓰러뜨렸다.

'아버지도 참혹하게 살해당할 것이다. 차라리 내가 나서는 것이 아버지를 위하는 길이다.'

공주는 술에 독약을 타서 아버지를 살해한 덕으로 황소 부대와 보병을 얻었다. 그러나 북이 없었다. 카시트족은 항상 북을 치며 침략을 했고 그 북이 승리를 가져다주었다.

'내 북은 우루크에 있다. 전투 전에 그것부터 되찾고….'

여신이 날개를 달고 있던 우루크의 벽화가 떠올랐다.

'황소가 날개를 달고 간다면 분노한 여신으로 보일 것이다!'

공주는 자기 황소에 달 날개를 준비해 우루크 상부로 진격해와 거기에 군사들을 주둔시킨 뒤 혼자서 우루크로 침투했다.

신은 역시 자기편이었다. 마침 신전에서 여사제를 모집한다는 것이었다. 단, 우루크 여성이어야 한다는 조건이 붙어 있었다. 그런다고 방법이 없을까. 공주는 안면이 있는 뚜쟁이를 매수했다. 적당한 매춘부를 소개시켜주면 그 여자를 여사제 후보로 들여보낼 참이었다. 그러나 뚜쟁이는 고개를 저었다. 매춘부들은 얼굴이 알려졌고 신분이 발각되면 죽음을 면치 못한다는 것이었다.

"여사제 감이라면 내 딸년이 있어요. 열여섯이라 나이도 적당하니 사례금만 두둑이 준다면 신전으로 들여보낼 수도 있지요."

공주는 은화 두 개를 주고 임무를 완수하면 다섯 개를 더 주겠노라고 약속한 후 진영으로 돌아왔다.

"여신이시여, 저는 알지 못합니다. 우리 카시트 왕국의 여신께서 어찌 우루크의 여신이시기도 한지. 그럼에도 저는 여신의 이름으로 모욕을 당했습니다. 이제 제가 그 수모를 갚겠나이다. 그리하여 여신의 보복이 얼마나 무서운지 세상 만방에 증명하겠나이다!"

공주는 북을 불끈 치켜들고 복수를 맹세했다.

6

저만치 황소들이 질주해왔다. 들일을 하던 농부들이 고개를 쳐들어보니 선두의 소는 날개를 단 데다 여자가 타고 있었다. 신전에서 북을 잃었다더니 여신이 화가 나서 우루크에 벌을 주려고 내려오는 것이다!

"여신이 하늘소를 몰고 온다! 하늘소!"

들일을 나갔던 사람들이 소리치며 마을로 달려갔으나 미처 닿기도 전에 황소 떼에 짓밟혔다. 주민들은 또 땅거죽을 찢는 듯한 굉음에 동구 앞으로 나왔다가 몰려오는 황소 부대를 보고 집으로 들어가 문을 걸어 닫으며 이제 곧 마을이 쑥대밭이 될 거라고 덜덜 떨었다.

황소들은 그냥 지나갔다. 발소리가 멀어져 밖으로 나와보니 길목에는 먼지 구름만 가득했고 그 먼지가 가라앉자 가축들의 시체가 널려 있었다. 놀라 밖으로 뛰어나간 개와 양들이 황소 발굽에 채이거나 짓밟힌 것이었다.

공주가 정지 명령을 내렸다. 시장이 보일 때였다. 자신들은 들녘을 가로질러 왔고, 시장을 통과해야만 성에 닿을 수 있었다.

'시장부터 짓밟고 가야 뒤가 안전하다.'

공주는 한 군사를 불러 북과 북채를 건네주었다.

"시장으로 들어설 때 북을 쳐라!"

공주는 전원에게 출격 명령을 내리고 자신도 지휘관과 함께 질주해 갔다.

시장이 북적이기 시작할 무렵 황소 부대가 북을 울리며 장터로 진입했다. 북소리를 듣고 상인들은 어제 군사들이 찾던 북을 떠올렸다.

'이난나 여신전의 북을 도난당해 그걸 찾는 사람에겐 상을 준다고 했는데, 그렇다면 누가 벌써 그걸 찾아 오는 길인가?'

상인들은 어떻게 생긴 북인지 구경이라도 하려고 저마다 고개를 뺐다. 북은 황소 등에 매달려 있었다.

'황소라면 엔키두가 주인이니 이번에도 그가 북을 찾아 오는 모양이군. 그러나 아닌데? 엔키두라면 저런 복장일 리가 없지. 아니, 뒤따라오는 황소의 저것은 또 뭐지? 깃발인가, 날개인가?'

선두 황소들이 장터를 지나가자 뒤이어 엄청난 황소 떼가 쇠공이를 휘둘러대며 시장을 짓밟고 왔다. 피할 틈도 없었다. 성난 황소들은 좌판 물건은 물론 사람까지 치받았다. 어떤 남자는 하늘 높이 치솟았다가 가건물 지붕 위에 떨어지기도 했다. 귀한 수입품이 박살나고 도자기가 하늘로 날았다. 씨앗 자루도 공중전을 하며 쏟아졌고 옷가지와 장신구가 흩어졌으며 과일도 황소 발굽에 으깨어졌다. 멀쩡한 것이 없었다. 도망치는 사람에게는 적들이 "히야!" 하고 소리치며 쇠줄을 날렸고 사람들은 어육이 되었어도 한사코 달아나려고 기를 썼다.

시장이 삽시에 폐허가 되었다. 지휘관은 그 기세를 몰고 성문으로 향했다.

공주는 달리면서 생각을 정리했다. 성으로 쳐들어가 왕궁을 접수한 뒤 왕을 잡아 그의 혀로 자기 발등을 핥게 할 참이었다.

'아니다. 먼저 왕좌에 앉아 여왕임을 선포한다. 그리고 그 괘씸한 왕은 발가벗겨 내 침실에 묶어두고 날마다 채찍질을 할 터이다. 잘못했다고 빌어라! 그러면 얼마나 고소할 것인가. 그래, 여왕, 무엇이나 내 마음대로 할 수 있는 큰 도시의 여왕, 이거야말로 내 생애에 잡을 수 있는 최고의 행운이 아닌가. 그런 뒤 동생한테는? 전령을 보내 내가 더 큰 나라를 가졌다, 이제 네가 나의 속국이 되어야 한다고 통보할 것이다. 그러면 그 녀석과의 인연도 간단하게 끝낼 수 있다.'

어느새 성문이었다. 하지만 굳게 닫혀 있었다. 하나의 지혜를 둘로 나누어 쓸 줄 모르는 지휘관은 황소들이 뛰어들면 그까짓 나무 문쯤이야 간단히 부서질 줄 알고 돌진 명령을 내렸다.

황소 떼가 무더기로 자빠지자 지휘관은 멈추라고 악을 썼다. 달리던 대열이 주춤하자 지휘관은 다시 명령했다.

"도끼로 찍어라!"

도끼 대원들이 성문으로 뛰어들어 도끼를 처들 때 지붕에서 뜨거운 콜타르가 쏟아져 내렸다. 놀란 황소들이 발작하듯 뛰었고 군인들은 뜨겁다고 비명을 질러댔다. 지휘관의 명령이 거듭되었다.

"쇠공이로 쳐라!"

이번에는 불 뭉치가 날아왔다. 양털에 석유를 적신 것이라 얼굴이나 살에 닿으면 그대로 들러붙어 함께 타들어갔다.

군사들이 그 불을 떼어내느라 혼비백산일 때 공주는 조망대에 서 있는 왕을 보았다. 그도 자기를 보고 있다는 것을 깨달은 순간 지휘관이 후퇴 명령을 내렸고 공주는 그와 함께 달아났다.

적들이 후퇴하자 성문이 열렸다. 성안 남자들이 몰려 나와 시체와 소들을 한옆으로 치워내자 그 길로 마차를 탄 전사들이 달려 나갔다. 민병들도 뒤를 따랐고 일부 군속들은 나귀를 타고 인근 마을로 내달렸다. 전 시민에게 동원령을 내리기 위해서였다.

우루크에 어둠이 내렸다. 성 밖 마을엔 불빛도 살아나지 않았고 아이의 울음소리도 없었다. 아낙들은 저녁을 지을 생각도 않고 집 앞에 나와 앉아 훌쩍이거나 기도를 했다. 한 여자가 울부짖으며 골목에서 달려나왔다.

"내 남편이 죽었어. 그 북이 내 남편 목숨을 가져갔어!"

"나도 방금 검은 그림자를 봤어. 내 남편도 죽은 거야, 내 남편도…."

집 앞에 쭈그리고 앉았던 여자들이 우르르 일어나 '내 남편이 죽었다, 북이 그 화를 불렀다'고 외치며 동구 앞으로 달려 나갔다.

7

궁전 홀은 사람들로 꽉 차 있었다. 전쟁터로부터 소식을 기다리는 지도급 인사들이었다. 그들의 자식 또한 전쟁터로 나간 터라 모두가 얼굴이 굳었고, 입을 여는 사람이 없었다. 왕은 서성거리며 자신에게 물어댔다.

'왜 여태 아무도 돌아오지 않는가? 잘 훈련된 전사들이 그깟 야만인을 무찌르지 못했단 말인가? 그리고 북은 도대체 어떻게 되었는가?'

왕이 조망대에 올라섰을 때 황소를 탄 공주와 그 옆에 북을 든 군사가 보였다. 그래서 그는 추격병들에게 '북을 탈취하라, 흠집 하나 내지 말고 되찾아 오라'고 명령했다.

'북을 빼앗느라 전쟁이 길어진단 말인가? 그것이 무엇이기에 전쟁을 불러오고 내 군사들까지 능멸한단 말인가?'

힉세르에게 전했다던 여신의 말을 떠올렸다.

"북을 잘 간직해라. 그 나무는 강의 정기를 받은 것이다…."

'북의 몸체는 자신들이 뽑아준 버드나무였고 강가에 서 있었다. 한데 무슨 까닭에 자신들로 하여금 나무를 뽑게 했고, 또 상서롭지 못한 일로 꼬리를 물게 한단 말인가? 그 나무가 정기를 받은 것이라면 어찌하여 외방 여자에게 주었으며, 또한 그 여자를 여신의 대리자로 보냈단 말인가?'

힉세르의 말이 생각났다.

"그 여자의 왕국도 주신이 이난나 여신이라고 했소."

'하지만 북을 잘 간직하라고 당부한 것은 훨씬 이후이지 않은가.'

여신의 뜻은 공주가 아닌 북에 있었고 그 북을 잃은 것은 만신전을 지으려고 회의를 하던 그 순간이었다.

'여신의 보복? 내가 당신께 등을 돌리고 다른 신을 맞으려 한다 해서? 아니면 힉세르의 죽음 때문에?'

원로원장이 다가왔다.

"전하, 용안이 창백하십니다. 좀 앉으시지요."

전쟁터로 내보낸 자기 아들 생사에 애가 마를 텐데도 왕을 걱정했다. 적이 쳐들어올 때 아녀자들을 동원해서 양털 뭉치로 불솜을 만들게 한 것도 이들이었다. 언젠가 그가 주장하던 말이 떠올랐다.

"우루크는 의회가 있는 공화국이오. 전하께서는 그 질서를 무시하고 계시오. 양원 체제가 무너지면 키시에 대항할 힘도 잃게 됨을 숙고해주시오."

"그렇구려. 내 이제부터라도 공화국 공부를 새로 하겠소."

"황소 부대 대장입니다!"

화랑 밖에서 궁전지기가 소리치는 동시에 황소 부대 대장이 안으로 들어왔다. 왕이 다급하게 물었다.

"어떻게 되었는가?"

"적은 다 몰아냈습니다."

안도의 숨소리가 장내를 채웠다.

"어떻게 몰아냈는지 어서 보고하라."

"저희들은 먼저 황소 부대를 추격했습니다. 그들은 후퇴하는 자들치고 어찌나 빠른지 도저히 따라잡을 수가 없었습니다. 제1 수문을 지날 때는 이미 그림자도 보이지 않았습니다. 그래도 계속 진격해서 갈대밭을 지났는데 거기에 숨어 있던 황소들이 뒤따르던 마차 부대를 공격했습니다."

특전대가 너무 앞선 것이 실수였다. 복병은 특전대를 그대로 지나치게 한 뒤 후미의 마차 부대를 노렸던 것이다. 특전대는 한참이나 지나서야 마차 부대가 공격당했다는 것을 알았다. 황소의 울음소리가 뒤쪽에서 들려왔기 때문이었다. 뒤돌아가보니 마차 부대는 반 이상이 결딴나 있었다. 황소들은 무언가에 흥분한 듯 사방으로 날뛰었다. 황소의 뿔에 찢긴 병사의 몸에서 흘러내린 피가 대지를 적셨다. 황소들은 시체를 짓밟으며 괴상한 울음을 내고 있었다.

특전대는 자신들의 눈앞에 펼쳐진 광경에 잠시 넋을 잃었다. 황소가 저토록 무서운 짐승이었던가.

"반격하라!

특전병들이 뒤에서 공격했다. 그러나 성난 황소들에게 가까이 다가가기란 쉽지 않았다. 그들은 일정한 거리를 두고 황소를 향해 화살을 날렸다. 하늘을 까맣게 뒤덮으며 화살이 날아갔다. 그러나 황소들은 몸에 화살이 꽂힌 채로 계속해서 마차를 짓밟아댔다. 적병들은 하나둘 쓰러겼건만 황소들은 전혀 기세가 죽지 않았다. 황소를 물리치려면 다른 방법이 없었다.

"접근전이다. 황소의 뒷등을 노려라!

특전병들이 칼을 빼 들고 나귀를 몰았다. 그때 황소들이 갑자기 방향을 틀어 그들 쪽을 향했다. 나귀들이 겁을 먹고 주춤거렸다. 대장이 외쳤다.

"흩어져라!

황소들이 더 빨랐다. 맹렬한 기세로 나귀들을 향해 달려들었다. 몇 명은 나귀에서 떨어져 황소에 짓밟혔고 놀란 나귀들은 달아났다. 그때 적장이 칼을 휘두르며 자신을 향해 돌진해오는 것이 보였다. 거리도 짧았지만 접전도 불리했다. 그가 장검을 빼 들고 적과 함께 죽겠다고 결심하는 순간, 적장이 황소에서 떨어졌다. 누군가가 날린 단도가 가슴을 뚫은 것이었다. 대장은 가슴을 쓸어내렸다. 적장이 쓰러졌어도 적장을 태웠던 황소는 그대로 돌진해왔다. 대장은 몸을 날려 황소에 올라탔다. 아슬아슬한 순간이었다. 대장이 타고 있던 나귀가 황소에 들이받혀 외마디 소리를 내며 쓰러졌다. 몸을 날리는 게 조금만 늦었어도 대장의 신세도 마찬가지였을 것이다. 그는 장검 대신 단도를 빼 들었다. 황소가 날뛰었다. 황소의 뿔을 잡고 버티던 그는 단검을 황소의 뒷목 깊숙이 박아 넣었다. 황소의 앞다리가 푹 꺾였다. 굴러 떨어진 대장은 벌떡 일어나 이번에는 장검으로 황소의 옆 목을 꿰뚫었다. 황소의 눈에서 불길이 번쩍이는가 싶더니 그 커다란 몸을 이리저리 꿈틀대다 이윽고 혀를 빼물었다. 대장은 단검과 장검을 회수한 뒤 사방을 둘러보았다. 지옥이 따로 없었다. 저 멀리 군정관의 모습이 보였다.

"숨이 막혀서 못 듣겠군. 얼마나 상하고 얼마나 건재한지 그것부터 알려주게."

한 원로가 이마의 땀을 쓸어내며 말했다. 그는 아들의 생사가 더 궁금했던 것이다. 그러자 다른 원로들이 그대로 계속하라고 재촉했다.

"저를 구해준 것은 군정관 자바르디였습니다."

그때 자바르디는 농군들을 모아 배를 타고 올라왔다. 상황은 절망적이었다. 마차 부대는 전멸하다시피 했고 성안의 민병들은 이미 대다수 도주하고 없었다. 자바르디는 농군을 풀었다. 그들은 곡괭이와 낫으로 적보다는 황소를 찔러댔다. 그런 공격에 쉽게 무너질 황소들이 아니었다. 화가 난 황소들은 피를 흘려대면서도 농부들을 치거나 떠받았고 어떤 사람은 떠받쳐 강까지 날아가기도 했다. 내장이 찢긴 자는 기어가다가 다시 그 허리를 짓밟혔다. 황소의 단단한 발굽에 밟혀 갈비뼈가 으스러지고 목뼈가 부러졌다. 지옥에서 올라온 괴물인 것만 같았다. 대장은 그러나 그 이야기를 하고 싶지 않았다.

"그때 비로소 그 무리에는 북과 공주가 없다는 것을 알았습니다. 저는 특전병을 재정비해 강 상류를 따라 북진했습니다."

얼마쯤 달려가자 군사들과 소가 보였고 공주는 강가에 홀로 앉아 있었다. 대장이 달려가는 순간 공주가 벌떡 일어나더니 칼을 쳐들고 북을 내려쳤다. 그리고 강으로 뛰어들었다.

"아니, 그럼 공주까지 놓쳤단 말인가?"

"저희도 강으로 뛰어들었지만 공주는 이미 물속에 가라앉고 말았습니다."

"그럼 북은?"

"가져왔습니다."

입구에 대기하던 군사가 북을 들고 들어왔다. 칼로 여러 군데 찢겨 가죽이 너덜거렸다. 왕이 그 북을 살필 때 자바르디가 들어왔다.

"전하, 부상병들이 모두 도착했습니다."

원로들이 밖으로 우르르 몰려 나갔다. 왕이 자바르디에게 물었다.

"부상자는 얼마나 되는가?"

"성안이 가득할 정도입니다."

"사상자는?"

"아직 다 수습하지 못했습니다만, 이렇게 참혹한 전투는 처음입니다."

"어서 현장에 가보세."

왕은 충복들을 앞세워 부상병들이 있는 곳으로 갔다.

8

사망자는 전사가 2백30여 명, 민병은 성내와 밖을 합쳐 3백여 명, 부상자도 5백여 명에 이르렀고 포로는 보병 2백여 명뿐이었다. 황소 부대는 반 정도밖에 척결하지 못했고 나머지는 모두 도주했다. 엄청난 재난이었다. 그것도 왕실이 부른 재앙이라 해서 민심마저 흉흉했다.

달아난 황소 부대 또한 언제 다시 쳐들어올지 모른다 하여 시장도 열리지 않았다. 특히 강변 마을에서는 밤마다 여인들이 부쿠(북), 메쿠(채)를 저주하며 통곡을 했고, 달래보려고 은화 다섯 닢씩 보상해주었더니 '이것 대신 남편을 달라'고 악을 쓰더라는 것이었다.

왕은 대책을 의논하려고 어머니를 찾아갔다.

"여자들의 절망은 그 원줄기를 들여다봐야 합니다."

"무슨 말씀입니까?"

"절망의 근본은 자녀들과 함께 살아갈 앞날에 있습니다."

"하지만 제가 어떻게 앞날까지 보상할 수 있겠습니까?"

"잡은 포로가 많다고 했지요? 그 포로들을 노예로 나누어주십시오.

남편 같지야 않겠지만 그래도 일은 시킬 수 있으니 아이들을 먹여 살릴 수는 있을 것입니다."

포로가 2백이 넘으니 한 집에 한 명씩만 주어도 강변 마을은 해결될 것이다.

"그렇게라도 진정시켜야겠습니다."

왕은 서둘러 집무실로 돌아갔다.

왕은 민정관과 함께 강변 마을로 향했다. 오늘은 노예를 나누어주는 날이었다. 한식경 전에 관리들이 나갔으니 지금쯤 배정하고 있을 터였다. 왕은 여자들이 만족해하는 모습을 직접 확인하고 싶어 행차한 것이었다.

마차가 시장을 지나 여인숙 지대로 들어섰다. 공들여 포장한 도로와 종려나무 가로수도 군데군데 파이거나 꺾여 있었다. 원성이 자자하다는 강변 마을은 포도밭 등 특수 작물 지대였다. 왕은 어머니의 조언을 되새겼다.

"특수 작물 지대는 남자의 손이 절대적으로 필요한 곳이다. 우선 노예를 주고 밭작물까지 짓밟힌 집은 곡물도 따로 지급한다면 여인들이 더 이상 울어대지 않을 것이다."

강변 마을로 들어섰다. 주민들이 울타리를 쳤고 그 속에서 책임자의 고함 소리가 들려왔다.

"물러서라! 호명한 사람은 줄을 서라!"

그럼에도 주민들은 점점 더 조여들기만 했다. 왕은 마차에서 내려 그쪽으로 걸어갔다. 숨을 고르고 안을 들여다보니 노예가 된 포로들은 모두 발가벗겨져 있었다. 아낙들이 조여든 것은 튼튼한 놈을 고르기 위해서였다. 포로들은 저마다 겁을 먹고 울상이었는데 그중 한 놈의 성기는 대책 없이 하늘을 향해 있었다.

"호명된 사람들은 노예를 골라 잡아라!"

아무도 움직이지 않았다. 책임자가 '바빠 죽겠는데 뭣들 하느냐'고 재촉하자 한 여인이 대거리를 했다.

"우리가 언제 이런 노예를 받는댔어요?"

왕은 흠칫했다. 그건 기대하던 반응이 아니었다. 책임자와 관리들도 당황했다. 그때 왕이 사람들을 헤치고 앞으로 나섰다.

"그 이유가 뭔가?"

여인들은 왕을 알아보고 모두 입을 다물어버렸다. 왕이 재차 물었다.

"이유가 뭐냐고 묻지 않았느냐?"

한 여자가 나서서 공손히 아뢰었다.

"노예 기간은 3년입니다."

그 기간은 왕 자신이 정한 선진 법이었다. 특히 가난한 시골 사람들이 좋아했는데 자식을 노예로 팔아도 3년이 지나면 돌아오기 때문이었다. 한데 이 여인들에겐 짧은 기간이 문제인 것이다.

왕이 책임자에게 지시했다.

"그 노예들 이마에 화인을 찍으라. 화인이 있는 노예는 평생 떠날 수 없다. 노예와 정분이 나는 것도 자유며, 법이 보장할 것이다."

노예와 정분 운운하자 안도하는 여인이 많았다. 인구 증산 장려는 왕의 특징이고 여인들도 거기에 길들여져 있었던 것이다.

5장

엔키두의 죽음

오, 나의 부쿠야, 나의 메쿠야
저항할 수 없는 욕망을 자극하는 나의 부쿠야
누가 너를 저승세계로부터 데리고 올라오겠느냐.
저 엔키두가 저승세계로 가서 그것을 가지고 오겠습니다.

— 수메르 신화 —

1

흰 산, 그 만신전이 완공되었다. 3년 만이었다. 이 백색의 신전이 바로 세계 최초로 지은 가장 큰 성채였다. 희고 거대한 건물이 검은 땅 위에 불쑥 솟았고 푸른 하늘이 지붕처럼 덮여 있었다. 쨍쨍한 햇살이 복사광으로 둘러싸여 투명한 빛을 뿜어댔고, 백성들은 그 신비를 보려고 시도 때도 없이 신전 쪽으로 고개를 돌려댔다.

왕은 오른쪽 계단으로 올랐다. 벽은 물론 계단도 흰 회반죽으로 되어 있어 그는 정말로 흰 산을 오르는 기분이었다. 그랬다. 자신이 꿈꾸어 오던 것이 현실로 펼쳐져 그를 영접하고 있었다. 그는 벌렁거리는 가슴을 누르며 리슈카르에게 물었다.

"이 계단이 성령의 교시를 받으러 가는 신성한 여정의 길이란 말이렷다?"

"예, 그렇습니다. 그 길은 둘로 나뉘었습니다."

리슈카르가 '통로뿐만 아니라 테라스도 둘로 나뉘었다, 일반인이 오를 수 있는 길은 신전 왼편에 좁은 비탈길을 따로 냈고 테라스도 중앙

홀을 비켜 안뜰 왼쪽에 앉혔다, 그러나 동편의 이 계단과 중앙 홀 옆의 테라스는 신족만 드나들 수 있다'고 설명했다.*

왕은 현관으로 들어섰다. 네 개의 원뿔형 주랑이 세워졌고, 스무 발짝 안쪽에 또 그와 같은 네 개의 주랑이 세워졌으며 그것은 각기 검은색과 흰색, 홍색을 칠해 벽돌로 쌓은 것임에도 마치 큰 돌로 세운 것처럼 보였다.

안쪽 주랑은 안뜰로 이어지고 양편에 각각 계단이 있었다. 왼편으로 오르면 안뜰과 안뜰을 둘러싼 벽이 나오고, 오른편 계단은 신전을 향한 통로였는데 그 통로 벽은 색색의 모자이크로 장식되었다.

왕은 먼저 본전으로 향했다. 입구 양편에 큰 불 항아리가 놓였고 거기서 타고 있는 불빛이 실내를 비추었다. 삼면의 벽에 신들의 부조가, 정면에는 긴 탁자와 그 위에는 여덟 마리의 흰 새끼 양이 서로 다리가 묶인 채 놓여 있었다.

왕은 탁자 앞에 앉아 양손을 가슴에 올리고 신들께 고했다.

"오, 신님들이시여, 오늘 마침내 이렇듯 한자리에 모시게 되었습니다. 오래된 소망을 이루게 되어 지금 제 가슴이 기쁨으로 터질 듯하옵니다. 수메르를 지키고 번창시키신 신님들이여, 위대하고 존귀하신 신님들이시여, 저 또한 신님들의 뜻을 받들어 온 백성을 홍익 세계로 이끄는 데 개을리 하지 않았고 백성들도 서로 돕고 서로 이끌며 각자의 본분을 다하고 있습니다. 교사들은 수메르의 미래, 그 아이들을 책임지고, 현자들은 백성들의 심성을 아름답게 가꾸고 삶을 양지로 이끌기에

---

* 이 신전의 주요 부분은 지금도 남아 있으며 이 거대 건물이 우루크 번영의 마지막이었다.

여념이 없습니다. 세상 어디에 가도 우리 검은 머리 사람들만큼 격이 높은 백성은 없고, 이는 모두 신님들의 뜻대로 이루어진 일이옵니다. 신이시여, 저희는 대홍수 전의 법통을 되살려 주정부에서는 항상 가난한 도시를 살피고, 부유한 도시의 잉여를 걷어다 결핍된 도시를 보양하기로 도시끼리 굳게 언약했나이다. 또한 저희는 슈루파크의 고질적인 가난도 해결했나이다. 주변의 모든 야만족이 우리 검은 머리 사람들을 우러러봅니다. 그들은 우리를 배우기 위해 자발적으로 이곳을 찾습니다. 신전 앞에 무릎 꿇고 경배를 표하며 우리의 법도와 생활을 배워 돌아갑니다. 선한 뜻을 가지고 찾아오는 이들을 우리는 박대하지 않습니다. 그들에게 이로운 것이라면 무엇이든 나누어주고 기꺼이 가르쳐줍니다. 이것이야말로 천신의 뜻이 아니겠사옵니까. 널리 세상을 이롭게 하겠다는 우리 민족의 뜻이 바로 이곳에서 이루어지고 있나이다.”

왕은 자신이 주도했던 원조 사업을 떠올렸다. 곡식과 의원들을 싣고 슈루파크로 들어섰을 때 사람은 보이지 않고 괴괴한 정적만 감돌았다. 수로는 막혀 있었고 들에는 메뚜기만 날뛰었다. 마을로 다가가자 별안간 파리 떼가 날아와 앞길을 막았다. 지붕이 내려앉은 한 집 앞에 파리로 옷을 입은 시체가 누워 있었다. 여성이었다. 허벅지 뼈가 허옇게 드러난 것이 짐승에게 뜯긴 흔적이었다. 집 안에는 아이가 한 명 있었는데 어미는 그 아이를 보호하려고 자기 몸을 문 앞에 내놓은 것이었다. 개들의 소행이었다. 개들은 떼를 지어 다니며 굶어 죽은 시신을 노략질했다.

왕은 역관과 농정관을 파견해 수로를 고치고 농토를 개간하면서 자립을 도왔고, 지금 그곳은 자급자족하고 있었다.

"하오나, 신이시여, 키시에서는 이웃 도시의 사정 따위는 관심이 없고 오직 공물 타령만 하고 있습니다. 힉세르가 세상을 떠난 뒤부터 부쩍 더 독촉하고 있나이다. 작년에도 곡식과 가축을 보냈는데 올해는 그보다 더 많은 것을 요구하고 있나이다. 신이시여, 이제는 정의를 세워야 할 때입니다. 저에게 힘을 주소서. 엔릴, 닌, 난나, 우투, 두무지, 여러 신이시여, 저에게 키시 왕권을 무너뜨리고, 수메르를 자비로 통치할 수 있도록 허락해주소서."

제사장이 양의 목을 따기 시작했다. 피가 솟지 않고 그저 양털만 적셨다. 루갈반다, 힉세르에게 바치는 양들도 마찬가지였다. 사제장이 성포에 피 묻은 칼을 내려놓으며 말했다.

"신들께서는 좀 더 기다리시라 하십니다."

왕의 얼굴이 일그러졌다. 세상에서 처음으로 지은 만신전, 그 첫 번째 제사다. 훌륭한 처소를 마련해드린 것만으로도 신들은 보답을 약속해야 하는데 기다리라니, 아버지와 힉세르까지도 그저 기다림의 선탁宣託만 내리다니, 왕은 실망감으로 등줄기가 쩍쩍 갈라지는 듯했다.

"내일 첫새벽 제사는 어머니가 받들 것이오."

왕은 사제장에게 이른 뒤 신전을 나와버렸다.

그날 밤 잠자리에 누울 때 누군가가 부르는 소리가 들려왔다. 힉세르의 목소리였다. 뭔가 현몽할 일이 있어서 영혼이 찾아온 모양이라고 생각하며 왕은 급히 잠을 불렀다. 그러나 꿈속에서 만나자는 것이 아니었다.

"어서 일어나 여신전으로 오시오."

왕은 여신전으로 달려갔으나 아무도 없었다. 왕이 제단 앞에 서서 힉세르를 불렀다.

"어디에 계십니까?"

"여기에 있소이다."

침실 쪽이었다. 왕은 그쪽으로 다가가 커튼을 걷어 올렸다. 정말로 힉세르가 침대에 앉아 있었다. 복장도 평소 그대로였다. 왕이 물었다.

"어찌 된 일입니까?"

"아직 저승에 가지 못했소. 그대에게 못 다해준 일이 있어서 말이오."

"못 다해준 일이라니요?"

"그대가 왜 그토록 키시를 정복하고 싶어 했는지 생전에는 다 알지 못했소. 까닭은 그대의 운명을 완성시켜야 하는 것에 있었고, 수메르 전체의 왕은 그 과정의 하나였던 것이오."

"그런데도 왜 신들은 아무도 허락해주시지 않는단 말입니까?"

"아직 완성되지 않았기 때문이오."

"무엇을 더 채워야 완성된단 말입니까?"

"그대 스스로 채울 수 있는 것이 아니오. 그대를 위해 살아야 하는 사람들, 그들이 채워줘야 하고, 그 첫 번째가 바로 나였소. 한데 난 최선을 다하지 못했소. 죽음조차도 나 자신을 위해 써버렸소. 그 벌로 나는 저승의 신들로부터 거부당했고 여태껏 이 신전을 배회하고 있는 것이오."

"신님들도 참 무정하십니다. 당신은 나를 위해 그토록 많은 일을 하셨는데 저승행까지 거부하시다니…."

"하지만 나에게 마지막 기회를 주셨소. 자, 지금 내 손끝을 보시오."

힉세르가 벌떡 일어나 허공을 우러러 팔을 뻗었다. 그의 손끝으로 검은 하늘이 펼쳐지더니 거기서 커다란 달이 내려왔다. 달 속에는 나무 한 그루가 서 있었다.

"이 나무를 아시오?"

"생명나무입니다."

"이것은 황금가지 나무요. 반드시 가져오시오. 그러면 키시는 스스로 굴복할 것이오."

"그 나무가 어디에 있습니까?"

"흰눈산 뒤쪽이오. 북쪽 우르미아와 반 호수 사이에 있소. 그 산은 사시사철 흰 눈을 머리에 쓰고 있고, 그 뒤로 산 몇 개를 넘어가면 두 개의 새끼 봉 사이에 우뚝 솟아오른 고깔 산이 있소. 그 산이 바로 황금가지 나무의 본향이오."

"그곳에도 산지기가 있습니까?"

"이곳의 문지기는 부엉이 머리를 한 저승사자들이오. 그들에게 발각되면 이승으로 돌아올 수 없소. 각별히 조심하시오."

이 말을 남긴 힉세르는 달을 안고 허공으로 사라져갔다.

2

출항 시간은 새벽이었다. 무사 안녕을 기원할 때 우루크인들은 새벽을 택했다. 그 시각에 신들이 하늘 저편에서 모여 인간사에 간섭할 하루의 일과를 정했고, 따라서 신들이 지상을 내려다볼 여유가 없었다. 축복도, 어떤 동티도 작동하지 않는, 말하자면 음력으로 손이 없는 날과 같은 시간대였다.

선장은 출항 명령을 내리고 주위를 살폈다. 안개 때문에 한 치 앞도 보이지 않으니 몰래 빠져나가기에는 안성맞춤이었다. 세 개의 돛이 일제히 펼쳐졌고 배는 빠르게 선착장을 빠져나갔다. 목적지인 반 호수까지는 약 3천 리였다. 순풍을 만난다 해도 상류 역행이라 한 달은 걸릴 것이다.

이번 항해를 위해 선장은 꽤 많은 신경을 썼다. 왕의 선실에는 화장품과 허브 기름, 면도칼, 빗 등을 구비하고 의약품과 아편도 지참했다. 심심풀이로 가수도 동승시키고 싶었으나 이 여행은 조용하고 겸허해야 한다고 왕이 거절했다.

왕은 선실에서 버허투르가 보낸 서판을 읽고 있었다.

"전하, 시파르에 우투 신전을 세웠나이다. 이곳은 본래 우투 신의 본향이라 반드시 모셔야 한다면서 수년 전부터 부호와 상인들이 모금을 해왔고 지금 완공된 것입니다. 봉헌식은 가장 길일이라는 7월 20일로 잡았습니다. 이곳 주민들과 상인들이 그날을 기다리고 있으니 부디 오셔서 봉헌식을 올려주십시오."

7월 20일은 내일모레다. 가는 길에 들러 봉헌식을 올려주려고 출항일을 오늘로 잡은 것이었다.

"순항입니다. 좀 주무시지요."

엔키두가 말하며 발아래에 누웠다.

시파르 도선장이 다가왔다. 왕은 갑판에 서서 도선장을 바라보았다. 차양을 씌운 마차 한 대와 그 옆에 서 있는 버허투르도 어렴풋이 보였다. 반가웠다. 한때는 적나라한 자기표현에 질린 적이 있었으나 그것이 곧 성격이요, 그만의 힘이었다. 버허투르는 그 힘을 적극적으로 활용해 많은 것을 이루어냈다.

'만나면 뜨겁게 안아주리라.'

배가 도선장으로 접안했다. 왕이 엔키두에게 말했다.

"나 혼자만 내린다."

"저도 따라가야 합니다. 혹시 그들이 시간을 끌면 제가 나서야 하니까요."

엔키두가 바짝 다가서며 말했다. 왕은 버허투르에게 작은 파문도 주고 싶지 않았다. 많은 세월이 지나 옛날 감정이 사라졌다 해도 바람은 항상 물살을 건드리는 법이다. 왕이 정색을 했다.

"저기 누가 있느냐? 버허투르가 아니냐? 네가 가면 반갑다고 둘 다 붙잡아두려고 할 것이니, 넌 여기서 기다려라."

"그럼 봉헌식이 끝나자마자 곧 돌아오십시오."

왕은 알았다고 대답하며 배에서 내렸다. 버허투르가 달려왔다. 왕은 그를 얼싸안고 이마에 입을 맞추어주었다.

"이게 도대체 몇 년 만이냐?"

"꼬박 10년 만이옵니다, 전하."

왕은 그를 살펴보았다. 몸도 좋아졌지만 얼굴에도 자애로운 미소가 가득했다. 사람은 여러 차례로 거듭난다더니 이제는 완연한 엔시의 모습이었다.

"밤낮없이 일만 한다고 들었는데 얼굴은 더 미남이 되었구나."

"전하의 향기로운 농담은 여태도 그대로이십니다."

버허투르는 시원하게 웃으며 마차 문을 열어주었다.

"내 농담에 향기가 있다? 그 또한 향내 나는 덕담일세."

마차가 달리기 시작했다. 말은 키가 크고 엉덩이가 실팍한 것이 구아라산이다. 구아라에 말 생육지를 개설하고 수메르에 말을 공급토록 한 것도 왕 자신이었다.

"미타니 시장을 확보하고 돌아오자 시파르 부호와 상인들이 저를 이곳 시장으로 선출해주더군요."

"그 사람들 안목이 있군. 그래서?"

"제가 시장이 된 뒤 두 가지 제도를 도입했습니다. 부시장과 정보회계사를 둔 것이지요. 부시장은 1년 기한으로 돌아가면서 맡되 한 해의 손익 계산을 총괄하고, 정보회계사는 각 지역에서 돌아온 상인을 일일이 면담해 정보를 수집, 기록하는 것입니다. 인기 품목을 알아내고 생산에 주력하기 위해서입니다."

"인기 품목이라면 어떤 것들인가?"

"내륙에서는 금은, 보석을 선호하는가 하면 지중해 쪽에서는 유리 제품이 대유행입니다. 제가 미타니 총독으로 있을 때 한 장인을 페니키아로 잠입시켜 생산 과정을 알아 오게 했지요. 그리고 시파르로 귀환해 실험해본 결과 저희들도 성공했고 이제는 색유리도 만들 수 있습니다. 그러니까 색유리는 우리가 원조인 셈이지요."

"그대가 시파르로 오지 않았더라면 귀한 재능을 묻힐 뻔했네."

버허투르는 입을 다물어버렸다. 괜한 말을 했나 싶어 왕이 말머리를 돌렸다.

"요즘은 어떤 일에 주력하는가?"

"베두인족이 주문한 단도를 만들고 있습니다. 크기가 다 다르지요. 그쪽은 사내아이들이 열 살만 되면 부족의 징표로 단도를 가지는데 청년들의 단도에는 유리, 지위가 높은 사람은 청금석 장식을 합니다. 대량 주문이라 이문이 많습니다. 아, 벌써 도착했군요."

사제관 앞이었다. 지도급 인사들이 몰려 나와 공손이 반절을 올리고 귀빈실로 안내했다. 귀빈실에는 흰색 제례복이 탁자에 펼쳐져 있었다. 사제장이 그 옷을 왕에게 입혀주며 자신을 소개했다.

"저는 초대 사제장으로, 니푸르에서 왔습니다."

"그럼 나를 본 적이 있겠군."

"예, 수년 전 전하께서 오셨을 때 저는 뒤에 있었습니다."

사제장은 이곳 신전에 대한 규율을 덧붙였다.

"주민들에게 우투 신은 아주 특별하신 분입니다. 그래서 사제관도 함께 짓고 남자와 여자 사제를 두었습니다. 모두 우투 신을 추종하는 사람들이지요."

"여사제를 뽑는 게 유행이로구먼."

"여긴 여사제가 좀 더 많습니다. 지도급 유지들의 뜻이지요."

"그건 왜인가?"

"실제로 아이를 낳는 사람은 여성이고, 그러한 다산과 풍요의 음덕이 상인들에게 미쳐 이익을 보장하기 때문이지요."

사제장이 앞섶까지 여며준 후 뒤로 물러나자 버허투르가 말했다.

"이제 신전으로 가시지요."

신전은 사제관에서 좀 떨어져 있었다. 장방형 통자 건물로 지붕에 신의 상징물이 설치되었고 올라가는 계단은 왼쪽이었다. 버허투르와 부시장, 지도급 인사 여섯 명이 왕의 뒤를 따랐다.

신의 상징은 태양이었다. 붉은색 대리석으로 깎아 네 개의 쇠 다리 위에 올렸는데 어떻게나 정교한지 완벽하게 둥글 뿐만 아니라 빛까지 반사해 마치 지상의 태양처럼 눈부셨다. 제단도 대리석이었고 그 위에는 살찐 양 한 마리가 놓여 있었다.

봉헌식이 시작되었다. 우투 신은 자신의 수호신이기도 해서 왕은 각별한 마음으로 헌사를 올렸다. 세상에서 가장 아름다운 언어를 골라 찬사를 드리고, 삼나무 원정 때 죽음으로부터 구해준 은혜도 잊지 않았음을 알렸다.

"오, 신이시여, 우루크 만신전에 당신을 모셨다고 하나 그것은 사랑방에 불과하며 제사도 날마다 드리지는 못했습니다. 하오나 이제 시파르의 거상들이 오늘 이처럼 훌륭한 궁전을 지어 신께 바치오며, 제사도 아침저녁으로 드릴 테니 그 정성을 기쁘게 받으시고 그들에게 번영과 영광을 아낌없이 베풀어주소서."

왕은 비수를 들고 양의 정수리를 찔렀다. 피가 일직선으로 솟구쳤다. 신께서 흔쾌히 신전을 접수하시겠다는 뜻이었다. 참석자들은 절을 올렸다.

다음은 본전 차례였다. 왕은 계단을 내려가 본전 앞에 섰다. 대리석 원주 위의 들보는 왕관 모양이었고 가운데는 아침 해가 뜰 때면 그 빛을 받아 멀리까지 비추도록 투명한 보석이 박혀 있었다.

실내는 프레스코 바탕에 법률이 새겨져 있었다. 우투는 법의 신이기도 했던 것이다. 제단은 아주 넓었으며 양옆으로 청동 향로가 놓여 있었다. 상인들이 먼 길 떠나기 전에 거기에 향을 피우고, 그들이 가져갈 물품을 가운데에 올린 뒤 많은 이문과 무사 귀환을 빌 것이다.

본전의 봉헌식은 간단했다. 왕이 향을 피우고 상인들의 수호를 부탁한 뒤 행사를 끝냈다. 왕이 원주 밖으로 나올 때 버허투르가 말했다.

"부호들은 지붕 위의 태양에 금을 입히자고 했습니다만, 제가 반대했습니다. 인간들이란 가끔은 마음에 악마를 품기도 하고, 또 도적들이 노릴 수도 있겠기에 말입니다."

"내가 보기엔 그 돌이 금보다 더 귀물 같던데, 그건 어디서 구했는가?"

"미타니 어느 산에서 실어 왔는데 색깔도 특이할뿐더러 깎을수록 빛이 나는 것이 신께서 미리 점지해두신 듯했습니다."

그리고 버허투르는 왕을 여사제관으로 안내하며 행사 하나가 더 남았다고 알렸다.

"상업 도시라 봉헌식도 음양陰陽으로 준비했습니다. 지금까지는 빛을 밝혀주셨으니 이제 음을 열어주셔야 합니다."

"그건 누구 생각이었나?"

"거상과 부호들의 생각입니다."

넓은 홀로 들어섰다. 여사제들이 고개를 숙인 채 나란히 서 있었고 왕은 그들 사이로 걸어갔다. 모두 머리를 조아리는데 한 소녀가 얼굴을 들어 생긋 웃어 보였다. 그 미소는 햇빛을 받은 보석처럼 반짝거렸다.

'거참 당돌한 처녀로군.'

왕이 의자로 가 앉자 여사제들이 두 손바닥을 펼쳐 귀를 비껴 올리며 빙글빙글 원무를 추었다.

"지금 연회를 하자는 건가?"

"아닙니다. 조금만 더 기다리십시오."

그때 미소를 던지던 그 사제가 춤을 추며 다가왔다. 손에는 방울을 들었는데 그 방울로 자신의 엉덩이를 쓰다듬는 것이 사제라기보다 무희의 기교였다.

'음을 여는 수순이 이렇게 시작되는가?'

방울로 자기 엉덩이를 비비던 사제가 팔을 활짝 쳐들고 빙빙 돌며 가까이 다가오더니 그 방울로 왕의 허벅지를 툭 쳤다. 오른편, 왼편 번갈아가며 두 번씩 친 뒤 사제는 자신의 몸을 두 바퀴 돌리고 다시 왕의 무릎을 칠 때 그의 남근이 벌떡 고개를 들었다.

'너의 음기가 대단히 강하구나. 방울만으로도 양을 일으켜 세우다니….'

사제는 몇 차례 똑같은 춤을 추다가 어느 순간 왕의 손을 잡고 어디론가 이끌어갔다. 신방이었다.

"전하."

엔키두의 목소리였다. 까무룩 잠에 빠져들었던 왕은 벌떡 일어났다. 그는 서둘러 옷을 입고 잠에 취해 눈을 뜨지 못하는 여사제에게 입을 맞추어준 뒤 방을 나왔다.

"버허투르는 어디 있던가?"

왕은 무안함을 감추기 위해 짐짓 목소리에 힘을 주었다.

"보지 못했습니다."

엔키두는 고개를 저었다.

"그럼 알릴 필요 없네. 그냥 가세."

엔키두는 착잡했다. 해가 기울도록 돌아오지 않기에 와봤더니 왕이 여사제와 잠을 자고 있었다. 시파르 쪽에서야 아주 중요한 행사라 해도 왕은 그런 일로 잠들어서는 안 되었다. 엔키두는 한숨을 삼키며 마차 문을 열었다.

3

유프라테스 상류에서 동쪽으로 가지를 뻗은 카나브르 강으로 들어가
면 티그리스와 만난다. 니네베에서 3백여 리 위쪽이고 거기서 좀 더 올
라가면 네 개의 강줄기가 합쳐진다. 왼편은 후르리로 가고 오른쪽으로
꺾어지면 반 호수 방향이었다. 호수 방향은 산을 끼고 흐르는 강이라
수면이 경사지고 바람도 시원찮아 선원들은 노를 젓느라 애를 먹는데
도 왕의 얼굴엔 로맨스만 감돌았다.

'여사제를 데려왔다면 얼마나 좋았을까. 저기 기암괴석을 함께 보았
다면 그 매력적인 입술도 방긋이 벌어졌을 텐데….'

정말이지 산세는 입이 딱 벌어질 만큼 절경이었다. 울창한 숲과 깎
아지른 듯한 바위가 서로 맞물려 펼쳐지고, 어떤 바위는 신비한 안개에
싸여 있어 여사제의 허리를 끼고 올라가 그 위에서 사랑을 나눈다면 정
말로 황홀할 것 같았다.

'나는 어찌하여 그 사제의 이름도 묻지 않았던가.'

지금 왕의 머릿속에는 온통 여사제뿐이었다. 앉으나 서나 그 모습만

230

어른거렸고 꿈에서도 여사제만 품고 있었다.

엔키두는 오랜 세월 왕과 함께해왔지만 그처럼 정신 나간 모습은 처음이었다. 시파르를 떠나온 지 스무 날이 지났건만 목적지엔 언제 닿느냐고, 그런 말도 묻지 않았다. 누군가가 왕의 넋을 베어 먹은 것이 분명했다. 잃은 넋은 되찾을 수 있지만 베어 먹힌 넋은 돌아와도 반신불수처럼 절름거린다고 멜라가 말한 적이 있었다. 그 지경이 되기 전에 무슨 수를 써야 하는데 떠오르는 방법이 없었다.

요즘 왕은 매일 얼굴 단장을 했다. 흰 수염이 자라는 것을 단 한 치도 묵과할 수 없어 미용사에게 아침저녁으로 면도를 해달라고 지시했다.

미용사가 수염을 깎아낸 후 왕의 얼굴을 화장시켜주었다. 그리고 흰머리를 감추고 금색 카피에를 씌울 때 왕이 거울을 들었다.

왕은 미용사가 숨기지 못한 흰머리를 보았다. 벌컥 화가 치미는 순간 몇 개로 겹쳐진 목주름을 보았다. 그는 눈과 입 주위까지 살펴본 후 거울을 놓고 엔키두를 불렀다.

"선장을 불러라."

왕이 명령했다. 목소리가 아주 선명했다. 엔키두는 뛸 듯이 기뻐하며 선장을 불렀다.

"지도를 가져오라!"

선장이 양피지 지도를 가져오자 왕이 물었다.

"지금 어디까지 왔는가?"

선장은 양피지를 펼치고 볼록한 요철 부분의 첫머리를 가리켰다.

"여깁니다."

왕은 그 지점에서 동그라미를 쳐둔 곳으로 시선을 옮겨갔다. 요철 부분 끝머리쯤에서 강은 거꾸로 세운 ㄷ 자 모양이 되었고, 동쪽으로 한참 달리다가 다시 북쪽으로 치솟아 반 호수에 이르는데 동그라미, 즉 목적지는 동북 분계 지점이었다.

"여기서 산으로 들어가는 통로가 있나?"

왕이 선장에게 묻는데 대답은 엔키두가 했다.

"통로까지는 잘 모르겠습니다만, 흰눈산이 가장 가까운 지점입니다."

"그럼 언제쯤 도착하는가?"

"폭포만 없다면 며칠 내로 도착할 수 있습니다."

선장이 대답했다. 왕이 지시를 내렸다.

"튼실한 선원 열 명을 선발해두라. 하선하면 우리와 동행한다. 선장은 나머지와 함께 배를 지키도록 하라."

"분부대로 하겠습니다."

왕은 하늘을 보았다. 맑고 투명한 하늘이 강 위를 덮고 있었다.

4

험준한 산악이었다. 이틀째 내내 까까비탈만 오르내렸다. 첩첩이 산에다 계곡은 다랑이식으로 가파른 비탈 봉 사이사이에 길게 가로놓여 한번 구르면 그대로 골짜기 바닥에 닿았다. 선원 두 명이 그렇게 굴러 떨어졌다. 팔과 얼굴이 찢어져 그들은 배로 돌려보냈다.

힘겹게 비탈을 오를 때 엔키두가 아주 미안한 얼굴로 말했다.

"많이 힘드시지요? 제가 업고 갈까요?"

"네가 날 업고 가느니 산소를 부르는 게 낫지 않느냐?"

엔키두는 고개를 저었다.

"소용없어요. 저는 이미 인간이 된걸요."

"네가 언제 인간이 아닌 적이 있었더냐?"

"산에 살 때는 짐승과 같았지요. 몸 냄새도 그랬고요. 하지만 도시에서 산 뒤로는 인간 냄새만 남았나 봐요."

"그러면 이제 짐승들이 친구를 안 한다는 뜻이냐?"

"모르겠어요. 여러 차례 불러보았는데도 달려오는 놈이 없어요."

"신께서 우리끼리만 가라고 그러시는 게지. 정상에 올라 식사를 하고 서둘러 가자꾸나."

식사를 끝내갈 때 갑자기 하늘이 어두워졌다. 엔키두는 벌떡 일어나 주위를 살폈다. 두꺼운 구름장이 파도처럼 밀려오고 저쪽 어디에선가 에는 시커먼 먼지구름이 하늘로 치솟았다. 엔키두는 급히 짐을 들었다.

"산이 미쳤습니다. 어서 피해야 합니다!"

왕도 벌떡 몸을 일으켰다. 동쪽에서 엄청난 버섯구름이 폭발하듯 솟구쳐 사방으로 번져갔다. 그러나 크게 위험한 일은 아닐 것이다. 힉세르도 구름 따위를 조심하라고는 하지 않았다. 만약 악천후가 닥친다 해도 목적지에만 닿으면 피할 수 있을 것이다.

"일단 내려가서 골짜기를 타고 북상한다!"

"안 됩니다. 산이 미치면 사방에 불길을 뿜습니다. 어서 후진해야 합니다."

"산이 불을 뿜기 전에 나무를 가져오면 된다. 어서 골짜기로 내려가자. 그쪽이 안전하다!"

왕이 명령한 뒤 먼저 내려갔다. 엔키두도 어쩔 수 없이 왕의 뒤를 따르면서 연신 하늘을 쳐다보았다. 구름 파도가 쉴 새 없이 달려오고 또 달려갔다. 청소년 때의 일이 생각났다. 모든 동물이 동굴로 대피하고 뒤이어 뜨거운 열기가 산을 넘어왔다. 불머리산에서였으며 그로 인해 인근 왕국과 부족들이 멸망했다.

엔키두는 다시 하늘을 올려다보았다. 구들장 같은 구름이 남은 여명을 삼켜대며 천지를 덮고 있었다. 계곡에 닿기도 전이었다. 그는 왕의 손을 획 잡아채며 선원들에게 소리쳤다.

"뛰어라!"

한 마장쯤 달렸을 때 벌써 칠흑 어둠이었다. 모두 멈춰 서서 잠시 쉬고 있을 때 젖은 안개 같은 것이 휙휙 날아와 몸에 휘감겼다. 뭔가 가까이 밀려오고 있다는 징조였다. 엔키두는 왕의 손을 잡아채고 더 힘껏 달렸다.

"엔키두야!"

등 뒤 멀리에서 자기를 부르는 소리가 들려왔다. 엔키두는 우뚝 멈춰 섰다.

"전하, 목소리가 왜 그렇게 작습니까?"

"저는 전하가 아닙니다."

숨넘어가는 소리로 한 선원이 대답했다. 캄캄해서 다른 사람 손을 잡아챈 것이었다. 엔키두는 그의 손을 놓고 되돌아갔다.

"전하, 어디 계시옵니까?"

"여기다, 여기!"

두 사람은 팔을 뻗어 서로를 향해 다가갔다. 왕이 먼저 엔키두의 손을 찾았다.

"이 손의 주인이 전하이옵니까?"

"그래, 나다. 어서 가자."

다시 달리는데 이번에는 역겨운 유황 냄새가 코를 찔렀다.

"산을 넘어 여기를 빠져나가야 합니다!"

산을 넘었다. 그 계곡에는 더 지독한 유황 냄새가 기다리고 있었다. 그들은 코를 싸쥐고 계곡을 지나 다시 산을 올랐다. 큰 산 세 개만 넘으면 강이 있다. 먼저 강으로 뛰어들면 위험은 면할 수 있을 것이다.

왕이 지쳐 자꾸만 주저앉았다. 엔키두는 왕의 허리를 감아 안고 죽기 살기로 산을 넘었다. 유황으로 젖은 대기가 줄곧 추격해와 멈출 수도 없었다. 그들은 하루를 꼬박 헤매다가 어느 산 정상에서 멈추었다. 공기가 맑고 코끝에 물 냄새가 다가왔다.

"엔키두야, 더 이상 움직일 수가 없다. 좀 쉬자, 제발."

왕은 무너지듯이 주저앉더니 그대로 누워버렸다. 엔키두는 마음이 아팠다. 왕에게 이런 고생을 시키는 것도 모두 자기 탓이었다. 버허투르와 그런 일만 없었다면 자신은 산으로 돌아갔을 것이고, 산의 가족이 되었다면 지금쯤 산소가 자기들을 안전한 곳에 데려다놓았을 것이다.

엔키두가 왕의 머리를 끌어 자기 무릎에 올려둘 때 갑자기 강풍이 시작되면서 서쪽 하늘이 희미하게 밝아왔다. 자세히 보니 강풍이 두꺼운 구름을 밀어내는 중이었다. 구름이 벗겨진 그 아래로 수면이 드러났다. 호수였다! 자신들은 반 호수 옆 산의 정상에 도착한 것이었다. 그는 급하게 왕을 깨웠다.

"전하, 일어나보십시오."

왕은 좀 더 자자고 칭얼대며 돌아누웠다.

"날이 밝았어요! 저기 보십시오. 호수예요!"

왕이 벌떡 일어났다. 그는 하늘과 호수를 번갈아 보더니 엔키두를 와락 껴안았다.

"이제 우린 살았구나!"

그리고 먼저 호수로 뛰어 내려갔다.

왕은 호수 아래쪽을 바라보았다. 선장의 지도에는 자신들이 거쳐온 강줄기와 호수가 맞닿아 있었다. 호수 아래쪽으로 내려가면 강줄기를 만날 것이다.

'권세도 영광도 생명보다 중요하지 않다. 다음에 다시 오도록 하고 이번에는 그냥 돌아가자.'

두 사람이 물을 마시고 세수를 할 때 호수 수면이 슬금슬금 비늘을 세웠다. 예사로운 변화 같지 않아 왕은 벌떡 무릎을 세웠다.

"호수는 또 왜 이러느냐?"

"바람이 불어서 그러니 걱정 마십시오."

엔키두의 대답이 끝나기도 전에 호수 저쪽에서 이상한 굉음이 들려왔고 그와 동시에 호수 전체가 커다란 벽처럼 일어나더니 그들을 향해 달려왔다.

"산으로 올라가요! 산으로!"

엔키두는 왕의 손을 잡아끌고 산으로 올라갔다. 산 중턱에도 오르지 못했는데 어느새 물갈퀴가 따라와 발아래를 쳤다. 물 벽이 덮치면서 산이 무너지고 나무가 뽑혀 나갔다. 차가운 물방울이 그들의 등에 화살처럼 날아왔다. 습하고 차가운 기운이 온몸을 뒤덮었다. 절로 몸이 떨렸다. 저 물갈퀴에 잡히면 자신들의 목숨도 끝장이었다. 엔키두는 왕의 팔을 잡고 숨도 쉬지 않고 뛰었다. 입에서는 단내가 났고 온몸은 이미 땀으로 흠뻑 젖었다. 그들의 발아래로 자갈과 흙이 무너져 내렸다. 물갈퀴는 그것을 삼키며 뒤따라왔다. 엔키두는 혼신의 힘을 다해 자꾸만 미끄러지는 왕을 이끌었다. 그의 입술에서 피가 흘러나왔다.

엔키두는 정상에 올라서야 왕의 팔을 놓아주었다. 왕과 그 모두 기진맥진했다. 더는 올라갈 곳이 없었다. 물갈퀴는 그들의 발밑까지 거세게 올라왔다. 발아래가 온통 물바다였다. 이제 그들은 물갈퀴가 자신들을 휩쓸어 가기를 기다리는 수밖에 없었다.

그 순간 잡아먹을 듯 달려오던 해일도, 켜켜이 벽을 세우던 호수도 일제히 멈추더니 슬금슬금 내려앉았다.

왕은 자신이 돌아갈 결정을 했을 때 호수가 이런 현상을 보여주었다는 것에 어떤 암시가 있다고 생각했다. 어떤 험난한 일이 주어져도 반드시 황금가지를 가져가야 한다는 뜻일 수도 있었다.

"엔키두야, 이건 신의 뜻이다. 생명나무를 가지러 가자."

동쪽을 향해 산을 넘고 또 넘었다. 나무도 산도 골짜기도 괴괴한 정적에 감싸였고 바람도 없었다. 하늘은 아직도 잿빛이었으나 걷히고 있는 게 분명했다. 신이 자기들을 독려한다 싶자 왕은 기운이 솟았다.

"저기 보십시오. 사철나무 숲입니다."

건너편 산이 푸른 숲으로 둘러싸였고 그 가운데 우뚝 솟은 봉우리가 보였다. 고깔 모양이었다.

"엔키두야, 내 말 잘 들어라. 저 산은 저승사자들이 지킨다고 했다."

"그들의 모습도 후와와 같습니까?"

"그들은 부엉이 머리를 가졌고, 누구든 걸리기만 하면 눈을 파먹는다고 했다."

"걸리기 전에 먼저 처치해야겠군요."

"가장 좋은 방법은 들키지 않는 것이다. 만약 발각된다면 당하기 전에 먼저 그들의 목을 따야 한다. 그들은 여러 명이지만 가운데 놈만 처치하면 나머지는 절로 고개를 꺾는다고 했다. 그들을 죽이지 않으면 너와 나는 이승으로 돌아올 수가 없다."

새끼 봉에 올라서자 건너편 고깔 산이 보였다. 숲으로 이루어진 산 전체가 찬란한 햇빛에 둘러싸인 것이 매우 유혹적이었다. 단걸음에 뛰어 내려가자 산을 에두른 강이 발길을 막았다. 이승과 저승의 경계라는 그 강이었다. 왕이 나직이 말했다.

"걸어서 건너야 한다."

"깊어 보이는데요?"

"크게 깊지 않다고 했다. 하지만 나무를 얻지 못한 채 강으로 달아나면 강이 꿀꺽 삼켜 저승세계로 던진다고 하니 절대로 그냥 나와서는 안 된다."

왕과 엔키두는 강을 건너기 시작했다. 한참 걸어가도 수위는 무릎을 넘지 않았다. 왕이 고깔 산을 바라보자 그곳의 빛이 달려와 그들을 당겨주기도 했다.

뭍에 발을 올리는 순간 갑자기 캄캄해졌다. 마치 암흑의 벽이 빛을 삼키고 그들을 둘러싸는 듯했다. 왕이 침착하게 말했다.

"곧장 걸어라. 잠깐 전에 내가 봐둔 나무가 있다."

백 보쯤 걸어가자 손에 닿는 나무가 있었다. 둘레를 재보니 다섯 뼘이었다. 왕은 사방으로 귀를 기울여보았다. 아무도 다가오는 기척이 없었다.

"이제 나무를 뽑아야 한다."

두 사람이 힘을 합치자 나무는 큰 저항 없이 뽑혔다. 그들이 나무를 들고 서둘러 강으로 내려가 물에 발을 적시는 순간 세상이 밝아졌다.

나무를 머리 위로 올리고 강을 건널 때 왕은 뿌리를 살폈다. 끊어진 곳이 없었다. 이제 나무를 정원에 심기만 하면 키시는 스스로 굴복해 올 것이다.

새끼 봉과 또 하나의 산을 넘을 때였다. 저 멀리 높은 산에서 불기둥이 치솟는 게 보였다. 검은 구름을 쏟아내던 그 산이었다. 엔키두가 파랗게 질렸다.

"미친 산이 이제 터지려고 해요!"

화산이 폭발하는 중이었다. 사흘 전 그들이 본 검은 연기는 그 전조였고 그것이 활성화되어 이제 용암이 불기둥으로 분출하기 시작한 것이다. 엔키두가 서둘렀다.

"나무는 내가 걸머질 테니 앞서 내려가십시오."

계곡으로 내려서자 불기둥이 보이지 않았다. 한참 더 내려가서 서쪽으로 산을 넘어가면 배가 있는 곳에 도착할 것이다. 왕은 예전의 경험을 돌이켜보았다.

'그때도 지금처럼 나무를 뽑아 갔다면, 만약 그랬다면 왕자를 살려낼 수 있었을까? 이미 숨을 거두었다 해도?'

"전하, 앞을 보십시오!"

위쪽에서 무엇인가가 골짜기를 꽉 채우며 구불구불 달려왔다. 그놈이 지나온 곳곳에서 생나무에도 불이 붙고 열기가 후끈한 것이 거대한 불용 같았다.

엔키두가 재차 소리쳤다.

"어서 산으로 올라가셔요!"

그것이 불붙은 나무들까지 머리에 이고 빠르게 밀려오는데도 왕은 엉뚱한 소리를 하고 있었다.

"엔키두야, 저것은 불용이다!"

"그런 건 나중에 생각해도 되니 어서 피하기부터 하셔요!"

엔키두는 허둥지둥 산으로 올랐다. 중턱도 오르지 못했는데 용암이 계곡을 덮고 있었다. 열기가 올라오는데도 왕은 뒤돌아서서 '도대체 꼬리가 보이지 않는다'고 중얼거렸다.

엔키두도 아래를 내려다보았다. 용이라면 엄청 크고 무서운 놈이었다. 지나가는 가장자리는 불타버렸고 나무와 큰 바위도 용의 등에 들러붙어 슬금슬금 녹아내렸다.

"이 열기가 제 낯가죽을 벗기려 듭니다. 어서 산을 넘어야겠습니다."

엔키두가 몸을 돌릴 때 생명나무가 바위 모서리에 걸려 어깨에서 떨어졌다. 그가 되잡으려는 순간 나무가 비탈 아래로 돌진하듯 미끄러져 갔다.

"나무! 나무!"

엔키두가 곤두박질쳐 내려갔다. 그가 팔을 뻗어 나무를 잡으려는 찰나 부글부글 끓는 용암이 나무를 낚아챘다. 나무는 용암과 함께 흘러갔다. 그는 벌떡 일어나 미친 듯이 용암을 따라 뛰었다. 나무는 용암을 따라 하염없이 흘러갔다. 용암이 나무를 삼키지 않은 게 다행이라면 다행이었다.

오직 나무를 잡아야 한다는 그 생각만으로 그는 뛰고 또 뛰었다. 용암이 발등에 튀어 올라도 개의치 않았다. 무언가에 걸린 듯 나무가 주춤 멈춰 섰다. 그는 번개처럼 달려들어 나무를 잡았다. 아뿔사. 그의 손에 잡힌 나뭇가지가 툭 소리를 내며 부러졌다. 나무는 가지만 남겨둔 채 다시 흘러가기 시작했다. 그도 뛰었다.

기어이 나무가 녹듯이 용암 안으로 스며들었다. 그는 멈춰 선 채 마지막 가지가 사라지는 것을 안타까이 지켜보았다. 그제야 발등이 뜨거웠다. 용암이 밀려든 것이었다. 그는 용암을 피해 비탈로 올라섰다. 이무슨 일인가. 발의 살이 녹아버리고 뼈만 남아버렸다. 고통이 밀려왔다. 뼈만 남은 발로 걸음을 딛자 발목뼈가 툭 부려졌다. 그는 앞으로 나뒹굴었다.

엔키두는 이를 악물고 벅벅 기어서 산비탈로 올랐다. 거기서 왕을 부르지 않은 것은 왕이 자기 목소리를 듣고 따라오다 용암에 빠질지도 몰랐기 때문이었다. 익어버린 종아리 살까지 돌과 나무에 걸려 뭉텅뭉텅 떨어져 나가고 견딜 수 없는 통증까지 엄습해와도 그는 한사코 기어올랐다. 그의 뒤로 한 줄기 피가 궤적을 그리며 따라왔다. 정신이 희미해졌다. 이만하면 왕이 온다 해도 안전할 것이다. 그는 젖 먹던 힘까지 짜내어 왕을 불렀다.

"전하!"

메아리조차 돌아오지 않았음에도 그는 한사코 왕을 불러댔다. 그는 정신을 잃으면서도 품에 넣어두었던 나뭇가지가 안전한지 살폈다. 나뭇가지는 그곳에 있었다. 다행이었다. 엔키두는 한숨을 쉬듯 긴 숨을 토해냈다.

5

왕은 한참 내려갔으나 엔키두를 찾을 수가 없었다. 겁도 없이 불용을 따라갔으니 온몸이 불에 데거나 죽었을지도 몰랐다. 설령 죽었다 해도 시체나마 거두어야겠기에 선원들을 찾아 산을 넘었다. 날이 저물어 캄캄했음에도 한사코 산만 넘었다.

산 위에서 횃불이 내려왔다. 하나가 아닌 여럿이었다. 선장이 틀림없을 것이다. 선원들을 이끌고 지금 그렇게 달려오는 것이다! 왕은 털썩 주저앉아 소리쳤다.

"나 여기 있다네, 여기!"

사람들이 우르르 내려왔다. 알아들을 수 없는 말로 꽥꽥거리며 횃불로 왕을 비추었다. 선원들이 아니었다. 짐승 가죽을 입은 것이 산속의 어느 부족 같았다.

"내 부하가 지금 곤경에 빠졌소. 제발 도와주시오!"

그들은 왕의 곤경 대신 자신들의 일이 더 급하다는 듯 양 떼 형상을 그려 보이며 어디 있는지 보았느냐고 다그쳐 물었다.

"이것 보시오, 그 양 떼 다 사줄 테니 내 부탁 좀 들어주시오! 사람부터 구해달란 말이오!"

그러나 그들은 왕을 버리고 떠나버렸다. 왕은 다시 산을 올랐고 계곡에 닿아서는 잠깐 방향을 잃어 사방으로 두리번거렸다. 그때 맞은편 산에서 또 한 떼거리의 횃불이 내려왔다. 왕은 그 산을 향해 뛰면서 소리쳤다.

"이보시오!"

횃불들이 잠시 멈추었다. 왕이 다시 불러대자 그쪽에서 "왕이다!" 하는 소리가 들려왔다. 분명 선원들이었다. 어둠 때문에 왕을 잃었던 선원들이 배로 돌아가 일행을 데리고 왕을 구하러 오는 길이었다.

"엔키두를 찾아야 한다. 어서 가자!"

왕의 첫말은 그것이었다. 그리고 왕이 앞장을 섰다. 그새 다른 골짜기에도 용암이 흘렀는지 뜨거워서 건너갈 수가 없었다. 애가 마른 왕은 '골짜기를 넘어야 한다, 건널 곳을 찾으라'고 재촉했으나 산골 사정에는 장님이나 다름없는 강의 사나이들은 골짜기 하나를 넘는 데도 꼬박 하룻밤을 소비했다.

사방이 밝아올 때 왕은 살이 반쯤 녹거나 아예 뼈만 남은 양들의 시신을 보았다. 산악족이 찾던 그 양이 분명했다.

'엔키두는 어떻게 되었을까? 만약 그도 이렇게 되었다면 나는 뼈만 가져가야 하는가?'

왕은 얼른 자신을 달랬다.

'엔키두는 그렇게 간단히 죽을 위인이 아니다!'

엔키두를 찾은 것은 저녁 무렵이었다. 그 골짜기도 열기로 차 있었고 나무들은 거의 숯덩이가 되거나 타다 남은 나무에서는 연기가 피어났다. 일행은 후끈한 열기에 땀을 뻘뻘 흘리며 골짜기를 샅샅이 뒤졌고, 날이 어둑해질 무렵에야 한 선원이 엔키두를 발견했다.

"여기, 여기 있습니다! 살아 있습니다!"

'살아 있다고 한다! 엔키두는 죽지 않았다.'

왕은 단숨에 달려가 엔키두를 얼싸안았다.

"엔키두야, 고맙다. 살아 있어서 고맙다. 오, 나의 엔키두야!"

왕이 눈물을 폭포처럼 쏟아내며 자기 얼굴을 비벼대는데도 엔키두는 단 한마디도 입을 열지 못했다. 왕은 이상해서 그의 몸을 살펴보았다. 종아리의 허연 뼈가 드러났고 발은 뼈마저 떨어져 나가고 없었다.

"어서 들것을 만들어라!"

선원들이 나무를 꺾어 들것을 만들어 엔키두를 태웠다. 끊어진 발뼈도 함께 실었다. 왕은 들것을 따라가며 기도하듯 말했다.

"엔키두야, 너는 살아 있어. 살 수 있어. 정신만 잃지 말라!"

엔키두는 차라리 정신이라도 잃기를 바랐다. 몸이 흔들리자 고통이 톱질하기 시작했다. 이 악랄한 고통이 하나 남은 희망, '꿈 뒤집기'마저 앗아 갔다. 자신이 태어난 고산지대 주민들은 홍수나 벼락, 굴러오는 바위에 얻어맞거나 계곡에 떨어지면 그 장소에 가서 꿈과 현실을 바꾸었다. 오직 잠을 통해서만 악몽을 격파하고 이전의 현실을 되찾을 수 있는데 그는 전혀 잠을 부를 수가 없었다. 살은 녹고 뼈만 남은 다리가 악마의 이빨처럼 다가오는 잠마저 물어뜯는 것이었다.

왕이 한탄했다.

"오오, 도대체 누가, 무엇이 너의 다리를 이 지경으로 만들었느냐?"

'고통은 정말 악랄한 적이에요. 그래서 내 스스로 발을 뽑아버렸어요. 그럼에도 고통은 떠나지를 않네요.'

"배에 약이 있다. 그것으로도 너의 생명은 붙잡을 수 있다. 그때까지만 맥을 놓지 말라. 우루크로 돌아가면 의원들이 네 다리도 붙여넬 것이다."

'당신이 오기 전까지는 그렇게 빌었어요. 당신을 만날 때까지만 살아 있게 해달라고. 당신이 나를 발견하는 그 순간까지만이라도…'

고통이 슬금슬금 물러났다. 엉덩이뼈도 어디론가 사라지는 듯했다.

'지금 죽음이 오는가? 아직은 안 돼. 여기서 죽으면 왕이 상심할 거야. 내 다리를 보고도 저렇게나 슬퍼하는데, 땅이 꺼지도록 한숨을 쉬는데….'

그 순간 의식이 까무룩 잦아들었다.

"엔키두가 눈을 감았다! 멈춰라!"

왕이 엔키두의 따귀를 때렸다. 엔키두가 눈을 뜨자 왕은 선장에게 먹을 것을 내놓으라고 일렀다. 선장이 육포를 건네주었다. 너무 딱딱했다. 왕은 자기 이빨로 꼭꼭 씹어 엔키두 입에 넣어주었다. 엔키두가 삼키지 못하자 입술을 붙이고 자신의 혀로 목젖까지 밀어 넣었다. 겨우 넘어가는 소리가 들리자 왕이 재촉했다.

"어서 배로 가자!"

그리고 왕은 엔키두에게 일렀다.

"그래, 그렇게 생명을 꼭 잡고 있어라."

배는 살같이 달렸다. 거기서부터는 내리막이라 하루 만에 네 줄기 강에 닿았다. 화산 폭발과 지진으로 인해 산의 만년설이 녹은 데다 호수가 토해낸 물까지 흘러들어 강마다 범람했다. 선장과 선원들이 급물살임에도 죽어라 노를 저어 우루크에 도착한 것은 이레 후였다.

도선장에서 엔키두는 마차에 옮겨 실었다. 왕이 옆에 앉아 손을 잡았다. 저만치 성문이 보일 때 엔키두가 눈을 떴다. 왕이 그에게 말했다.

"그래, 이제 다 왔다. 조금만 더 참아라. 곧 의원들이 너를 치료해줄 것이다."

엔키두는 슬며시 눈을 감았다. 그러나 왕은 걱정하지 않았다. 그동안 여러 차례 혼수상태에 빠졌으나 큰 소리로 불러대면 다시 눈을 뜨곤 했다.

'그래, 너는 내 허락 없이는 죽을 수 없다. 어떤 경우에도 너는 네 마음대로 죽을 수가 없다. 너도 알지 않느냐, 가장 중요한 명령을 어길 경우, 그가 누구라도 이 왕은 절대로 용서하지 않는다는 것을. 내가 너에게 내린 명령은 나와 함께 오래오래 살아야 한다는 것이다.'

성문 앞에 도착했을 때 엔키두가 손을 뻗어 왕의 옷자락을 잡았다. 그는 다급한 표정으로 자기 옷을 열라는 시늉을 했다. 왕이 허리띠를 풀어 가슴을 열어보니 거기에 나뭇가지들이 있었다. 엔키두는 옷을 찢어 나뭇가지들을 묶은 뒤 가슴에 품고 왔던 것이다. 왕이 그 다발을 집어 드는 순간 놀랍게도 엔키두가 입을 열었다.

"그 나무부터 성문에 거십시오."

"의원에게 가는 것이 더 급하다. 조금만 기다려라!"

엔키두가 다시 재촉했다.

"어서 거세요."

왕은 마차를 세우고 성문으로 갔다. 그가 고리에 황금가지를 걸고 내려오자 선장이 젖은 눈으로 말했다.

"엔키두님이 운명하셨습니다."

선장은 "전하께서 그 나뭇가지를 성문에 거는 순간 숨을 거두었습니다."라고 덧붙였다. 왕은 외쳤다.

"이 나뭇가지가 뭐라고 네 목숨을 주었더냐! 내가 언제 그 나무와 네 목숨을 바꾸라고 했더냐!"

성안 사람들이 몰려왔다. 마차는 천천히 궁정으로 향하고 왕은 울부짖으며 마차를 따랐다. 주민들은 누가 시키지도 않았는데 에고, 에고 곡을 하며 행렬을 지어 왕의 뒤를 따랐다.

6

엔키두의 시신은 궁전 홀에 안치되었다. 얼굴은 화장을 시키고 종아리와 발목뼈는 헝겊으로 싸서 수의를 입혔다. 수세미 같던 머리카락은 정갈하게 빗기고 온몸에는 향료를 뿌렸다. 그럼에도 왕은 만족하지 않았다.

"그는 아직도 웃지 않는다! 그가 웃을 때까지 더 치장하라!"

이미 죽은 사람이 웃을 리도 없건만 그래도 장의사들은 웃는 얼굴로 꾸미느라 갖은 기술을 동원해야 했다.

문상객들이 찾아오기 시작했다. 맨 먼저 왕의 아들들과 엔키두의 아들들이 시신의 손에 입을 맞추었고 다음은 궁전의 원로와 관료, 신전 사제가 차례로 조문을 했다. 직접 영안실에 들어올 수 없는 여인들은 궁궐 밖에서 통곡했다.

새벽이 왔다. 사람들 왕래가 뜸해지자 왕은 엔키두의 얼굴을 쓰다듬어보았다. 비록 미소를 머금고 있었지만 그 살갗은 겨울의 강물처럼 차디찼다.

"너의 영혼은 이미 여기에 없구나!"

왕은 시신의 침상을 빙빙 돌면서 애원했다.

"딱 한 번만 눈을 떠라. 배에 실려 올 때도 너는 그랬지 않았느냐. 네 정신이 멀리 달아나다가도 내가 불러대면 다시 돌아오지 않았느냐. 엔키두야, 오오, 나의 동생아, 내 더 이상 바라지 않겠다. 한 번만, 딱 한 번만 눈을 뜨고 나로 하여금 그 뜬 눈에 입을 맞추게 하라."

그러나 엔키두는 눈을 뜨지 않았다. 왕은 엔키두의 눈두덩을 손가락으로 쓰다듬었다. 금방이라도 눈을 뜨고 자신을 볼 것만 같았다. 왕은 장의사를 불러 그 눈을 기어이 뜨게 하라고 명령했다. 장의사는 엔키두의 눈가에 둥근 테두리를 그렸다.* 향료를 섞은 검은 물감으로 눈 주위를 둥글게 그려 정말로 눈을 뜬 것 같았다. 왕은 비통한 심정으로 엔키두를 내려다보았다.

"엔키두야, 내가 보이느냐?"

아무런 대답이 없었다. 왕은 자신이 억지를 부린다는 걸 잘 알았다. 그처럼 억지를 부리지 않고서는 견딜 수가 없었다. 마음 같아서는 '영혼을 불러와 그 눈을 뜨게 하란 말이다!'라고 고래고래 소리를 치고 싶었지만 그래 봐야 이미 소용없는 일이었다. 그는 자신의 머리카락을 잡아 뜯으며 울부짖기 시작했다.

"왜 너의 얼굴은 따뜻해지지 않느냐. 내가 죽어갈 때 너는 나를 살리지 않았느냐. 나도 너를 살려야 하는데 왜 숨결을 놓았느냐. 어찌하여 정말로 죽고 말았느냐!"

---

* 그 이후로 눈가의 테두리가 유행이 되었고 그것을 고글goggle이라 부른다.

엔키두의 감은 눈꺼풀 아래로 눈물이 배어 나왔다. 왕은 그 모습을 보고 더 큰 절망에 빠져들었다.

"보았느냐? 엔키두가 눈물을 흘리는구나. 눈을 뜨게 해달라고 내게 애원하는구나. 그런데도 나는 아무것도 할 수가 없다니!"

오, 엔키두야, 너의 어미였던 우아한 사슴이,

너의 아비였던 힘센 말이,

널 키워주었던 모든 동물이,

네가 거닐었던 그 길과 거대한 숲이,

너의 동굴과 그곳의 계곡,

거대한 나무와 옹달샘이

너를 위해 흐느끼고 있다.

그 산의 큰 곰과 사자와 그 새끼,

호랑이와 하이에나, 뿔이 큰 저 사슴도

모두 모두 너를 위해 울고 있다.

우루크의 모든 남자와 모든 여자도 목 놓아 울고

다른 도시의 귀족도, 부자와 가난한 자, 그 모두

너를 추모하며 흐느끼고 있다.

엔키두의 추모 기간은 7일이었다. 7일 동안 성안은 물론 성 밖의 백성들도 줄을 이어 조문을 했다. 엔키두를 흠모했던 사람들은 저마다 점토로 동물상을 빚어 왔다. 황소 형상이었다. 농부나 어부들에게 엔키두는 곧 황소의 왕이었던 것이다.

마지막 날 황혼이 시작될 때 엔키두는 화장이 되었다. 이미 시신이 부패한 데다 벌레가 꼬여 초벌 화장으로 살만 녹여낸 것이었다. 장의사들은 잘 치장한 상자에 엔키두의 뼈를 차곡차곡 담았다. 달이 뜰 때 유골함은 멜라에게 전달되었다.

7

다음 날 저녁 큰 마차 한 대가 성문을 빠져나갔다. 멜라와 그 아들들이었다. 성문이 멀어지는데도 멜라는 돌아보지 않고 한사코 유골함만 어루만졌다.

'이제 당신의 궁전으로 돌아가는 것이다. 왕은 성안에다 당신의 무덤을 만들겠다고 했지만 내가 그를 설득했다. 당신은 당신의 땅으로 가야한다고.'

마차가 뗏목에 올랐다. 뗏목이 강으로 진입해 들 때 멜라는 뒤를 돌아보았다. 강변에는 수많은 여인들이 나와 환송을 했다. 저마다 머리를 풀어 바람에 날리는 모습이 마치 긴 띠로 강을 두른 듯했다.

'환송하는 사람들은 거리의 여성이거나 혹은 여인숙촌, 시장변 사람들일 것이다. 환송이 아니면 남편 엔키두를 작별하기 위해서인가?'

멜라는 자신의 고별사를 바람에 띄워 보냈다.

'그대들은 말했지. 멜라는 우리에게 꿈을 주었어. 천한 우리도 개과천선할 수 있다는 귀한 꿈 한 자락을⋯. 그래서 그대들은 내가 떠나는 것이 애석한가? 아니야, 그대들에게 꿈을 준 것은 내가 아닌 엔키두라는 순수한 사나이였지. 그가 만약 나와 결혼해주지 않았다면 나는 결코 여염집 반열에 들 수 없었을 거야. 그렇고말고. 내가 아내의 신분을 가질 수 있었던 것은 나의 의지가 아니라 그의 선물이었지. 그래, 그 꿈은 순결한 남자만이 줄 수 있는 최상의 선물이었던 거야. 생각해봐. 그가 만약 도시인이었다면, 도시에서 잔뼈가 굵었다면 아무리 선량해도 나에게 아내의 자리는 주지 않았을 거야. 그는 자연의 신비를 영혼으로 가진 사람, 동물들이 키워준 왕자, 그들의 피를 받은 산의 왕…. 그대들 아는가. 그 어떤 동물도 암컷의 과거사를 질책하지 않아. 과부라고 무시하거나 다른 씨앗의 자식을 낳았다고 하대하지도 않아. 또한 아무리 가난해도 먹을 것 때문에 몸을 파는 암컷도 없어. 그들은 단지 그 순간의 만남, 그것이 소중하고, 그 만남을 이어갈 뿐이라네. 내 남편 엔키두는 바로 그런 사람, 그런 것만 배운 사람, 한번 사랑하면 그 사랑은 불변이고 그 사랑과 함께 생애를 마감하는 사람, 그런 사람이 나에게 월계관을 주었다네. 가장 소중한 아내, 위대한 어미의 자리를 준 것이라네. 그러므로 그대들이여, 내가 떠난다고 슬퍼하지 말고 사람의 보석, 이 순결한 남자의 죽음을 슬퍼하라. 하나 남은 사람의 진주, 그것을 잃었다고 통곡하라.'

뗏목이 강에 닿았다. 엔키두의 장남이 고삐를 당기자 노새들이 힘차게 강둑으로 뛰어올랐다.

마차는 몇 시간째 들길을 달렸다. 달이 시간의 전령처럼 나타나 점점 밝게 자기를 치장했다. 멜라는 훤하게 펼쳐지는 들판을 바라보며 탄식했다.

'아, 어찌하여 달빛은 또 이다지도 밝은가.'

오래전 남편이 생명의 동산에서 돌아온 얼마 후 멜라는 꿈을 꾼 적이 있었다. 어떤 괴물이 입에서 불을 뿜어 남편을 새까맣게 태웠는데 남편이 죽였다던 괴물 산지기가 되살아나 복수를 하는 것이라고 했다.

'결국 남편은 불구덩이에 빠져 목숨을 잃었다. 꿈에 봤던 괴물도 발을 태우고 살을 태웠는데…. 어찌하여 꿈은 시효가 없는가.'

뜨거운 것이 치밀어 멜라는 눈을 감았다. 그러다가 눈을 뜨니 석류처럼 상큼한 추억 하나가, 달밤에 나누었던 사랑이 뜨겁게 떠올랐다.

'여보, 저 달도 데려가야겠지? 그래, 우리의 인생도 함께 실어 가 당신의 궁전, 그 앞마당에 정원을 만들고 당신과 나의 추억을 하나하나 정성껏 심으리다. 보름달이 뜨면 당신을 초청해 그날을 이야기하고 그리하여 영원히, 영원히 우리의 사랑을 이어가리다….'

마차는 달빛에 젖은 들녘을 헤치며 아련히 멀어져갔다.

6장

영생을 찾아서

내 친구이자 내 동생 엔키두가,
나를 위해 모든 위험을 무릅썼던 그가 죽었습니다.
오, 지우수드라 왕이시여, 제게 일러주소서.
영원한 생명은 어디에 있는지요.

— 수메르 신화 —

1

엔키두의 장례를 치른 얼마 후 키시의 문정관이 아가의 서판을 가져 왔다.

"키시를 도와주시오. 왕권을 이양하겠소."

문정관이 덧붙여 말했다.

"역병이 돌아 백성들 반 이상을 잃었습니다. 지방의 공물도 끊긴 데다 이웃 나라에서 빚 독촉까지 받고 있습니다. 곡물 천 자루를 빌렸던 것인데 금으로 갚아라, 아니면 키시를 치겠다고 협박을 하고 있습니다. 왕이시여, 키시를 구해주소서. 지금 왕께서 방관하시면 수메르는 많은 것을 잃게 되옵니다."

왕은 수락 절차를 원로원장에게 넘겨버렸다. 따지고 보면 그간의 모든 모험은 키시의 왕권을 가지기 위해서였음에도 아가의 굴복이 전혀 기쁘지가 않았고 허무와 죄의식만 날로 깊어갔다.

2년이 지났음에도 왕의 고통은 끝나지 않았다. 단정한 것을 좋아하던 왕은 미용사도 멀리해 흰머리와 수염이 제멋대로 휘날렸고 탕건도 왕관도 쓰지 않아 절망에 빠진 여염집 노인과 달라 보이지 않았다. 안으로 곪는 농포처럼 죄의식은 바람 소리에도 찔끔했고, 너무도 미안해서 엔키두의 동상조차 마주 바라볼 수가 없었다.

그의 흔적이 깃든 곳을 피하면 또 꿈으로 찾아왔다.

'엔키두야, 알고 있다. 황금가지 나무를 가지러 갔을 때, 대업을 앞두고 내가 그만 여사제에게 정신을 팔았다. 내가 여사자에게 음을 열어준 것이 아니라 내 넋을 줘버렸던 것, 그 부정으로 네가 죽었다, 엔키두야….'

어떤 날은 또 힉세르의 말이 귀를 때렸다.

"그대에게는 여러 사람이 있소. 그대를 위해 살아야 하는 사람들, 그 첫 번째가 바로 나였소."

'누구를 위해 산다는 것은 죽는다는 뜻도 함께한다. 처음은 힉세르, 다음은 엔키두, 그리고 또 누구란 말인가?'

그 즈음 버허투르가 서판을 보내왔다.

"전하께서는 수메르 전체를 다스리시는 폐하가 되셨습니다. 그럼에도 아직 상심에 빠져 계시다니 소인 무척 두렵고 불안하옵니다. 이곳 시파르도 안정권으로 정착했으니 이제 그만 돌아가 폐하를 모시고 싶습니다. 허락해주십시오. 소인 간절히 기다립니다."

온몸에 전율이 일었다.

'다음 차례가 버허투르란 말인가?'

왕은 서둘러 답신을 썼다.

"때가 되면 내가 부를 것이네. 그때까지 꼼짝도 말고 거기에 있게."

왕은 파발꾼을 불렀다.

"가장 빠른 말을 타고 가서 전하게."

파발꾼이 궁전 밖으로 사라지자 왕은 뒷짐을 지고 홀을 서성거렸다. 의식의 저쪽으로부터 자신의 곁을 떠나간 사람들이 차례로 떠올랐다. 아버지, 왕자, 원로원장과 원로들, 젊은 하원들도 여럿이었다. 죽음의 행진은 멈추지 않을 것이란 생각이 화살처럼 꽂혀왔다.

'우선 죽음의 행진부터 막아야 한다!'

왕은 방법을 찾으려고 어머니 처소로 달려갔다.

평소 같으면 어머니는 아버지 토상 옆에 앉았거나 기도할 때 쓰는 물품을 만지고 있을 텐데 오늘은 향 냄새만 왕을 맞이했다. 외출을 하거나 만신전에 갈 시간도 아니었다.

왕은 기도실로 들어갔다. 사방에 향이 피워져 잇고 엔릴 신 제단 위에는 수의를 입은 어머니가 두 손을 놓은 채 반듯이 누워 있었다. 전에는 왕과 왕자들을 눕혀놓고 어머니가 축복을 해주던 제단에 이제 스스로, 그것도 수의를 입고 있다니! 왕이 놀란 목소리를 숨기고 조용히 물었다.

"어머니, 왜 여기 누워 계십니까?"

대답이 없었다.

"어머니, 장난이 심하십니다. 어서 일어나십시오!"

감은 눈이 미동도 하지 않았다. 얼굴을 만져보니 벌써 싸늘했다.

"어머니마저! 어머니마저!"

왕은 발작하듯 울부짖었다.

"안 돼요! 이럴 순 없어요. 오오, 어머니!"

왕은 어머니 시신을 흔들며 따지듯 물었다.

"왜 혼자서 임종하셨습니까? 슬픔을 조금이라도 늦게 도착시키려고 저에게 알리지도 않았단 말씀입니까? 오, 어머니! 내 육체와 영혼의 안내자, 당신마저 제 곁을 떠나시면 저는 어쩌란 말입니까? 아직도 갈 길이 먼 아들을 두고 어찌 이렇게 떠나신단 말입니까! 아아, 어머니 눈을 뜨소서!"

어머니 앞가슴에서 헝겊 두 장이 떨어져 내렸다. 펼쳐보니 한 장에는 고어의 글이, 또 한 장에는 나무가 그려져 있었다.

"이건 또 무슨 나무란 말입니까, 어머니!"

2

니푸르 성지는 유프라테스 강과 마주했고 성지 둘레는 단단한 성벽으로 둘러싸였으며 일곱 개의 성문이 방향에 따라 배치되어 있었다. 정문을 지나 천 발짝쯤 걸어가면 '평화의 문'이며 그 문 안이 엔릴 신전이었다.

신전은 장엄했다. 신전 처마에서부터 잇대어진 열두 개의 원주에는 엔릴 신에게 바친 헌정사가 아름다운 문장에다 예술적인 글씨체로 새겨져 있었다. 세상 어디에서도 볼 수 없는 독특한 장식은 기도문이기도 해서 길 떠나기 전이나 귀환한 사제들은 반드시 이곳을 거쳐야 했다.

노사제 두 사람이 바랑을 내려놓고 두 손을 모은 채 원주를 돌며 거기에 새겨진 헌정사를 읽었다. 아름다운 목소리로 공경과 사랑을 바쳐 헌정사를 끝낸 뒤 그들은 다시 바랑을 메고 평화의 문 쪽으로 나왔다.

"나는 서문으로 가야 하니 여기서 헤어집시다."

노사제 루마르가 에리두로 향하는 동료 사제에게 말했다.

"이 여정이 마지막이 되도록 찬찬히 살피고 돌아옵시다."

그때 사제관에서 긴급 종이 울렸다. 사제들은 모두 회의실로 모이라는 종소리였다. 동료 사제가 말했다.

"무슨 일인지 궁금하군."

"참석했다가 떠나도 늦지 않을 테니 우리도 가봅시다."

두 사제가 사제관 쪽으로 황황히 걸어갔다.

우루크 왕 길가메시가 니푸르 사제들 앞에 두 장의 헝겊을 내놓았다. 한 장에는 고어의 글이, 또 한 장에는 나무가 그려져 있었다. 사제장이 글이 적힌 헝겊을 들고 말했다.

"이건 〈천부경〉입니다. 니푸르에서 사제로 입문하면 고서로 쓴 〈천부경〉을 받습니다. 전하의 어머님께서 가지고 계셨다면 외할아버지에게 물려받으셨을 것입니다."

"이 나무는 무엇입니까?"

사제들이 헝겊을 살폈으나 저마다 고개를 저으며 옆 사람에게 넘겼다. 길 떠나려다 합류한 노사제 루마르가 한참 들여다본 뒤 말했다.

"전하, 이건 영생의 나무입니다. 양쪽 가지가 나란히 뻗은 것이 그러합니다."

루마르는 신화 복원조 수장이었다. 그들은 오래전부터 대홍수로 사라진 기록을 보완하기 위해 방방곡곡을 다니며 전설과 고문서를 수집했다. 지우수드라에 관한 토판이 발견된 것은 슈루파크와 에리두의 아브주* 두 곳에서였고 거기에 이 그림이 있었다.

....

* 엔키 신의 신전.

왕이 물었다.

"영생의 나무라고 했소?"

"예, 대홍수 때 슈루파크 왕 지우수드라가 엔릴 신으로부터 얻었다는 그 나무입니다."

"지우수드라 왕은 그 나무를 얻고 영생을 얻었습니까?"

"그 사실을 확인한 사람이 아무도 없습니다. 왕이 산다는 딜문조차 어디에 있는지 아직 찾아내지 못했고요."

딜문은 수메르인의 태초의 낙원이었으나 지금은 영계靈界가 되어 영적으로만 가 닿을 수 있는 신비의 세계라고 왕은 알고 있었다.

'한데 어머니가 왜 이런 것을 남겼는가? 아들에게 죽음의 고통에서 벗어나게 하려는 뜻이었다면 현실적으로 갈 수 있는 곳에 있어야 하지 않는가.'

부사제장이 말했다.

"그 그림, 다시 한 번 봅시다."

그는 돌아가신 외삼촌의 막내 처남으로 〈천부경〉을 깊이 연구한 사제였다. 그가 나뭇가지를 살펴본 뒤 자기 의견을 말했다.

"〈신비경〉, 그러니까 〈천부경〉을 형상화한 생명나무 그림도 이와 같습니다. 양옆의 가지 끝에 직선의 가지가 걸려 있는 것이 그러합니다."

"자세히 좀 설명해보시오."

"〈천부경〉에는 십수十數가 있고 그것을 생명나무 도화에 천수天數, 인수人數, 지수地數로 나누어 그린 것입니다. 가운데가 인수며 오른쪽은 천수, 왼쪽은 지수로 근본 뜻은 조화와 균형과 질서지요."

다른 사제가 덧붙였다.

"우듬지의 둥근 원은 불멸의 정신이 있는 곳으로 〈신비경〉을 공부하는 사람들은 누구나가 닿기를 원하는 영역이기도 합니다."

우듬지의 둥근 원 안에 불멸의 정신이 있다는 것과 지우수드라 왕은 영생의 나무를 가졌다는 것이 묘하게도 하나처럼 여겨졌다.

'하지만 그것을 남긴 진정한 의도는 무엇이란 말인가?'

왕은 어린 꼬마일 때 외할아버지가 신전 안 성소로 데리고 가서 그 속에는 〈천부경〉 나무를 담은 옥함이 들어 있다고 한 말을 기억했다.

"옥함에 들어 있다는 〈천부경〉 나무와 관계가 있습니까?"

외삼촌의 막내 처남이 고개를 저었다.

"지금껏 우리가 연구해온 바에 의하면 옥함 속의 〈천부경〉은 불멸의 정신입니다. 그것은 엔릴 신이 천신으로부터 받으신 것이고, 지우수드라가 가진 영생의 나무는 엔릴 신이 하사하신 것입니다."

이제 명확해졌다. 성소의 옥함을 확인할 필요도 없었다. 어머니가 자신에게 준 숙제는 영생을 찾으라는 것이었다.

3

왕은 영생의 나무를 찾아가는 길을 자신의 오랜 기억에서 찾아냈다. 어릴 때 어머니가 들려주던 이야기에서였다.

"긴 물길을 따라가면 영생의 정원이 있는데 입구에는 무지개가 걸려 있고 정원 안에는 가지마다 보석이 달린 나무와 영생의 나무가 있단다. 문 앞에는 전갈머리를 한 구렁이가 지키고 서서 들어가려는 사람에게 질문을 한단다. 옳은 대답을 하면 통과시켜주고, 그렇지 않으면 잡아먹는다는구나."

'영생의 정원은 긴 물길을 따라가야 하는 곳이라면 아버지가 용과 싸웠던 쿠르 강 어디쯤일 것이다.'

왕은 행장을 꾸렸다. 말도 마차도 없이 바랑 하나를 메고 걸어서 길을 떠났다.

어머니가 당신이 떠나는 시간을 알고 미리 대처한 것, 신단 위에 누워 임종을 맞은 것, 그리고 두 장의 유언을 남긴 것은 왕에게 오는 죽음의 발길을 어머니에게 돌리면서 어서 영생의 나무를 찾아 죽음의 행진을 막으라는 뜻이었다.

왕은 쉬지 않고 걸었다. 열흘이 지났을 때 왕은 디얄라 강 최상류에
있었고 25일째 되는 날은 자그로스 산 최북단에 도착했다. 가져온 육포
는 벌써 동이 나 이틀째 아무것도 먹지 못했다. 작은 짐승이라도 잡아
요기를 해야 하는데 날이 저물어갔다.

왕은 바위에 올라 팔베개를 하고 누웠다. 어서 잠이라도 들고 싶은데
나무가 바람을 불러 그에게 말을 걸었다.

"너는 왜 평생 나무만 쫓아다니니?"

'나는 정말 왜 이렇게 나무만 쫓아다니고 있나?'

나무에는 일가견이 있던 아버지도 삼나무 원정이 전부였다. 생명나
무도 알고 있었으나 가지려고 노력한 적이 없었는데 자신은 황금가지
로도 모자라 이제 영생의 나무까지 갖자고 원정길에 나섰다.

왕은 자신이 생각해도 기가 막혔다. 대답할 말도 없어서 옆으로 돌아
눕자 나무가 다시 물었다.

"그럼 인간과 나무의 차이는 뭔지 알고 있니?"

왕이 대답했다.

"너희들은 움직일 필요가 없고 인간은 움직여야 한다는 것, 너희들은
음식과 잠이 없어도 영원히 살 수 있지만 인간은 하루에도 몇 끼씩 먹
어야 하고, 자야 하고, 종일 움직여야 하고, 사는 게 참 번거로운 존재들
이지."

"우리가 영원히 산다고? 너희들이 도끼를 들이대고, 벼락과 광풍에
죽거나 물어뜯기지 않니. 그걸 다 피해도 때가 되면 죽는단다. 하지만
두 발 가진 너희들은 어떠냐? 위험이 닥치면 달아날 수 있고, 또 너처럼

267

영생을 찾아갈 수도 있으니 난 너희들이 부럽구나."

"이제 대답할 기운도 없구나."

그때 뭔가가 그의 배 위로 떨어졌다. 얼결에 잡고 보니 다람쥐였다.

쿠르 강이 사라지고 없었다. 자신이 귀를 떼어 왔던 붉은 용바위는
마른 강바닥에 미라처럼 웅크리고 있었다. 발목이 삐어 며칠을 허비한
왕은 마음이 바빠 쉬지도 않고 걸었다.

긴 강을 발견한 것은 사흘 후였다. 강둑을 타고 올라가자 수면에서
안개가 밀려왔다. 느낌이 기묘해지는 것이 영생의 정원이 가까운 모양
이었다. 왕은 신발을 조여 신고 걸음을 재촉했다.

한 시간쯤 올라가자 안개는 걷히고 암벽이 가로막혀 있었다. 통과하
자면 강물로 헤엄쳐 돌아가거나 암벽을 타야 했다. 왕은 암벽을 택해
오르기 시작했다.

반쯤 올랐을 때 어디선가 오랏줄이 날아와 그의 목에 걸렸다. 왕이
오랏줄을 잡은 채 미끄러져 내리자 아래서 기다리던 괴한이 목에 칼을
겨누며 왕을 포박했다. 두 놈이었다. 왕은 엉겁결에 당한 일이었지만
당황하지 않았다.

"노리는 게 뭐야? 돈이야? 돈이라면 안주머니에 은화가 있다. 그걸
가지고 어서 날 풀어라!"

놈들은 그의 말에는 관심이 없다는 듯 수풀 아래로 그의 어깨를 밀
었다. 왕은 그들이 돈에 관심이 없음을 깨달았다. 저 아래 대기하고 있
는 선박 한 척이 보였다. 외기둥 돛에 제법 큰 배로 인간 사냥선 같았
다. 저 배에 태워지면 광산이나 전쟁터 화살막이로 팔려 갈 것이다. 왕

은 이제 자신이 처한 상황이 분명히 이해되었다. 인간 사냥꾼에게 붙잡힌 것이다.

왕은 재빨리 좌우를 살폈다. 왼쪽은 완만했고 오른쪽은 가파른 비탈이었다. 그는 몸을 틀어 비탈 쪽으로 훌쩍 뛰어내렸다. 왕은 데굴데굴 굴러 내려갔다. 바위에 부딪히고 긁히면서 온몸에 상처가 났다.

"저놈이 도망간다!"

놈들이 그를 잡으려고 비탈을 달려 내려왔다. 왕은 가만히 엎드렸다가 놈들이 다가들 때 벌떡 일어나 한 놈에겐 딴죽을 걸었고 다른 놈은 박치기로 물리쳤다. 몸이 묶인 상태라 방심했던 놈들은 꼼짝없이 당하고 말았다. 왕은 산 위로 도주했다. 그러나 팔이 묶여 속력을 낼 수가 없었다. 스무 발짝도 오르지 못해 뒤쫓아 온 놈들에게 다시 오랏줄에 걸리고 말았다.

배에 오르자마자 놈들의 보복이 시작되었다. 딴죽에 걸렸던 놈은 키가 작아 훌쩍훌쩍 뛰어오르며 왕의 따귀를 갈겼고 박치기를 당했던 놈은 허벅지와 정강이를 연속으로 차댔다. 왕의 입안에 피가 고였다. 그는 피가 섞인 침을 뱉었다. 구경하던 놈들은 킬킬거리기만 했다. 왕의 두 눈이 분노와 모욕감으로 이글이글 타올랐다. 그 눈빛에 구경하던 놈들이 웃음을 뚝 그쳤다.

"보통 놈이 아니군."

놈들이 주춤하는 순간 왕은 자신을 구타하던 녀석의 샅을 걷어찼다. 놈은 외마디 비명을 지르며 앞으로 푹 고꾸라졌다. 왕은 고꾸라지는 녀석의 턱을 걷어찼다. 그때 배 아래에서 대장이 올라왔다. 갑옷에 칼을 찬 모습이 군인 복장이었다.

놈들이 대장에게 그의 단도와 바랑을 내밀었다. 대장이 바랑을 열었다. 부싯돌과 몰약, 헌 신발 한 켤레가 전부였다.

"옷을 벗겨!"

놈의 손이 다가왔다. 은화는 다 가져가도 좋으나 〈천부경〉과 영생의 나무 그림만은 반드시 지켜야 했다. 왕이 발길질을 하려고 다리를 뻗칠 때 놈이 별안간 코를 싸쥐고 뒤로 물러났다.

"이놈이, 똥, 똥을 쌌어요."

다음은 살이 걷어차였던 놈이 나섰다. 증오로 이를 갈며 다가들던 놈의 상판도 누렇게 변하면서 곧 토악질을 했다. 왕은 놀랐다. 자신은 오줌 한 방울도 지리지 않았는데 옷에서 고약한 냄새가 진동한다고? 대장이 명령했다.

"그만 가둬!"

갑판 아래로 끌려가보니 수많은 사람들이 둘씩 등을 맞대고 묶여 있었다. 역시 납치당한 사람들이었다. 어떤 사내는 얼굴이 떡이 되었는가 하면, 또 어떤 자는 옷이 피범벅이기도 했다. 왕은 짐승 가죽을 걸친 사내와 묶였다. 냄새 때문에 거기서도 쫓겨날 줄 알았는데 아무도 불평하는 사람이 없었다.

식사 시간이었다. 두 놈이 빵 바구니를 들고 다니며 묶인 사람들 입에 빵을 쑤셔 넣었다. 왕에게는 무릎 위에 빵을 던져준 후 상투쟁이 앞으로 갔다. 상투쟁이가 입을 앙다물고 고개를 젓자 따귀를 때렸고 그럼에도 입을 열지 않자 두 놈이 입을 찢을 듯이 벌려 빵을 쑤셔 넣었다. 놈들이 다음 차례로 넘어가자 상투쟁이는 입에 것을 뱉어냈다. 그러자 놈들이 다시 와 그 빵에 머리를 처박으며 도로 먹으라고 악을 썼다.

'악착같이 먹이려는 것이 전쟁터로 가는 것인가? 도착할 시간이 다가오고 있다는 뜻인가?'

식사가 끝나자 배변 시간이었다. 감시자들이 두 사람의 오랏줄을 풀고 허리는 각각, 손은 한 쪽씩 함께 묶은 뒤 밖으로 끌고 나갔다. 왕의 차례에서는 가죽옷을 입은 사내가 먼저 판자로 올라앉아 용변을 봤다. 탈출할 기회는 이때뿐이었다. 자신이 강으로 뛰어내리면 사내는 놀라겠지만 곧 고마워할 것이다.

왕이 뛰어내리려고 등을 구부리는 순간 감시자가 허리끈을 왈칵 잡아당겼다. 그는 바닥으로 나가떨어졌고 용변을 보던 사내도 함께 딸려와 그의 가슴에 엎어졌다. 욕설을 퍼부은 것은 감시자가 아닌 그 사내였다.

4

산속 어느 강둑에 배가 도착했다. 피랍인들이 배에서 내리자 기다리고 있던 무장 용병들이 골짜기로 인솔해 갔다. 천막과 베어진 나무가 산발적으로 흩어져 있는 것이 전쟁터도, 채광장도 아닌 벌목장이었다.

피랍인들은 대장간 앞에서 오랏줄이 풀리고 족쇄가 채워졌다. 두 명씩 연결하는 긴 쇠사슬이었다. 길가메시의 짝은 배에서부터 함께 묶여 왔던 그 사내였다. 그는 본래 사냥꾼이었고 호랑이를 쫓다가 잡혔다고 했다.

저녁 식사 배식을 받고 있을 때였다. 산 위에서 도끼를 든 사내들이 우르르 내려왔다. 길가메시가 사냥꾼에게 물었다.

"저들은 누구지?"

"벌목꾼들이야."

백여 명의 벌목꾼이 식당 천막으로 몰려갈 때 이번에는 또 다른 무리가 내려왔다. 족쇄가 채워진 사람들이었다. 옷차림으로 보아 산악 부족과 유목민 같았다. 사냥꾼이 속삭였다.

"저들도 우리처럼 잡혀 온 사람들이야."

그들 역시 삶은 옥수수를 배식 받아 허겁지겁 먹기 시작했다. 식사가 끝났을 때 사냥꾼이 그들의 사연이나 들어보자고 했다. 왕은 내키지 않았지만 각자 움직일 수 없는 처지라 함께 쇠줄을 끌며 그들에게 갔다.

사냥꾼이 알아낸 정보에 의하면 어느 신흥 국가에서 많은 나무가 필요했고, 그것을 얻기 위해 파격적인 대가를 걸었다는 것, 계약을 따낸 대상은 잘 훈련된 용병들을 사들여 그들로 하여금 벌목꾼들을 감시하고 부족한 일손은 채우게 한다는 것이었다.

한밤이었다. 사냥꾼이 흔들어 깨웠다.

"하늘을 봐!"

별똥별이었다. 하나둘이 아니었다. 천대장군자리 그 별똥 비였다. 별똥 비를 보면 큰 행운을 잡는다고 하지만 그것도 잡을 수 있는 거리에 있어야 한다. 왕이 돌아눕자 사냥꾼이 귀에 대고 속삭였다.

"나는 이곳을 잘 알아. 산 두 개만 넘으면 광산이 있어. 거기까지만 가자고."

탈출하자는 것이었다. 왕은 벌떡 일어나 주위를 살폈다. 모두 잠이 들었고 저 아래쪽 모닥불도 혼자서 타고 있었다. 불침번도 보이지 않았다. 두 사람은 쇠줄이 끌리지 않도록 거리를 두고 허리를 굽혀 기기 시작했다.

작은 돌멩이도 굴리지 않으려고 극도로 조심했음에도 진영 쪽에서 술렁거리는 소리가 들려왔다. 발각된 것 같아 그들은 몸을 일으키고 뛰기 시작했다. 뒤쫓아오는 것 같지 않았음에도 계속 뛰기만 했다.

광산에 도착한 것은 다음 날 정오쯤이었다. 여러 명의 채광꾼들이 돌을 깨거나 엎드려 일하는 것을 보고 사냥꾼은 흥분한 나머지 그대로 내달렸다. 왕은 발목이 아파 죽을 지경이었지만 기꺼이 보조를 맞췄다.

"멈춰라!"

채광꾼들이 소리쳤다. 어느새 모두 칼을 들었고 몇몇은 화살을 겨누기도 했다. 사냥꾼이 소리쳤다.

"나야, 나. 호랑이 가죽!"

칼을 든 자가 다가왔다. 낯선 얼굴이었다.

'그새 광산주가 바뀌었는가?'

절망감이 그들을 안고 천 리 낭떠러지로 떨어지려는 순간 채광장 뒤쪽에서 한 사나이가 소리쳤다. 들여보내라는 말인 것 같았다. 사냥꾼의 검은 얼굴이 천국의 꽃처럼 환하게 피어났다.

"왕자님이셔."

광산은 수바르투 왕국 소속이었고 왕자는 후궁의 소생으로 서열이 낮은 서자였다. 그가 왕권을 꿈꾸는지 어떤지는 알 수 없으나 이곳에서 생산되는 금은과 주석 등을 사욕 없이 왕가에 바치고 있다는 것은 사냥꾼도 알고 있었다. 또한 군인들도 항시 상주해서 안전할 것이었다.

왕자 앞에서 사냥꾼이 말했다.

"그놈의 호랑이가 강 쪽으로 달아났지 뭡니까. 굉장히 큰 놈이라 반드시 잡겠다고 뒤쫓다가 벌목꾼들의 오랏줄에 걸린 것입니다."

왕자가 그들의 발목을 내려다보며 혀를 찼다. 발목에서 피가 흘러 발등을 적시고 있었다.

"발목이 달아나지 않은 게 다행이군."

그리고 광산 뒤쪽 은폐된 동굴로 그들을 안내했다. 실내는 대장간이 있을 만큼 아주 넓었다. 대장장이가 지렛대와 망치로 그들의 쇠줄을 끊기 시작했다. 사냥꾼이 자랑스러운 얼굴로 길가메시에게 말했다.

"처음 자네가 탈출하자는 기미를 보였을 때 말이야. 내가 왜 악을 썼는지 아나? 벌목장으로 끌고 간다는 것을 알아챘던 거지. 강에서는 뛰어봐야 벼룩이지만 산이라면 내가 선생이 아닌가."

줄이 끊어졌다. 기술적으로 버팀대까지 벗겨내자 두 사람은 감격해서 서로 얼싸안았다. 지겹던 억압에서 마침내 벗어난 것이다.

벌목장 용병들이 찾아온 것은 다음 날 낮이었다. 열 명이라고 했다. 왕자가 몸소 나가서 그런 사람 여기에 온 적이 없다고 잡아뗐다. 그러자 한 영악한 용병이 핏자국을 가리키며 말했다.

"아마도 이 길로 달아난 모양입니다. 저희가 추적해서 잡겠습니다."

왕자는 당황했다. 핏자국은 동굴 앞까지 이어졌을 것이고 그곳은 외방인에게 절대로 개방할 수 없는 지대였다. 왕자가 말했다.

"여기는 우리의 사유지다. 단 한 발짝이라도 다가들면 침범으로 간주하겠다."

그리고 군사들에게 그들을 영역 밖으로 끌어내라고 명령했다. 군사들이 달려가 그들을 끌어내자 용병이 말했다.

"이러시면 저희 장군께서도 가만있지 않을 것입니다."

'저자들을 돌려보내면 군사들을 데리고 올 것이다. 처치해버린다면 또 떼거지로 몰려올 것이다. 늘 염려하는 것은 도적들의 약탈이었으나 용병들 또한 강도로 돌변할 수도 있다. 이제 저놈들을 어떻게 처리할

것인가.'

그때였다. 저만치서 누군가가 걸어오다가 용병들을 보고는 줄행랑을 치는 것이었다. 길가메시의 의상을 알아본 용병들이 소리쳤다.

"저자다! 잡아라!"

용병들이 소리치며 길가메시를 쫓았다. 그는 피해를 최소화하기 위해 자신이 용병들을 유인해가는 방법을 선택한 것이었다.

'어차피 잡힌다. 벌목장 쪽으로 가자.'

산 하나를 넘었을 때 용병들이 그를 덮쳤다. 그는 고꾸라졌고 용병들이 발로 그의 등을 짓누르고 오랏줄을 묶었다. 그는 은화를 가지고 흥정해볼까 하는 생각도 했으나 결과가 뻔할 것이라 그만두었다. 대신 취조할 내용을 더듬어보았다.

"쇠사슬은 어디에서 풀었느냐?"

"사냥꾼은 어디로 갔느냐?"

'그래, 침묵이다. 애초부터 나는 그들의 말에 대답해본 적이 없었다.'

5

저녁 식사 때 탈주자가 잡혀 왔다. 우루크 왕 길가메시였다. 노사제 루마르는 너무도 놀라 먹던 그릇을 떨어뜨렸다. 그는 왕이 잡혀 왔다는 사실을 전혀 모르고 있었다. 자신이 발가락이 잘려 앓고 있을 때 왕이 잡혀 왔고 또 탈출을 시도했던 모양이었다.

'왕도 발가락이 잘릴 텐데 이를 어쩌나!'

루마르의 입에서 다급한 기도 소리가 흘러나왔다. 자신이 잡혔을 때도 하지 않았던 기도였다.

'신이시여, 엔릴 신이시여, 우루크 왕 길가메시를 지켜주소서. 수메르의 최고 명필가와 최고 시인을 초빙해 당신의 신전 기둥에 헌정사를 새기에 한 것도 길가메시 왕이었나이다…'

감시관이 대장간 앞에서 루마르를 불렀다.

"이것 봐, 늙은 까마귀 이리 와!"

왕의 다리에 새 족쇄가 채워졌고 연결된 족쇄를 루마르 다리에 걸었다. 다시는 탈출하지 말라고 발 아픈 노인을 짝패로 엮은 것이다.

"이제 가서 식사해!"

왕이 앞서자 루마르는 쇠줄을 손에 들고 뒤를 따르며 말했다.

"전하, 저 루마르입니다. 몇 달 전에 전하께서 니푸르에 오셨을 때 뵈었지요."

왕이 깜짝 놀라며 돌아섰다.

"사제께서는 여기 또 웬일이시오?"

"앞으로 이야기할 시간이 아주 많습니다. 식당이 문을 닫기 전에 식사부터 하시지요."

왕이 식당으로 향하며 물었다.

"발은 왜 그렇게 다쳤소?"

"약초를 캐려고 경계선을 넘었더니 발가락 두 개를 자르더군요. 한데 전하에겐 벌이 내려지지 않은 것 같으니 참으로 다행입니다."

"타협을 본 것이오. 하루에 스무 둥치를 벤다는 조건으로 말이오."

혼자서 스무 둥치, 그건 거의 불가능한 일이라 루마르는 깊은 한숨을 쉬었다.

잠자리에 들었을 때 왕이 물어왔다.

"사제는 어디서 잡힌 것이오?"

"하브르 강 쪽 나루입니다. 배를 기다리고 있는데 큰 배에서 군인들이 내려 거기 있는 사람들을 모두 묶어 배에 태웠습니다. 납치를 당했던 것이지요."

"게다가 발가락까지 잘렸다…. 사제장 체수에 무슨 큰 일품을 얻겠다고 그런 짓까지 하며 잡아둔단 말이오?"

"놓아주면 소문이 날까 봐 그러는 게지요. 그래도 저는 다행인 편입니다. 병든 사람은 그냥 죽여버리니까요."

왕은 잠시 멈췄다가 다시 물었다.

"하브르는 어디며 거긴 왜 갔었소?"

"딜문을 찾아갔던 것이지요."

"딜문이라고 했소?"

"예, 저희는 신화 복원조로 홍수 전후의 토판을 수집하고 정리를 시작했습니다. 엔릴 신께서 다섯 도시를 세우셨고, 백성들에게 모두 홍익인간이 되어야 한다고 교시를 내린 뒤 오랜 세월 번영을 구가했지요. 하지만 세월이 흐르자 백성들은 날로 타락의 길로 빠져들었지요. 검은 머리 사람들의 자긍심마저 잃었습니다. 그러자 신께서 몇 차례 경고를 하셨지요. 하지만 백성들은 뉘우치지 않았습니다. 오랜 세월 누려왔던 번영 탓에 오만해진 탓이었지요. 어찌 보면 그 오만도 당연하달 수 있습니다. 그처럼 신의 축복을 받으며 주변의 다른 민족과는 확연히 구분되는 영광된 민족의 삶을 살다 보며 나태해지기 마련이니까요. 신은 우리 민족이 먼 곳에서 이주해 왔으며 오늘의 영광을 이루기까지 선조들이 어떤 노력을 기울였는지를 깨우쳐주고 싶으셨던 것입니다. 그리하여 홍수를 불러 도시를 파괴하셨습니다. 검은 머리 사람들은 뒤늦게 신의 분노와 뜻을 깨달았습니다. 그리고 어떻게 하면 과거의 영광을 되찾을 수 있는지 신에게 여쭈었습니다. 신께서는 검은 머리 사람들의 간청을 받아들였습니다. 그리고 현명한 왕 지우수드라를 딜문으로 보내셨지요. 한데 저희가 알아낸 바에 따르면 토판에는 딜문이 두 곳으로 지목되어 있었습니다."

왕은 그중 한 군데가 영계냐고 물으려다가 그만두었다. 사제가 계속했다.

"한 곳은 북쪽이고 다른 곳은 에리두 아래쪽이라 했지요. 제가 간 곳이 북쪽 하브르였습니다. 강 안쪽으로 한참 들어가면 딜문이 섬처럼 둥글게 나와 있고 그 앞으로 강이 에둘러 흐른다고 했는데 그런 곳은 이미 사라지고 없었습니다."

"딜문이 사라지고 없다…."

"제 생각에는 홍수 때 엔릴 신께서 그 낙원도 침수시키신 게 아닌가 싶었습니다. 그곳이 정말 딜문이라면 말이지요."

한 토판에는 "딜문에서 태어난 신의 아들 두두, 그 북쪽"이라고 분명히 적혀 있었으나 딜문은 그 어디에도 없었다.

"엔릴 신께서 타락한 인간들을 벌하려고 홍수를 부르셨다면 지우수드라에게 영생을 주신 까닭은 무엇일까요?"

"토판에도 상세한 내용은 없었습니다만, 추측으로는 지우수드라 왕이 가장 참된 인간이 아니었나 싶습니다."

"지우수드라 왕이 영생의 나무를 얻었다고 했는데 사제는 그분이 아직 살아 계실 것으로 믿소이까?"

"딜문을 찾는 것이 그분의 생존 여부를 확인해보는 길이기도 하지요."

어쩌면 딜문이 영생의 정원인지도 모른다는 생각이 들었다. 왕이 물었다.

"어떤 계기로 그런 일을 시작했소?"

수습 사제일 때 루마르는 사제관 증축 공사장 일을 도왔다. 그때 땅밑에서 넓적한 토판이 무더기로 나왔다. 토판에는 오른편에 가슴이 크고 귀가 작고 다리가 긴 말 한 마리와 그 옆에 다리만 긴 여러 마리의 평말이 그려져 있었으며 그 아래 "천신의 아들 엔릴은 신의 명령을 받고 천리마를 타고 오다."라고 쓰여 있었다.

"그때 우리 민족이 다른 곳에서 이동해 왔다는 사실을 알았습니다."

"그게 언제였소? 그때 나도 니푸르에 있었소!"

"전하께서요? 아마 아니실 것입니다."

"돌아가신 외삼촌이 도서관장을 하실 때였소. 당기르 사제, 그를 모르오?"

"아, 그보다 훨씬 이전이었습니다. 도서관을 짓게 된 동기가 땅에서 파낸 토판 때문이었으니까요. 그때부터 우리는 신화 복원조를 발족해 수메르 전역을 다니면서 홍수 때 묻힌 서판 발굴과 수집 작업을 했습지요."

"도서 1관이 고서판으로 채워졌다고 들은 기억이 나오."

"그러하옵니다. 그때 거의 모든 것을 발굴하고 수집했습니다만, 딜문만은 아직도…."

왕은 루마르의 손을 쥐었다.

"사제, 어서 그 발, 나으시오."

"예, 하오나…."

"우리 함께 딜문을 찾읍시다. 이렇게 만난 것이 신의 뜻이라면 탈출할 길도 열어주실 게 아니오?"

왕은 참으로 그렇게 여겼다.

'포로가 된 이 상황에서 사제를 만나게 된 게 신의 뜻이 아니고 무엇이란 말인가. 신은 이처럼 곤경 속에서 내가 해야 할 일을 가르쳐주고

계신 것이다.'

사제 역시 신의 뜻이라는 왕의 견해에 동의했다. 탈출구가 바늘구멍
보다 작아도 신은 가끔 기적을 베풀어주신다. 그들은 흥분을 가라앉히
며 자리에 앉았다. 왕이 팔베개를 하고 누웠다. 노사제는 하늘의 별을
바라보았다.

"저는 참 많은 여행을 했습니다. 그때마다 이런 생각을 했습지요. 종
족이나 민족이나 종교, 인생, 역사까지도 시간의 여행이라는 것, 비록
과거를 찾아가는 길목이라 해도 미래의 길과 함께한다는 것…."

"……."

"하지만 오늘 저는 다른 것을 깨달았습니다. 여행의 시간, 그 시간대
에도 선과 악이 있다는 것을 말입니다. 전하와 제가 운이 나빠 이런 일
에 걸린 것이 아니라 악마의 시간대에 붙잡혔다는 것…."

루마르가 돌아보니 왕은 잠들어 있었다. 왕의 얼굴은 밝아 보였다.
왕은 이미 딜문에 도착한 사람인 것만 같았다. 그곳을 누군들 꿈꾸지
않으랴. 노사제 루마르는 저고리를 벗어 가만히 왕을 덮어주었다.

6

열흘 동안 왕은 1백20그루의 나무를 찍어 넘겼다. 일이 끝났을 때는 온몸이 후들거려 식당까지 걸어가는데도 중풍 환자처럼 팔다리를 흔들었다. 도끼질에 도움이 되지 못한 사제는 물집이 생긴 그의 손바닥에 약초를 붙여주거나, 자기 몫의 빵을 남겼다 먹이거나, 잘 때 옷을 덮어주는 것으로 미안함을 대신했다.

식당에 도착했다. 오늘 저녁은 삶은 보리였고 사제가 왕의 몫까지 받아 자리에 앉았다.

"내일부턴 요령을 피우십시오. 열 그루만 베어도 큰 일품이라 처벌하지 않을 것입니다."

사제가 왕에게 나무 수저로 밥을 떠먹여주며 말했다. 왕이 사제의 손을 잡았다.

"사제, 함께 딜문을 찾자고 했던 말, 취소해야겠소. 그건 지킬 수 없는 약속 같소."

"전하, 희망을 놓지 마십시오. 지금 우리에겐 그것이 생명입니다."

돌이켜보면 팔자에 없는 나무만 평생 쫓아다닌다고 신이 벌을 내렸다는 생각도 들었다.

"사제, 내가 무얼 좋아서 길을 나섰는지 아시오? 영생의 나무였소. 영생을 얻겠다고, 영원히 살겠다고 말이오. 당키나 한 생각이오? 그래서 결국 이 꼴이 된 것이오. 신이 벌을 내리신 거란 말이오."

"절대로 그럴 리가 없습니다. 전하께서는 엔릴 신의 자손이십니다. 신께 신전을 재건해 바치신 것도 전하십니다. 조금만 더 참으십시오. 신께서 반드시 조처해주실 것이옵니다."

왕은 대답하지 않았다. 어제까지만 해도 신께서 고난을 끝내주시면 왕실로 돌아가 조용히 여생을 마치겠다고 기도를 했으나 이제는 어서 빨리 숨을 놓고 싶었다.

그날 밤 꿈에 왕은 전갈 머리 구렁이를 만났다. 구렁이가 어디로 가느냐고 물었고 왕은 영생의 나무가 그려진 부적을 보여주었다.

"초입은 암흑세계로 둘러싸여 있다. 거의 모든 사람들이 암흑에 갇혀 버린다. 한번 갇히면 다시는 살아나올 수 없다. 그래도 가겠느냐?"

"암흑세계를 지나면 어디에 이릅니까?"

"능력에 따라 도착하는 곳이 다르다."

"천국 같은 곳은 어떻게 구분됩니까?"

"빛의 세계다."

"그럼 그 빛을 찾아오겠습니다."

한 발을 들여놓자 곧 암흑세계였다. 멈추면 갇히게 된다. 걸어야 한다. 그는 끝없이 걸었다. 하룻밤, 이틀 밤…. 빛이 없어서 시간도 알 수 없건만 그의 머리로는 그런 계산을 했다. 이레째 되는 날은 산이었다.

나무는 없고 돌과 바위만 만져졌다. 그는 산으로 올랐다. 한나절 꼬박 산을 탔다고 느낄 때 사방이 밝아졌다.

'빛이다! 광명 세계다!'

빛은 산 정상의 호수에 있다. 태양같이 둥근 빛이 호수에 떠 있고 그 호수에 손을 담그면 빛이 옮겨 온다….

그는 정상으로 올라갔으나 호수 대신 움푹 파인 분화구만 있었다. 두 가지 생각이 갈마들었다.

'빛이 늙고 바래 죽었는가? 혹은 누가 먼저 와서 통째 가져갔는가?'

그는 분화구를 빙빙 돌았다. 그때 안에서 용암이 솟아올랐다.

동이 터왔다. 사제가 일어나 발가락의 고름을 짜낼 때 왕이 비명을 질렀다. 악몽을 꾼 모양이었다. 사제가 얼른 발을 덮으며 물었다.

"나쁜 꿈을 꾸셨습니까?"

왕이 사방을 돌아보며 말했다.

"모르겠소, 악몽인지 길몽인지."

아침 식사 후 벌목꾼들이 현장으로 향했다. 발가락이 잘린 사람이 많아 걸음이 굼뜨자 감시자들이 빽빽 고함을 질렀다.

"빨리 올라가, 이 굼벵이 새끼들아!"

노사제는 이 시간이 가장 긴장되었다. 왕은 상급 벌목꾼으로 지목되어 있어 자신이 절뚝거리면 분리시킬지도 몰랐다. 그는 똑바로 걸으려고 등골이 뻣뻣하도록 힘을 주고 쇠줄을 잡았다. 줄이 끌리지 않자 왕의 발목이 좀 가벼워 보였다.

그는 주머니를 만져보았다. 오늘 아침에 배식 받은 삶은 밀이 반은 들어 있었다. 점심때 왕에게 주거나 햇빛에 말려볼 작정이었다. 왕이 잠이 깨면서 비명을 질렀을 때 사제는 탈출과 식량 비축을 생각했다.

현장에 도착해 도끼질을 시작할 때였다. 갑자기 산이 흔들렸다. 운반하려고 쌓아둔 통나무가 한꺼번에 굴러 내렸고 뒤이어 굉음과 함께 산이 무너져 내렸다.

"산이 미쳤다!"

벌목꾼들이 혼비백산해서 도끼를 던지고 숙영지 쪽으로 뛰어 내려갔고 바위와 산의 토사물이 뒤따라가면서 사람들을 덮쳤다.

왕이 소리쳤다.

"사제, 거기 돌멩이를 이리 주시오."

왕은 날카로운 돌멩이로 족쇄 줄을 끊어내고 사제와 함께 계곡 아래로 내달렸다. 열 발짝쯤 옆에서 계곡이 길게 갈라지고 아래쪽에서 비명소리가 들려왔다. 왕이 그쪽으로 가자 사제가 소리쳤다.

"그쪽으로 가시면 안 됩니다. 안전한 곳으로 뛰십시오!"

땅이 또 한 차례 심하게 흔들리고 뒤이어 북쪽에서 나무들이 굴러왔다. 왕은 산등성이 쪽으로 방향을 틀었다. 강까지 낮고 길게 뻗은 야산이었다.

바로 뒤쪽에서 땅이 갈라지며 굉음과 함께 흙 자갈이 왕을 뒤집어씌웠다. 왕은 달리다가 멈추고 뒤를 돌아보았다. 사제가 보이지 않았다. 돌아가보니 사제는 구덩이에 빠져 있었다. 강 쪽까지 깊고 넓게 갈라진 구덩이 아래쪽에 감시자와 용병들이 빠져 소리치는 것이 들렸다.

왕은 사제를 구하려고 먼 곳에 있는 나무를 끌어 왔다.

"전하, 용병들이 나무를 잡으려고 몰려옵니다. 저는 두고 떠나십시오. 저들이 올라가면 전하는 다시 묶이고 맙니다."

"어서 나무를 잡으시오."

감시자와 용병들이 사제를 밀어젖히고 자기들이 먼저 나무를 잡았다. 별수 없이 왕은 그들부터 구해야 했다.

7

탈출은 실패했지만 보직은 나아졌다. 왕을 목도꾼으로 지목하면서 사제와 함께 족쇄를 풀어주었다. 하지만 경계는 더 삼엄했다. 잡담은 전적으로 금지되었고 식사 때도 둘 이상 모여 있지 못했다.

닷새째 되는 날 밤 왕이 사제에게 말했다.

"나무가 모두 운반되면 여길 철수한답니다."

"철수를 하다니요?"

"날 목도로 옮겨준 감시자가 내게 흥정을 걸어왔소. 머잖아 벌목 장소를 옮기는데 정식 고용자로 채용하도록 힘써줄 테니 노임을 반분하자는 것이었오."

"그래서요?"

"산등성이를 넘어가면 탈출로가 있을지도 모르오. 기회가 있으면 주위를 살펴보시오."

사제는 노약자로 분류되어 나무를 굴려 내리는 일을 했다.

"길을 알아놓는다 해도 밤에는 이렇게 족쇄를 채우는데 어떻게…."

"탈출은 낮 시간을 택해야 해요."

감시자는 '당신 짝패 같은 노약자는 죽이고 갈 것'이란 말도 했다. 길어야 열흘이면 철수할 텐데 그 전에 탈출해야 한다. 왕이 재촉하듯 말했다.

"미적거리면 죽임을 당할 수도 있소. 가능하면 빨리 알아보시오."

천둥번개와 함께 우박이 쏟아졌다. 나무를 굴리던 사람들이 비를 피해 내려왔고 목도를 하던 사람들도 밧줄을 놓고 숙소 쪽으로 달렸다. 천둥소리가 산을 쪼갤 듯 울려댔고 번개도 화살처럼 땅에 꽂혔다.

사제는 산비탈에 서서 팔을 내젓고 있었다. 왕은 아래쪽으로 뛰는 척하다가 그쪽으로 방향을 틀었다.

"신이 길을 열어주시고 계십니다. 어서 가시지요."

사제가 앞서서 산등성이를 넘었다. 그쪽 계곡에 흙탕물이 내려가고 있었다. 이틀 전까지만 해도 마른 바닥이었다. 왕이 말했다.

"산을 타고 내려갑시다."

강 쪽으로 반쯤 내려갔을 때 비가 멈추었고 천둥도 번개도 사라졌다. 곧 점호가 시작될 것이다.

"서두르시오."

발가락의 통증이 온몸을 강타했으나 사제는 지체할 수가 없었다. 산 너머에서 사람들의 고함 소리가 아스라이 들려왔다. 감시자들이 활동을 개시한 모양이었다. 도선장으로 가자면 강을 타고 올라가는 것이 안전했다.

"내 옷자락을 잡으시오."

왕이 강으로 내려서며 말했다. 빗물로 물살이 거칠어져 왕은 산턱의 나무뿌리를 잡고 조심조심 발을 옮겼다.

"윽!"

사제의 발이 허당에 빠지면서 왕의 옷자락을 놓고 말았다. 그가 물살에 휩쓸리자 왕이 뛰어내려 사제를 잡아챘다. 사제는 자신이 왕의 탈출길을 가로막는 듯해서 마음이 쓰렸다. 지진 때도 자기 때문에 기회를 놓친 것이었다.

"여기서 기다리시오."

왕이 멈추면서 말했다. 뗏목이 쌓여 있는 도선장이었다. 왕은 둔덕으로 올라서서 사방을 살폈다. 왕은 상앗대부터 챙긴 뒤 뗏목을 당겼다. 꿈쩍도 하지 않았다. 뒤로 돌아가 밀어내자 조금씩 움직였다.

계곡 위쪽에서 사람을 찾는 소리가 들려왔다. 사라진 사람이 여럿인 모양이었다. 왕의 이마에 땀이 송골송골 맺혔다. 죽을힘을 다해 밀었더니 뗏목이 바닥에 떨어지면서 소음을 일으켰다. 왕은 자신도 모르게 주저앉았다. 귀를 기울인다면 들을 수도 있을 것이다. 어차피 발각되어 잡히거나 도망치다 잡히거나 마찬가지였다. 왕은 다시 일어나 힘껏 낭간으로 뗏목을 끌어갔다. 강턱에 이르렀을 때 용병들의 발소리가 들렸다. 뗏목이 무너질 때 소리를 들은 게 분명했다.

강 아래서 사제가 재촉했다.

"저들이 쫓아옵니다. 옥체부터 내려오십시오."

왕이 강으로 내려가 뗏목을 끌어당길 때 용병들이 도착했다. 왕은 그들을 흘긋 본 뒤 뗏목을 물 위에 띄웠다.

"탈주자다! 활을 쏴라!"

그들은 일제히 활을 들었고 뒤따라 도착한 감시자는 당장 잡으라고 발을 굴리며 악을 썼다.

왕이 강 안쪽으로 뗏목을 밀며 사제에게 지시했다.

"나무를 꼭 잡고 머리를 바짝 숙이시오!"

화살이 빗발쳐 왔다. 몇 명의 용병들은 강물로 뛰어들기도 했다. 첨벙거리며 다가오는 자들이 보였다. 이처럼 다급한 순간은 평생에 처음이었다. 지척에 닿은 용병이 올가미를 던졌다. 왕의 머리가 올가미에 걸렸다. 그러나 물에 몸이 반쯤 잠긴 용병은 재빨리 올가미를 끌어당길 수가 없었다. 그 틈을 놓칠세라 왕은 서둘러 올가미를 벗겨냈다. 그 순간 올가미가 다시 용병 쪽으로 되돌아갔다. 헛손질을 한 용병이 뒤로 벌러덩 넘어지며 풍덩 소리가 났다. 조금만 늦었더라면 꼼짝없이 올가미에 목이 죄였을 것이다. 왕은 머리를 물속에 넣고 발에 힘을 주어 뗏목을 밀었다. 화살이 춤을 추듯 날아다녔고 몇 개는 뗏목에 박히기도 했다. 조금만 더 가면 된다. 왕은 마지막 힘을 냈다. 마침내 급물살에 닿았다. 왕은 머리를 들고 도선장을 보았다. 화살이 닿을 수 없는 거리였다. 더는 쫓아오는 용병도 없었다.

"이제 됐소. 뗏목 위로 오르시오."

두 사람을 태운 뗏목은 빠른 물살을 타고 유유히 멀어져갔다.

왕은 잠에서 깨어났다. 암흑이 그를 싣고 거친 숨을 토해내며 어디론가 달려가고 있었다. 자기 혼자 버려진 것 같았다.

"사제, 거기 있소?"

"예, 여기 있습니다."

사제가 뗏목 저쪽 끝에서 대답했다. 왕은 안도의 숨을 쉬었다. 그동안 깊은 잠에 빠져들었던 모양이었다. 왕이 물었다.

"지금 몇 시쯤 된 것 같소?"

"날이 흐려 별은 볼 수 없습니다만, 자정쯤 되었을 것입니다."

사제가 굼뜨게 다가와 왕에게 주머니를 내밀었다.

"시장하시지요? 주머니를 열어보십시오."

아침에 먹었던 옥수수였다.

"사제는?"

"제 것도 있습니다."

노인도 뭔가를 씹었다. 아침에 따 모았던 삼나무 잎이었다. 왕은 옥수수 주머니를 비우고 다시 몸을 뉘었다. 공복이 가시자 자신들이 살아 있다는 사실이 비로소 실감되었다. 왕이 물었다.

"아까 낮에 비가 왔을 때 사제는 무슨 생각을 했소?"

"신이 길을 열어주신 거라고 생각했습니다. 하지만 비가 너무 일찍 그쳤지요?"

"지난번 지진도 신의 뜻이었소?"

"그때가 적기였습니다만, 제가 방해가 되었지요."

"정말 신의 뜻이었다면 죄 없는 일꾼들이 왜 그렇게 많이 죽었단 말이오?"

벌목꾼과 족쇄를 찬 남자들이 40여 명, 감시자는 세 명이 매몰되거나 사망했다고 했다.

'신이 항상 가엾은 사람 편을 드는 것은 아니라 해도 용병들을 더 보호해주신 것은 무슨 뜻이란 말인가.'

"그들의 희생에도 이유가 있을 것입니다. 사람은 누구나 수명과 죽을 장소가 정해져 있다고 하지 않습니까. 그들의 시간과 장소가 그 자리였던 게지요."

"수명이 정해져 있다는 말은 들어보았소만, 장소까지 지정되었다는 말은 듣느니 처음이오."

"수많은 경우를 봐오면서 제가 내린 결론이 각자의 장소도 정해져 있다는 것이었습니다."

'엔키두가 용암에 희생되고도 우루크까지 생명을 이어온 것은 우루크에서 죽어야 할 운명이었기 때문이다? 그것도 나를 위해서?'

사제가 덧붙였다.

"인간뿐만이 아니라 자연계의 모든 생과 멸이 수명과 장소로 연결되어 있습니다. 하늘, 땅, 바람, 홍수까지도 말이지요."

왕이 불쑥 물었다.

"사제, 지우수드라가 가졌다는 영생의 나무 말이오, 그 나무는 죽은 자도 살릴 수가 있소?"

"전하, 미욱하게도 저는 그것을 알지 못합니다."

"하긴 딜문도 찾지 못했는데 어찌 미리 알겠소. 그런데 궁금하구려. 그토록 오랜 세월에 걸쳐 딜문을 찾았다는데 왜 여태 찾지 못했는지 말이오."

"딜문에 대한 관심은 오래지 않았습니다. 신화 수집이 끝난 뒤에는 엔릴 신을 연구했으니까요. 연구라기보다 미쳐 있었다는 게 옳겠습니다만…."

"엔릴 신에게 미치다, 재미있는 표현이군. 그래, 동기가 뭐였소?"

"처음 궁금했던 것은 열다섯 살 때였고, 미치기 시작한 것은 토판을

발굴한 이후였지요. 신께서는 다섯 도시를 세우신 이후 세상에 선포한
것이 있는데 그것이 무엇인지 전하께서는 아시는지요?"

"평화, 뭐 그런 것 같았는데….."

"옳습니다. 신께서 선포하신 것이 전쟁 없는 세상, 평화 유지였습니
다. 우리는 또 그 선언을 잘 지켜왔고요. 수메르의 도시들이 지금까지
1백 번 이상 침략을 받았지만 우리 스스로 전쟁을 일으킨 적은 단 한
번도 없었습니다. 신의 뜻을 지킨 까닭이지요."

키시를 전쟁으로 이길 생각을 하지 않았던 것도 바로 거기 있었다.
군력도 침략을 막아낼 만큼만 유지했던 것도 젊은 날 니푸르에서 읽은
서판의 영향이었다.

"처음 궁금했던 것은 무엇이었소?"

"열다섯 살 생일날 갑자기 궁금했습니다. 여러 신 중에서 엔릴 신만
은 반드시 신神이란 호칭이 붙어 다닌다. 엔키, 이난나, 우투 신은 그냥
이름을 부를 때도 있는데 말이지요."

"듣고 보니 그렇구려. 그래, 까닭이 뭐였소?"

"그분만이 타고난 신족이었던 때문이지요."

"타고난 신족이라면?"

"천신을 제외한 모든 신은 나중에 신이 되었지만 엔릴 신은 아주 어
려서부터 신혼神魂을 받았고 그 뒤 수메르로 오셨습니다. 어디 한번 보
시겠습니까?"

캄캄한 하늘이 밝아지면서 신비한 영상이 펼쳐졌다. 한 어린 소년이
숲 속에 있었고 불새 한 마리가 빙빙 돌면서 소년의 몸속에 오색의 투
명한 신혼을 심고 있었다. 소년의 몸이 강한 빛을 발하더니 청년으로

변했다. 청년이 어디론가 올라갔는데 그곳은 우루크의 지구라트와 비슷한 참성단이었다. 청년이 꼭대기에 앉아 눈을 감자 하늘에 무지개가 길게 걸렸고 용 다섯 마리가 무지개를 타고 내려와 청년의 무릎 위에 황금 궤를 내려놓았다. 그때 하늘에서 신의 목소리가 빛살을 타고 내려왔다.

"이 속에 든 것은 신족의 인장이다. 너는 이것을 들고 가서 수메르국을 세우라!"

그다음 청년은 사막의 모래산 위에 앉아 있었다. 강풍이 얼굴 위로 몰아쳤으나 머리카락 하나 흔들리지 않았다. 비와 우박, 태풍, 해일조차도 청년 앞에서는 무릎을 꿇었다.

영상이 사라지자 왕이 물었다.

"사제, 용 다섯 마리가 엔릴 신 무릎에 내려놓은 것이 혹 에쿠르 신전 성소에 있는 옥함이 아니오?"

"저는 성소의 옥함을 본 적이 없습니다만, 엔릴 신께서 가져오신 것이라고는 들었습니다."

"어쨌든 대단하구려. 어떻게 그런 신성한 장면을 실제처럼 보여줄 수 있단 말이오?"

"동방의 선사들이 일러주었지요. 원하는 내용을 1만 번 명상하고 1만 번 그려보면 영상을 만들 수 있다고요."

"미래도 볼 수 있소?"

"선사들은 미래도 본다 했습니다만, 저는 거기까지는 이르지 못했습니다."

"하면 엔릴 신께서 신혼을 받으셨다는 숲은 어디에 있소?"

"동쪽 끝, 소호국의 단혈산이었습니다. 그분이 머나먼 수메르까지 오신 것은 신으로 완성하실 곳이 수메르였고, 다섯 도시를 가지신 것은 오색의 불새, 다섯 마리 용이 미리 현시한 것이지요."

"아니, 그럼 소호에도 가보았단 말이오?"

"예, 순례 사제들과 함께 가서 저만 남아 5년을 기거했습지요."

왕은 사제를 만나 함께한 것이 예사 인연 같지가 않았다.

"사제가 갔을 땐 소호국이 존재했었소?"

"좀 위태롭긴 했습니다만, 건재했습니다. 선사들이 합심해 나라의 운을 떠받들고 있었고요."

왕은 소호 폐허에서 자신이 가져왔던 골각을 떠올렸다. 그 속의 내용을 점토판에 옮겨 역사의 서장으로 기록했는데 그걸 사제도 읽어보았는지 궁금했다.

"그러면 새로 정리한 건국의 서장은 읽어보셨소?"

"……"

"사제 내 말 듣소?"

코고는 소리만 대답처럼 들려왔다.

8

날마다 많은 별이 태어난다. 하지만 모두가 머물 곳을 얻는 것이 아니다. 별의 생명은 자신의 위치, 그 장소를 배정받기 위해서 치러야 할 통과의례가 있다. 사멸과 탄생의 순환 고리, 누군가의 죽음을 신에게 데려가야 하고 그래야만 신이 장소와 빛의 등급을 부여한다.

아기별들이 작은 불새처럼 하늘로 날아다녔다. 어떤 별은 강으로 뛰어들어 먹을 감고 다시 올라가기도 했다. 노사제 루마르가 별들에게 속삭였다.

'얘들아, 아직은 그 시간이 아니니 멀리 가서 놀아라.'

고통이 엄습해왔다. 등에 남은 화살촉이 살 속 깊이 파고들었다. 그 화살을 맞았을 때 왕에게 보이지 않으려고 뗏목 틈 사이로 화살을 숨기고 누운 것이 화근이었다. 왕이 잠들었을 때 제거하려 했으나 이음매가 느슨했던지 활대만 빠지고 촉은 그대로 남았다. 왕에게 제거를 부탁하지 않은 것은 자신의 죽음이 임박했다는 것을 알았기 때문이었다.

'아기별들아, 재촉하지 말아라. 지금 나의 왕께서 주무시고 계시지

않느냐.'

기침이 치밀어 올랐다. 그는 한 손으로 자신의 목을 누르며 호소했다.

'나의 왕이 깨어나실 때까지만 기다려다오. 나는 이분께 알려드려야 할 것이 있단다.'

그럼에도 기침은 망치처럼 목구멍을 탕탕 치기만 했다. 왕이 깨어나서 물었다.

"왜 갑자기 기침을 하시오?"

"물을 마셨더니 사레가 들어서….”

신통하게도 기침이 가라앉았다.

"전하, 방금 전에 꿈을 꾸었습니다. 엔릴 신께서 길을 열어주라 하셨고 엔키 신께서는 안 된다고 거절하셨습니다. 두 분이 한참 옥신각신하시더니 엔릴 신께서 격노하시어 별안간 입에서 불을 내뿜으셨습니다. 그러자 엔키 신께서 바닷물을 탁 하고 일으켜 세우셔서 불길을 막으셨습니다. 그런데 이상하지요? 물이 불을 끄지 못하는 것이었습니다. 오히려 바닷물이 불에 댄 옷자락처럼 구멍이 숭숭 뚫리더니 그대로 주저앉았고 엔키 신은 불타버린 물 조각을 양옆으로 치워주셨는데 바로 그 길로 전하께서 걸어오셨습니다."

"내가 걸어와요? 그래서요?"

"전하, 전하께서 찾으시는 영생의 나무는 엔키 신의 딜문에 있을 것이옵니다."

"영생의 나무가 정말 딜문에 있다면 우리의 목적지는 처음부터 같았던 셈이구려. 우루크에 도착해서 여독을 푼 뒤 우리 다시 떠납시다. 꿈에 엔릴 신께서 길을 열어주시는 걸 사제가 봤다면 길 찾기도 쉬울 것 아니오."

"전에 말씀드렸지요? 딜문을 찾아 에리두 쪽으로 간 동료가 있다고
요. 딜문으로 가는 배는 시리두에 있다고 했습니다. 에리두에서 서쪽으
로 30여 리쯤 떨어진 어촌이지요. 거기서 배를 이용하시면 될 것이옵니
다."

"배는 우루크에도 많을 테니 시리두에 가서 길을 아는 선장만 고용
합시다."

별들이 눈앞으로 쏟아져 왔다. 이제 그 시간이었다.

"부디 소원 성취를…."

"어찌 유언하듯이 그렇게 말하시오?"

대답이 끊겼다. 왕이 다가가 흔들어보았으나 반응이 없었다.

"사제, 내 말을 듣소? 대답하시오!"

왕은 그의 몸을 만져보았다. 온몸이 젖어 있었다. 급히 몸을 들어 올
렸다. 등에 뭔가가 걸려 만져보니 화살촉이었고 거기서 피가 흐르고 있
었다. 그것을 보이지 않으려고 누워만 있었던 모양이었다. 왕은 사제의
몸을 잡고 흔들었다.

"사제, 내 말 들리시오? 대체 왜 이러시오! 어렵게 탈출했는데, 어찌
이리 내 앞에서 죽는단 말이오!"

사제의 입가에 희미한 미소가 맴돌았다. 고통을 참고 견딘 자만이 보
여줄 수 있는 여유였다. 아니, 기꺼이 죽음을 받아들이는 자만이 보여
줄 수 있는 달관의 미소였다. 왕은 오래도록 사제를 껴안고 있었다. 조
금씩 사제의 몸이 차가워졌다. 왕은 생각했다.

'앞으로도 얼마나 많은 사람들이 이처럼 내 품에서 죽은 채 차갑게

식어갈 것인가. 언제쯤이어야 이 죽음의 행렬의 끝에 닿을 것인가.'

왕은 하늘을 올려다보았다. 그리고 신에게 항의하듯 읊조렸다.

"또다시 저의 사람을 죽게 하십니까? 그런 고통을 주고도 모자라서 이러십니까? 신이여, 엔릴 신이여, 이 사람은 신에게 평생을 바쳤습니다. 제가 무슨 죄를 지었기에 오직 신만을 사랑해온 이 사람을 제물처럼 데려가신단 말이옵니까?"

아기별들이 그의 말을 입에 물고 포르르 날아갔다.

여명이 시작되면서부터 강이 아침 안개를 피워 올렸다. 그 속으로 뗏목 하나가 흘러왔다. 태양이 니푸르의 높은 신전 위에 턱을 걸고 강을 내려다보자 안개가 일시에 몸을 숙였다.

왕이 주위를 살폈다. 니푸르였다.

왕은 사제를 뉘어두고 상앗대를 잡았다. 뗏목이 물가에 닿았다. 왕은 사제를 안았다. 햇살이 급히 달려와 길에 누웠다. 왕은 햇살 속으로 걸어가며 넋두리를 했다.

"당신, 왜 이렇게 가벼운 거요. 나를 만나기 위해 벌목장으로 오고, 영생의 길까지 알려주지 않았소. 그러고도 모자라 이제는 내 팔이 가벼우라고 육신마저 이처럼 무게를 줄였단 말이오?"

왕은 성문을 지나 곧장 에쿠르 신전으로 향했다. 평화의 아치문을 지나 신전으로 들어서서 원주 사이로 돌았다.

"자, 보시오. 당신이 특별히 좋아한다던 헌사들이 여기 있소. 저승 가는 길, 이 모두를 아로새겨 가시오."

왕이 제단 위에 루마르의 시신을 올려놓자 사제들이 몰려왔다. 이 신전은 엔릴의 처소, 오직 신을 위한 제물만 올려야 하는데 거지 꼴을 한 사람이 불경하게도 늙은 시신을 올려두었다.

왕이 사제들에게 말했다.

"이 사제는 엔릴 신의 일등 공복 루마르요!"

사제들이 가까이 다가들어 얼굴을 확인했다. 루마르가 틀림없었다. 하지만 이 제단에는 사제의 시신을 올릴 수가 없었다. 몸집이 큰 사제가 루마르를 들어내려고 하자 왕이 명령조로 말했다.

"거기 그대로 두시오. 그리고 상처 자리는 금으로 막으시오. 몰약과 향료로 방부 처리를 하고 가장 좋은 옷을 입힌 뒤 7일 동안 조의 기간을 선포하시오!"

왕을 알아본 사제들은 놀라서 서로를 쳐다보았다. 대체 무슨 연유로 왕이 사제의 시신을 가져왔으며 그간 어디서 무얼 했기에 저렇게 거지 꼴을 하고 있단 말인가.

왕이 신전을 나갔다. 해가 다시 길을 놓았고 사제들은 오래도록 왕의 뒷모습을 바라보았다.

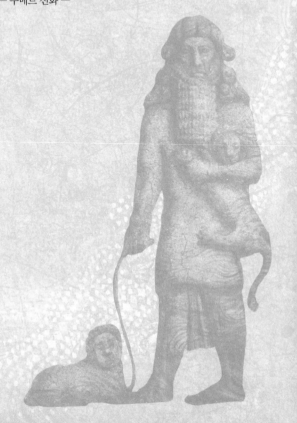

7장
대홍수

백 년도 채 지나기 전에
땅은 확대되고 사람들은 불어나
땅이 황소처럼 울어댔다.
엔릴은 그 소란으로 어지러웠다.
— 수메르 신화 —

1

　누군가가 왕의 남근을 만지고 있었다. 기름을 발랐는지 미끄러운 손바닥이 부드럽게 마사지를 했다. 왕은 눈을 뜨고 주위를 살폈다. 어느 집 방이었다. 니푸르를 떠나면서 끝없는 잠을 잤고 눈을 떴을 때는 바다였다. 바람이 높은 파도를 밀고 와 뗏목을 덮쳤으며 그는 빠져나가려고 애를 썼지만 결국 뗏목마저 놓치고 물속으로 가라앉았던 것인데 여긴 사람의 집이며 누군가나 자기 남근을 가지고 장난을 치고 있었다.

　왕이 물었다.

　"지금 뭐 하는 게냐?"

　"살았다! 살았다!"

　여인이 손뼉을 쳤다. 왕이 벌떡 상체를 일으키고 물었다.

　"무엇이 살았단 말이냐?"

　"얼씨구, 누구한테 반말 짓거리야?"

　40대 중반의 여성이었다.

　"한데 거긴 왜 만지고 있소?"

"에구 이 양반아, 물에 빠진 사내는 거기를 만져줘야 얼른 정신을 차리는 거야."

"하면 당신이 날 구했소?"

"마을 어부가 고깃배를 보러 나갔는데 당신이 바닷가에 떠내려와 있더라는 거요. 그래서 여기로 데려다 주었지."

"여긴 어디오?"

"어딘 어디야, 하늘 밑의 땅이지."

그러더니 여인이 그를 밀어 눕히더니 남근을 보며 "일껏 살려놨더니 그새 또 죽었잖아." 하고 나무란 뒤 다시 만지기 시작했다. 여인은 "대머리는 힘이 좋다던데 당신 것은 왜 이래?"라거나 "내 생전 이렇게 쭈글쭈글한 것은 보다가도 처음이다."라는 등 갖은 모욕을 주었음에도 남근은 꿈쩍도 하지 않았다.

"너 몇 살이냐!"

여인이 불쑥 소리쳤다.

"나 말이오?"

왕이 반문했다.

"당신은 입 좀 닫고 있어요!"

여인은 양손으로 따귀를 때리듯이 그의 남근을 잡고 톡톡 쳐대며 "너도 체면이 있으면 일어나라, 응? 백 살을 먹은 할방구도 이렇게 만져주면 나 청년이다, 하고 벌떡 일어난다!" 하고는 만졌다 때렸다를 반복했다. 그래도 일어나지 않자 이번에는 그의 가슴에 기름을 문지르며 노래를 불렀다.

"나비야 너 잘 왔다. 그래그래 이 꽃잎, 그래그래 저 꽃잎 두리두리

쿵덕, 심고 심고 쿵덕! 야리야리 오호, 야리 쿵!"

　'이 여자, 무당인가? 무당들은 이처럼 괴상한 푸닥거리를 하는가?'

　왕은 여인을 끌어당겨 옆에 눕히며 물었다.

　"당신 뭐 하는 사람이오?"

　"주막집 주인."

　"남편은 어디 갔소?"

　"남편이 있었으면 어부가 당신을 나에게 데려다 주었을까?"

　"그럼 과부요?"

　"결혼해본 적이 없으니 과부도 아니지."

　"나이는 중년인 것 같은데 결혼도 해보지 못했다?"

　"시든 꽃에는 벌도 오지 않는다오."

　"젊었을 때는…."

　"그때는 하도 많은 나비들이 줄을 서서 그것 처리하느라 면사포 쓸 시간이 없었다오."

　여인은 애초 에리두의 매춘부였다. 그곳은 항구도시라 외국 배가 많았고, 여인은 주로 외국인을 상대했는데 검은 사람, 구릿빛 사람, 청동빛 사람, 안 받아 본 사람이 없었다. 하지만 그 직업도 평생을 보장하지는 않았다. 나이가 들어가니 포주가 먼저 그를 밀어냈다. 시골이나 흉년이 든 마을에 가면 어린 것을 얼마든지 사 올 수 있고, 또 화대도 더 받을 수 있으니 시들어가는 화초는 가차 없이 치워버리는 것이었다.

　여인이 밀려난 것은 서른 살 때였고 그때 손에 쥐어진 것은 '자유'뿐이었다. 청춘의 광장으로 가기엔 그것조차도 시효가 지난 것이었다. 그러나 아직 자식을 만들 수 있었고 그래서 이 어촌에 들어와 주막을 열고 씨앗거리를 찾았으나 사내들이 탐하는 것은 오직 술 빚는 솜씨 하나뿐이었다.

"이 나이에 무슨 결혼까지나. 곁에 남자 하나만 있으면 만사 땡이지."

그리고 여인은 "젊었을 때는 요놈이 너무 풍년이라 지겹더니 이제는 너무 귀해 그저 오도독 깨물어 먹고 싶다니까." 하면서 다시금 슬슬 그의 남근을 구슬렸다.

"헛소리 그만하고 대답하시오. 여기가 어디오?"

"어디긴, 내 집 안방이지."

"무슨 동네냔 말이오."

"그 유명한 어촌 마을 시리두."

노사제가 일러준 곳도 시리두라고 했다. 왕이 벌떡 일어났다.

"내 옷 가져오시오."

"빨아 널었다오."

"주머니는?"

"난 그런 것 못 봤어."

여인이 잡아뗐다.

"옷 속에 꿰매두었는데 못 봤다니, 어서 가져오시오."

"그러면 달아나려고? 살려놓으니 보따리만 챙기고 펑 가버리려고?"

"여인아, 나에게는 할 일이 있다. 어서 가져오너라."

그가 점잖게 말했다.

"얼씨구, 이제 나리 시늉일세."

"어서 가져오라니까!"

그가 버럭 고함을 질렀다. 여인은 찔끔했다가 다시 물었다.

"한데 그 주머니를 가져서 뭘 하겠다는 거요?"

"배를 빌려야 한다. 뱃삯을 주고 남으면 당신에게 줄 테니 어서 가져오시오."

"배? 무슨 배? 고깃배?"

왕은 '딜문으로 가야 한다, 거기까지 가는 배가 여기에 있다고 했다. 어서 배를 찾아야 하니 옷과 주머니를 가져오라'고 달래듯 말했다.

"거기 가는 배의 선장이야 저녁이면 술청으로 올 테지. 하지만 거긴 왜 가려고 하오?"

"지우수드라 왕을 만나러 간다."

지우수드라가 누군지 모르는 이 여인은 한참 머리를 굴리다가 이렇게 말했다.

"거기 갔다 오면 나와 살아줄 거지?"

"그런 흥정은 옷과 주머니를 가져와서 하는 거야."

함께 잠들고 함께 일어나는 남자, 맛난 것 해 먹이면서 "맛있어? 맛있어?" 하고 물어볼 수 있는 상대, 썰물이 지면 같이 바닷가에 나가 조개를 잡고 그것을 불에 구워 술 한잔 걸치며 "아, 사는 것도 이처럼 맛나네!" 하고 까르르 웃어줄 남자, 지는 해를 바라보며 "난 아직도 아이를 만들 수 있어. 더 늦기 전에 우리 아이 만들자, 응? 해님 같은, 달님 같은 그런 아기 만들자, 응?" 하고 어리광을 부리거나 달밤에 야자나무 아래서 그의 팔을 베고 파도 소리를 들으며 잠을 청할 수 있는 남자, 딱 그런 사내 하나만을 원했던 이 여인은, 행여라도 이 남자가 성을 낼까 봐, 성내고 떠나버릴까 봐, 그러면 두 번 다시 돌아오지 않겠기에 순순히 옷과 주머니를 가져다주었다.

사내란 족속들은 어찌하여 모두가 이처럼 무정한가. 남자가 주머니부터 확인하더니 은전 세 개를 꺼내주고는 그대로 문을 여는 것이었다. 여인은 그의 옷자락을 잡아챘다.

"당신 강도지? 아니라면 그 꼴에 웬 은전이야? 그것 훔쳤지?"

"허튼 소리 마라!"

그가 소리쳤다. 그럼에도 여인은 다시 잡고 늘어지며 통사정을 했다.

"내가 말했잖아. 저녁이면 그 배꾼이 온다고!"

"그렇다면 지금 가서 데려오라."

"좋아. 먼저 흥정부터 끝내고."

"흥정? 무슨 흥정?"

"거기 갔다 오면 나랑 살아줄 거지?"

여인이 다시 한 번 물었다. 그 눈빛이 하도 절실해 거절할 수가 없었다. 또 만약 영생을 얻는다면 후궁으로 앉힌들 어쩌랴 싶기도 했다. 이 여인 또한 자기를 살려준 은인이 아닌가.

"그래, 그러마. 내가 딜문에서 돌아오면 당신을 호강시켜주겠어."

자칫 울 뻔했던 여인은 반짝이는 눈으로 생글 웃으며 말했다.

"나는 첫눈에 알아보았지. 당신은 아녀자와의 약속을 뚝 따먹고 마는 그런 졸장부가 아니라는 걸. 기다리시오. 내 바람처럼 휙 다녀오리다."

여인이 나가자 그는 앞섶을 열고 헝겊을 살폈다. 그 주머니는 꿰맨채 그대로였다. 돈이 아니라 그대로 둔 모양이었다. 그는 옷을 여미고 술청으로 나가 배꾼을 기다렸다.

2

배는 크지는 않았으나 장식이 특이했다. 선수와 선미의 조각이 커다란 뱀의 머리였고 돛대는 큰 것과 작은 것 둘이었으며 각각 고패가 달려 있었다. 그 고패로 풍향을 조절하는 모양이었다. 갑판 양옆으로는 큰 돌과 여러 개의 장대가 놓였는데 그것은 배가 바람에 흔들릴 때 중심을 잡아주는 것이었다.

시리두 항구가 까맣게 멀어졌을 때 왕이 선장에게 물었다.

"니푸르의 사제도 딜문으로 갔다는데, 혹시 이 배를 이용했소?"

"아, 그 사람? 날 찾아오긴 했으나 걸어서 갔다오."

"걸어서 가다니?"

"뱃삯으로 은화를 요구했더니 자기는 그런 돈이 없다며 대신 걸어서 가는 길을 가르쳐달라 했소."

"걸어서도 갈 수 있소?"

"바닷길을 따라 한 달 두 달 걸어서 내려가면 그 섬이 보이지요. 신께서 날개를 주신다면 섬으로 날아갈 수도 있을 테고⋯."

"하면 그는 도착했던가요?"

"아니요, 그런 말 들어보지 못했어요. 가다가 독충에 물려 죽었거나 혹은 섬에 도착했다 해도 뱀이 먼저 잡아먹었겠지요."

"우린 거기까지 얼마나 걸리오?"

"엔키 신의 뜻이지요. 순순히 허락하신다면 5~6일, 태풍이라도 주신다면 그보다 더 오래 걸릴 수도 있지요."

그는 선장에게 은화 열 개를 주었다. 기특한 여인이 자신의 몫까지 보탠 것이었다.

항해 사흘째였다. 선장은 햇살이 뜨겁다고 선실로 들어가고 왕은 갑판 위에 누워 서늘한 바람을 즐기다가 그만 잠이 들었다.

갑자기 배가 흔들렸다. 태풍이었다. 돛이 미친 듯 펄럭이다가 작은 것이 부러졌고 배는 뒤집힐 듯이 춤을 추었다. 선장을 부르러 갈 겨를도 없어 왕이 부러진 돛을 세워 올렸는데 바람이 그 돛을 안고 멀리 날아가버렸다.

이제 큰 돛마저 삐걱거렸다. 왕이 달려가 그 돛을 잡았을 때 눈앞으로 집채만 한 파도가 덮쳐왔다. 그는 돛과 함께 갑판 구석으로 나가떨어졌고 배는 전복될 듯이 요동쳤다.

짓눌러대는 바람을 밀고 고개를 들어 주위에 있는 통나무를 끌어안았다. 배가 뒤집히면 그것이라도 잡고 있어야 한다.

배가 통째로 날아갈 듯하더니 바람과 파도가 갑자기 잠잠해졌다. 믿을 수 없어 사방을 돌아보는데 선장이 다가오며 징징거렸다.

"선미가 날아갔소. 수호신 뱀 머리가 날아갔단 말이오!"

왕이 몸을 일으키며 투덜거렸다.

"이 경황에 뱀 타령이오? 살아 있는 것만도 감사할 일이지."

배를 살피던 선장이 왕을 추궁했다.

"돛은 다 어디로 갔소?"

"바람한테 물어보쇼!"

"아니, 그럼 당신은 그것도 붙잡지 못했단 말이오?"

왕은 그만 화가 나서 버럭 소리를 질렀다.

"뭐야? 너는 그럼 선장이란 작자가 그것도 모르고 자빠져 잤냐?"

"돌풍이 시작될 때 왜 깨우지 않았어?"

선장도 지지 않고 맞대거리를 했다.

"그럼 왜 그런 말 미리 알려주지 않았어?"

서로 얼굴을 맞대고 고래고래 소리를 지르다가 선장이 먼저 털퍼덕 주저앉았다.

"나는 망했어. 배도 망가지고 수호신도 달아났으니, 이젠 아무 데도 갈 수가 없어."

선장이 신세타령을 하자 왕은 그만 머쓱해졌다.

"아무 데도 갈 수 없다니, 그건 무슨 말이오?"

"섬에는 수호 뱀이 지키고 있단 말이오. 뱀의 머리가 없는 배가 들어 가면 그 뱀이 모두 잡아먹는단 말이야!"

왕이 선수를 가리켰다.

"저 앞의 것은 멀쩡하지 않소. 그것을 앞세우고 가면 뱀인지 문지기 인지 속을 게 아니오."

"이보시오, 당신 정말 모르나 본데, 그 뱀은 그냥 뱀이 아니라 엔키

신께서 섬을 수호하라고 특별이 점지하신 성스러운 뱀이란 말이오."*

"그렇다면 우리를 몰라볼 리가 없잖소. 신도 용서하실 것이니 우선 이 돛이라도 세워보시오."

왕은 부러진 돛을 들어 올렸다.

---

* 엔키의 딜문은 바레인이었고 거기에는 4천 년 훨씬 전에 종교적 의식에 따라 방부 처리한 뱀의 유해가 남아 있다고 한다.

3

섬이 보였다. 선장은 부서져 나간 선미를 담요로 덮었다. 왕은 섬을
바라보았다. 섬은 햇살에 포근히 감싸여 있었다. 용보다 크다는 뱀은
보이지 않고 야자나무만 바람에 흔들리며 어서 오라고 손짓을 했다.

평화와 나른함, 섬의 첫인상은 그것이었다. 몹시 낯설었고 평생 한
번도 가져보지 못했던 느낌이 아득한 꿈길로 데려가는 듯했다. 왕은 선
장이 어서 내리라고 보챌 때까지 그렇게 서 있었다.

마을 길로 들어설 때 선장이 후미진 곳을 가리켰다. 벌거벗은 여자
아이들이 야자나무 아래 둘러앉아 뭔가를 하고 있었다.

"저 처녀들, 지금 조개 속 진주를 꺼내고 있다오."

"처녀요? 내 눈에는 아이들로 보이는데?"

"저 종족은 몸이 왜소해요. 그래서 손이 작지요. 그런 손이 어떻게나
날렵한지 진주를 귀신같이 뽑아내요. 부인들은 조개를 잡고, 처녀들은
진주를 캐는데, 그걸 가지고 결혼식 옷감을 산다오. 딜문 주민들한테
가서…."

"그럼 저들은 딜문 주민들이 아니오?"

"종족이 달라요. 마을도 다르고. 그래도 서로 사이가 좋답니다."

한 마장쯤 안으로 들어가자 전원주택지가 나왔다. 딜문 마을이라 했다. 가옥은 거의가 통나무였고 어떤 집은 덩굴식물이 지붕을 덮거나 꽃을 피워, 집도 화장을 한 듯이 화사했다. 첫 번째 정원에는 잔치를 하는지 사람들이 둘러앉아 먹고 마시며 춤을 추고 있었다. 모두 몸체가 큰 사람들이었다.

"잠깐 기다리시오."

선장이 그곳으로 달려간 사이 왕은 정원의 악사들을 바라보았다. 북과 수금을 타는 모습이 수메르인의 풍습이었다.

선장이 돌아와 말했다.

"영생의 정원은 좀 더 가야 한다오."

영생의 정원은 섬 중앙에 외따로 떨어져 있었다. 울타리는 연리지로 둥글게 어깨동무를 했고 안으로 들어가자 희귀한 식물이 빼곡했다. 가지마다 보석 같은 꽃이 매달려 희고 동그란 것은 진주, 두 겹씩 파랗게 엮인 것은 청금석, 빨갛게 피어난 것은 루비 같아 보였다. 어머니 말씀이 떠올랐다.

"강을 건너면 나무마다 보석이 달린 정원이 나오고 정원 문은 무지개로 되어 있다. 문지기는 전갈 머리를 한 구렁이고 그들의 질문에 옳은 답을 해야만 안으로 들여보낸다…"

장소는 다르지만 일치하는 점이 많았다. 선장이 언급한 뱀이 전갈 머리 구렁이 같았고 나무마다 정말로 보석 같은 꽃이 피어 있으며 울타리가 연리지로 둥근 것이 무지개 모양이었다.

'그렇다면 구렁이의 질문 절차는 통과한 셈인가?'

선장이 잔디밭 중앙에 놓인 지붕을 가리켰다.

"저기가 대왕의 집이라 했어요."

벽과 기둥이 아주 낮아 지붕뿐인 것으로 보였다.

"저길 어떻게 들어가오?"

"뒤쪽에 현관이 있다고 했소. 나는 마을에 가서 배를 고치고 있을 테니 일 끝나면 그리로 오시오."

현관 높이가 목에 닿았다. 고개를 숙이고 안으로 들어서자 지하로 내려가는 계단이 펼쳐졌다. 층계가 많았고 끝머리에 대리석 문이 있었다. 육중하게 가로막은 것이 문이라기보다 출구를 봉해버린 것 같은데 힘을 주어 밀자 뜻밖에도 쉽게 열렸다.

왕은 안으로 들어섰다. 통로가 십자형 벽감으로 놓였고 공중에는 형광물질이 떠다니며 실내를 밝혔으나, 안으로 들어갈수록 추워지는 것이 지하 분묘에 들어온 기분이었다.

"주인 계시옵니까?"

십자로에 서서 주인을 불러보았다. 대답이 없었다.

"저는 지우수드라 대왕을 찾아왔습니다. 신들께서 영생의 축복을 주신 그분을 찾아 먼 길을 왔습니다."

대답이 없어 왕은 안으로 들어가보았다. 벽감 끝머리에 대리석 침대가 놓였고 그 위에 한 노인이 누워 있었다. 구식 두루마기에 얼굴조차 쭈글쭈글한 것이 산 사람 같지가 않았다.

'어쩌면 미라?'

그가 흔들어보려고 손을 내밀자 노인이 번쩍 눈을 떴다.

"누구인가?"

왕은 소스라쳐 놀랐으나 곧 진정하고 자신의 신분을 밝혔다.

"예, 저는 우루크 왕 길가메시이옵니다."

"왕의 모습이 그처럼 초라한가?"

쳐다보는 것 같지도 않은데 정확하게 언급했다.

"먼 길 오느라 그리 되었습니다."

"용건이 뭔가?"

"저에게 몹쓸 저주가 걸려 있습니다. 그 저주를 풀기 위해서 영생을 얻으려고 합니다."

지우수드라가 고개를 틀어 왕을 보았다. 그 눈길에 형광물질이 날아와 빛의 길을 만들었다. 눈빛이 등불처럼 왕의 얼굴을 비추더니 천천히 거두어가며 말했다.

"인간에게는 영구불변이 존재하지 않는다. 어떤 누구도 죽음을 피할 수 없다. 그것이 인간 세상의 주어진 상식이다. 너도 상식선상의 인간이니 그 한계를 넘을 수 없다. 그만 돌아가라."

기대감이 절벽의 자갈처럼 무너져 내렸다. 그는 무릎을 꿇고 앉아 간청했다.

"저는 숱한 고생을 했습니다. 죽을 고비도 여러 번 넘기면서 여기까지 왔는데, 어찌 그처럼 간단히 돌아가라 하십니까. 대왕이시여, 부디 저에게 은혜를 베풀어주시옵소서."

대왕은 대답하지 않았고 그 침묵이 길가메시에게 밤도 낮도 없는 이곳에 갇혀 소득 없이 시간만 허비할지도 모른다는 각성을 가져다주었다. 그가 말했다.

"제가 한계를 넘을 수 없는 인간이라면, 헛된 꿈을 쫓아다닌 인간이라면 그냥 돌아가겠나이다. 하지만 대왕께서는 어떻게 그런 축복을 받으셨는지, 얼마나 자랑스러운 일을 하셨기에 신들께서 귀하고도 귀한 영생을 주셨는지 그것이라도 알고 싶나이다."

대왕이 말했다.

"그럼 눈을 감아라. 신께서 그 경위를 보여주실 것이다."

왕이 눈을 감자마자 니푸르의 신단이 눈앞에 펼쳐졌고 거기 엔릴 신이 앉아 있었다.

4

해가 새벽 정원에서 막 기침을 할 때였다. 왕 엔릴은 천단에 올라 향을 피웠다. 오늘은 백 세가 되는 생일, 천신께서 결정해주시기로 한 바로 그날이었다. 엔릴이 천신에게 고했다.

"천신이시여, 준비가 되셨나이까?"

엔릴 왕이 고대하는 것은 헌 백성을 새 백성으로 갈아치우는 일이었다. 애초 신께서는 올바른 나라를 세우면 올바른 백성이 깃든다, 또 잘 가꾸기만 하면 그 백성들 전부가 최고의 품격을 가진다고 했다. 그리하여 품격 사업에 전력을 다했으나 백성들은 그의 뜻을 배반했다. 저마다 괴상하게 변해 가슴에는 심술만 키웠고 머리에는 탐욕의 집만 지어댔다. 도시의 지도자들도 마찬가지였다. 서로 도우면서 발전하라 했건만 경쟁심만 키워 동족끼리 분쟁을 일삼고 저마다 잘났다고 우기거나 질서를 문란케 했으며 역병을 퍼뜨리기도 했다. 이제는 그 어떤 힘으로도 오염된 인간들을 바로잡을 수 없겠기에 엔릴은 여와 신*을 찾아가 도움을 요청했다.

"여신이시여, 태초에 사람이 부족했을 때 흙으로 인간을 만들어주셨지요? 저에게도 새 백성, 순결한 인간을 만들어주십시오."

"순결한 인간이라니? 나는 본시 신성한 인간만 만들었다. 눈은 좋은 것만 보고, 코는 향내만 내뿜으며, 입은 바른 말만 한다. 심장에는 올바른 사랑을 심고, 두뇌는 거룩한 생각만 깃든단 말이다."

"하오나 나중에는 변하는 것이 인간이옵니다. 제가 겪어본 백성들이 그러하였사옵니다. 오래전 최초로 나라를 세웠을 때는 백성들 모두가 정의롭고 순결했사옵니다. 그러나 몇십 년도 지나지 않아 부패하기 시작하더니 지금은 썩은 내가 온 천지에 진동하나이다. 하오니 여와 신이시여, 이제 저에게 영원토록 변하지 않는 백성을 주옵소서. 언제까지나 아름답기만 한 그러한 인간을 만들어주소서."

"방법은 있다. 보다 엄격한 기준을 적용해 작은 거짓말을 해도 당장 입이 무너지고, 구린 냄새만 찾으면 그 코를 썩게 하면 된다. 누구든 자기 몸을 잘못 관리하거나 사용하면 즉각 그 부위가 파괴되도록 만든다면 결국은 아름다운 인간만이 영원토록 대를 이어갈 것이다."

'오, 얼마나 훌륭하신가. 그렇게만 된다면 명치를 짓누르는 이 체증도 단번에 가라앉을 것이다.'

엔릴 왕은 너무도 기뻐서 어서 시작해달라고 졸랐다.

"꼭 그러고 싶다면 먼저 너의 헌 백성들부터 처리해야 한다. 그건 오직 천신만이 하실 수 있는 일이니 가서 부탁드려보아라."

엔릴은 날마다 천단에 올라 천신을 졸라댔다.

---

* 사람이 부족할 때 흙으로 백성을 만들어준 고대 환족의 여신.

"천신이시여, 부디 저의 헌 백성을 가져가주십시오. 저는 순결한 백성, 자기 정신과 사회에 홍익을 실천하는 그런 백성만 갖고 싶고 그들로 하여금 이 땅을 보전토록 하고 싶사옵니다."

마침내 천신께서 대답해주셨다.

"그런 결정에는 시간이 필요하니 네 생일까지 기다려라."

생일까지는 백 일이었고, 오늘이 바로 그날이었다.

해가 막 떠오를 때 어떤 기척이 들려왔다. 엔릴 왕은 얼른 고개를 들었다. 향로의 연기가 그에게로 뻗쳐오더니 동쪽으로 향했다. 동쪽에서는 해가 아침놀에 갇혀 허우적이자 왕이 어리둥절해서 되물었다.

"천신이시여, 이게 무슨 징조이옵니까?"

"보면 모르겠느냐? 홍수다. 큰물이 이 세상을 덮어 너의 백성들을 깡그리 쓸어 갈 것이다."

'백성들을 깡그리?'

그는 정신이 번쩍 들었다. 자기에게는 좋은 백성도 많았다. 더욱이 우투와 두두는 수메르국의 소금이자 기둥이었다. 특히 우투는 분쟁 도시를 중재하고 각 도시마다 공정한 법률을 적용하여 만백성으로부터 지혜로운 재판관으로 추앙받고 있었다. 그럼에도 그는 아직 신족이 되지 못했고 그에 준한 생명권도 없었다. 엔키는 오래전에 신족이 되어 갖은 위력을 행사하는데 그들은 너무 바빠 그 절차마저 뒤로 미루어온 터였다.

엔릴이 다급하게 아뢰었다.

"천신이시여, 그것은 제가 기대하던 방법이 아니옵니다! 저는 다만,

마음이 망가져 쓸모가 없는 인간들, 그들만 데려가주십사 하는 것이옵
니다."

"걱정 말아라. 너의 진정한 백성들은 모두 살아남을 것이다."

"그러하다면 정확한 날짜는 언제이옵니까?"

"먼저 저 아침놀이 태양을 이겨야 한다. 그들은 보름간 싸울 것이며,
마지막 날 태양이 피를 흘릴 때 홍수 구름이 몰려올 것이다."

5

왕의 생일날은 모든 도시의 지도자들이 모여 식사를 하고 그 뒤에 각자 업무 보고를 하며 마지막으로 왕이 국정 훈시를 하는데 오늘은 식사가 끝나가도록 아무도 입을 열지 않았다. 분위기도 무거웠다.

엔키는 오늘 발표를 위해 단단히 준비해 온 말이 있어 분위기 따위에 신경 쓸 여유가 없었다.

엔키가 입을 열었다.

"이제부터 내가 할 일에 대한 계획을 밝히겠소."

아무도 고개를 들지 않았으나 엔키는 계속했다.

"에리두에 성을 지을 것이오. 이름도 이미 정했소. 아브주, 즉 '바다의 성'이란 뜻이오."

성이라는 말에 모두 잠깐 고개를 들었으나 곧 일별했다. 특히 엔릴왕은 전혀 들은 척도 않고 허공만 바라보았다. 그러나 엔키는 멈출 수가 없었다.

"그것을 위해 나는 삼나무와 흑단을 준비했고 화강암과 편암도 구비

했으며 멜루하의 금은과 보석을 가져올 것이오. 그러니까 나는 그 자재로 이 세상에서 가장 크고 아름다운 성을 짓겠다는 것이오."

우투가 물었다.

"참성단이 아닌 성을 말입니까?"

"바다의 성은 신전 겸 성채요. 말하자면 이제부터라도 내가 바다를 다스리겠다는 뜻이오. 아시다시피 그 바다의 횡포가 여간 고약합니까? 시도 때도 없이 태풍과 홍수를 몰아와 애써 개간한 농토에 소금물을 끼얹는가 하면, 다 여문 곡식을 짓밟지 않소. 한데도 아버지 천신께서는 수수방관만 하고 계시니 이제 내가 나서서 그 버르장머리를 잡겠다는 것이오."

엔릴 왕이 냉정하게 잘라 말했다.

"엔키, 그 계획은 당분간 진행할 수 없을 것이오."

예상했던 대답이었으나 엔키는 속이 부글부글 끓는 걸 참을 수가 없었다.

'수메르를 이만큼 부흥시킨 사람이 누구인가? 아다브는 물론 투투브, 이신을 병합해 도시로 발전시키고 곡창지대와 공업지대를 분류해 부를 창출한 사람도 나 엔키가 아닌가. 촌락으로 다니며 수로와 농토를 확장하라고 주민을 독려한 사람도 나였다. 한데 엔릴 주상은 제발 일 좀 그만 벌이라고 했다. 그때 엔키는 분명히 말했다. 당신이 교시한 최고의 인간은 저마다 자기가 잘났다는 허세와 교만을 낳았고, 평등과 홍익사상은 게으름뱅이들만 양산했다, 이래서야 언제 수메르국을 일등 국가로 만들 수 있겠는가, 나는 나라 살림에 머리가 터질 지경인데 당신은 사사건건 방해나 하고 있지 않은가?'

하지만 엔릴은 그의 말에 귀 기울이지 않았다.

"엔키, 우리는 이미 일등국이오. 전쟁이 없고 평화가 유지된다는 것이 그 증거가 아니오. 한데 뭐가 아쉬워서 아등바등 백성을 몰아친단 말이오?"

주상이라는 자의 대답이 그러했다. 엔키가 보기에 주상은 나라 살림은 뒷전이고 신선놀음에 경이나 읽는 사람이었다. 또한 지금의 이 모든 것을 마치 자기가 다 이루었다는 듯 일등국 운운하며 생색을 내는 사람이었다. 엔키는 인내심이 바닥났다. 이제는 어쩔 수 없다고 생각했다. 엔키의 얼굴에 잔인하다 싶을 정도로 냉정한 표정이 떠올랐다. 그는 이렇게 말했다.

"그래요? 하다면 이제 국토를 나눌 수밖에 없소이다. 나는 당신의 간섭에 질렸고, 또 내가 이룬 도시는 내 생각대로 운영하고 싶으니 당신은 니푸르 위쪽만 다스리시오."

그는 부르르 떨더니 '분단은 절대로 안 된다, 대신 당신이 확장하거나 병합시킨 도시만 당신 임의로 운영하라'고 했다.

그런데 이제 와서 엔릴이 말을 바꿨다.

'나의 계획대로 진행할 수 없다니!'

엔키가 다시 물었다.

"나는 이 계획을 위해 많은 준비를 했소. 한데 주상이 무슨 자격으로 진행을 막는단 말이오?"

"천신께서 허락하시지 않으시오."

"천신이 허락하실지 안 하실지 어찌 주상께서 먼저 아신단 말이오?"

왕은 그의 말을 묵살하고 좌중을 향해 입을 열었다.

"내 말을 잘 들으라. 지금 인간들은 썩을 대로 썩어 이대로 두면 모두가 함께 파멸하고 말 것이다."

엔키가 픽 웃으며 반문했다.

"파멸하다니, 내가 보기엔 지금 가장 번창하고 있는데 그 무슨 뚱딴지 같은 소립니까?"

"번창한다? 머리가 두 개 달린 아이가 나오고, 군인들은 수간을 일삼으며, 상업 도시에서는 매춘부까지 생겨 서로 살 파먹을 짓만 한다는데, 그것이 번창이오? 서로 해치거나 질병만 옮기는 것도 인간의 발전이오?"

"그야 인구가 팽창하다 보면 그런 일도 생기는 법…."

"엔키, 지금 그대의 말에 일일이 대꾸할 시간이 없소. 모든 것이 결정된 일이니 내 말에 귀 기울이시오. 보름 후면 해가 아침놀에 갇혀 피를 흘릴 것이오."

"해가 피를 흘려요?"

"그날부터 홍수가 시작된다는 뜻이오. 그 홍수는 전 세계를 휩쓸 것이며 그때 지상의 모든 것은 전멸하게 되오."

"모든 것이 전멸한다? 대체 누가, 왜 그런 일을 한단 말이오!"

엔키가 부르르 떨며 외쳤다.

"인류를 파멸로부터 구할 수 있는 방법이 그것밖에 없기 때문이오."

그때 이난나가 나섰다.

"하늘과 땅의 왕, 우리 신족의 주상이시여, 저희들로 하여금 부디 좀더 생각해볼 기회를 주십시오. 그때 결정하시어도 늦지 않은 줄로 아옵니다."

"네가 무엇이기에 감히 천신의 결정을 늦추겠다는 게냐?"

엔릴의 추상같은 목소리에 이난나는 찔끔했고, 국모 닌릴은 울음을 터뜨렸으며 아들들의 얼굴도 참담하게 일그러졌다. 그때 두두가 나직이 물었다.

"백성들이 다 죽는다면 나라 살림을 어떻게 할 수 있는지요?"

"선민은 살아남을 것이다. 헌 백성들이 홍수에 휩쓸려 간 뒤엔 여와신께서 참된 새 백성을 만들어주실 것이며, 그 백성들이 도시와 참성단을 건설할 것이다. 나는 그들에게 새 거주지를 줄 것이며 그들은 날마다 아름다운 마음으로 천신을 경배할 것이다!"

엔키가 버럭 소리를 질렀다.

"그것이 정녕 천신의 뜻이란 말이오?"

"엔키, 그게 천신의 뜻이냐 아니냐, 지금 그걸 따질 시간이 없소. 어서 각자 자기 도시로 돌아가 간단한 정리를 끝낸 뒤 다시 천단에 모이시오. 우리가 해야 할 일은 그것밖에 없소."

엔키는 속으로 외쳤다.

'오, 천신이시여, 어찌하여 저자에게 동조하셨나이까. 명색이 주상이면서 해괴한 청이나 하고 응석이나 부리는 저자를 어찌 두둔하시어 손을 들어주시나이까? 이 나라를 이만큼 가꾼 것은 저이옵니다. 한데 어찌하여…'

엔릴 왕이 마지막 선언을 했다.

"홍수가 끝난 뒤 이 나라에는 아름다운 백성만 존재할 것이며 그 주도적 도시는 키시가 될 것이오!"

'키시라고? 그곳은 두두의 도시가 아닌가?'

엔키는 안면 근육을 실룩이며 연회석을 떠나버렸다. 엔릴도 자리를 뜨자 이난나는 연회석을 맴돌며 자기를 여왕으로 추대한 아라타에 안타까운 마음을 전했다.

"오, 나의 백성들아, 착하고 착한 나의 백성들아,
너희들은 목숨을 바쳐 나를 섬겼는데
나는 너희들을 구할 방도가 없구나.
금과 은을 캐러 슈바 산에 갔을 때,
청금석과 보석을 캐러 갔을 때,
거인 마을 병졸들이 구름처럼 몰려왔을 때,
너희들이 장대와 곡괭이로 그들을 막아 나를 보호했다.
그때 나는 무사히 대피했지. 그러나 날마다 그 보석이 그리웠다.
그리하여 나는 다시 갔다. 너희들을 앞세우고 그 청금석 산에 갔다.
너희들은 금과 은을 캐서 수레에 실었다.
그때 숲 속의 거인이 달려와 우리를 붙잡았다.
그 거인은 이마의 쌍갈매기 주름을 실룩이며 내게 말했다.
가서 네 남편 두무지를 데려오라, 그러면 너의 백성들을 풀어주마고.
나는 내 남편 두무지를 보냈고, 보리와 밀, 포도주를 실어 보냈다.
그럼에도 그들은 두무지 왕을 가두어버렸다.
그때 아라타의 백성들이 나를 도왔고
그리하여 나는 두무지를 구했다. 내 남편을 구했다.
오, 나의 백성들아, 착하고도 착한 나의 백성들아,
너희들은 나 이난나를 위해 기꺼이 목숨까지 바쳤건만 나는 너희들을 살릴 수가 없구나.

그러나 기억하라. 내 결국 너희들을 구하리라는 것을.

하늘 황소를 불러서라도 홍수 구름과 싸우게 하리라는 것을….”

길가메시는 노사제가 하던 말을 떠올리고 대왕에게 물었다.

“두두는 신의 아들로 딜문 태생이라고 들었는데 키시라뇨?”

“키시는 수메르에 합병을 원했던 도시로 초대 지도자가 두두였다. 그는 천품이 순결하여 왕께서 특별히 사랑하셨다. 대홍수 때도 니푸르의 주민들을 키시로 이동시킨 것은 백성들의 순결을 지키고자 함이었으며 그것이 키시에 왕권을 부여하게 된 동기였다.”

길가메시는 양심의 가책을 느꼈다. 아가를 달래서 부패에서 벗어나도록 돕지 않고 신성한 왕권을 장사꾼처럼 사들였다. 그래서 엔릴 신께서 화가 나셨던 것이다. 자신이 겪었던 숱한 고생도 신이 내리신 벌이었다.

‘나는 더 이상 여기서 지체할 자격도 없다!’

길가메시가 돌아가려는 순간 대왕은 벌써 대홍수의 전경을 보여주고 있었다.

6

　해가 피땀을 흘렸다. 피보다 더 짙은 해무리가 해를 삼켰다. 순식간에 사방이 붉게 물들었다. 하늘도 산도 땅도 그리고 햇빛이 비치는 어느 곳이나 붉은 기운이 어른거렸다. 태양은 마치 마지막으로 제 몸뚱이를 활활 불태우려는 것만 같았다.

　그러자 회색 구름이 몰려왔다. 구름이 파도를 치듯 밀려와 온 하늘을 덮자 또다시 검은 구름이 달려와 그 위를 덮었다. 하늘 전체를 콜타르로 켜켜이 발라버리는 것 같았다. 사위가 어두워졌다. 빛이 존재하기 전 태초의 암흑으로 세상이 빨려 들어갔다. 이윽고 번개가 쳤다. 암흑 속에서 보이는 건 날카로운 번개뿐이었다. 그 빛이 구름 벽을 쩍쩍 갈랐다. 천지를 찢어발기는 사나운 번개였다. 잘리고 갈린 구름층은 서로 엉키면서 맹렬한 회오리바람을 만들었다. 번개는 구름층을 조각조각 갈라댔고 잘린 구름은 저마다 회오리가 되어 지상을 휩쓸었다. 지상 곳곳에서도 검은 구름이 솟구쳐 소용돌이 바람과 충돌했고 그 굉음이 천지를 흔들었다.

강풍이 달려왔다. 우박과 뇌우를 동반한 강풍이 지상의 회오리를 격파했다. 강풍에 패한 회오리는 엄청난 비명을 지르며 쓰러졌고 그 위에 우박이 쏟아졌다. 뇌우가 불비처럼 지상을 휩쓸고 강풍이 온 대지를 후려칠 때 강가의 나무들이 차례로 뽑혀 공중으로 날아갔다. 어둠 속에서 떠도는 귀신처럼 지상의 모든 것이 뿌리 뽑혀 허공을 날아다녔다. 강에 군집했던 물소, 황소와 말, 나귀도 그러한 운명을 피할 수 없었다. 세상의 모든 생물체가 날아다니며 마치 공중전을 하는 듯했고 천단에 올라 그 모든 것을 지켜보던 신족들은 놀라 그저 입을 딱 벌린 채 굳어 있었다.

엔릴 왕은 눈을 돌려 에리두 쪽을 보았다. 바다에서 몰려온 폭우 떼가 항만을 후려쳤다. 거기 정박했던 배들은 산산조각이 났으며 항구의 둑도 차례로 무너져 내렸다. 뒤이어 바닷물이 하늘까지 훑으며 달려와 에리두 성을 덮쳤다. 아치 정문과 궁전, 귀족 집들이 풀잎처럼 획획 날아갔다. 비명마저 들리지 않았다. 오로지 천지가 무너지고 부서지는 소리뿐이었다.

왕은 더 먼 곳으로 눈길을 돌렸다. 벼린 칼날 같은 얼음산이 보였다. 남극이었다. 남극은 열심히 자기 몸을 잘라내고 있었다.*

1킬로미터 혹은 2킬로미터씩 떨어져 나간 얼음산은 바다를 뒤집으

---

* 빙하기는 7만 년에 걸쳐 진행되었다. 그 기간에 세 번의 큰 기후 변동이 있었고 처음 빙하의 넓이는 남북과 북극이 비슷했다. 그러나 5만여 년 전에 북극이 별안간 활성화되면서 바다의 담수를 모두 얼려 빙산 지대를 넓혔다. 그때 해수면이 1백 미터 이상 낮아졌으며 전 유럽이 한 대륙에 속했다. 그러다 4만 년 전부터 아간빙기亞間氷期로 다소 따뜻해졌으나 재차 혹독한 추위와 함께 건조기로 들어갔다. 그리고 1만여 년 전 빙하기가 갑자기 끝나고 후빙기가 시작되었다.

며 엄청난 해일을 만들었다. 죽을 듯이 놀란 해일은 먹물 같은 암흑을 토해내며 휘달려 왔다.

얼음산이 계속해서 붕괴되었다. 압력이 가중되면서 바다 깊은 바닥까지 강타했고 그 충격에 해저의 지각 판이 파열했다. 곳곳에서 열수가 치솟았다. 열수는 빙산과 충돌하면서 해저의 용암체를 자극했고 용암은 지구 끝까지 휘돌며 지진이나 화산을 터뜨렸다.

바다는 또 갑작스레 떨어져 나온 빙하로 인해 엄청난 파도를 일으키면서 구름과 폭풍, 홍수를 낳았고 대기는 천둥번개로 그 충격에 응하는가 하면, 급격한 기후 변화로 무시무시한 광풍이 해일을 동반해 태평양과 인도양, 대서양으로 달려갔다.*

엔릴은 북쪽으로 고개를 돌렸다. 지진이 뱀처럼 달려가고 강풍과 폭우가 그 뒤를 따랐다. 바빌론의 칠광사원이 휴지 조각처럼 무너지고 아시리아, 알레포, 아나톨리아의 궁전이 쩍쩍 갈라지며 힘없이 내려앉았다. 지중해의 섬들이 가라앉았고 유프라테스 강도 괴롭게 몸을 뒤틀었다.

곳곳에 허리가 잘린 강은 엉뚱한 길로 달려가 길게 누워버렸으며 딜문도 그렇게 가라앉고 있었다.

열수와 빙산, 광풍과 해일이 서로 무섭게 격파하면서 사라져갔다. 하늘과 땅이 뒤집힌 것만 같았다.

---

* 이때 발해만 평지 5백 리가 바다로 들어갔고 요동반도, 산둥반도 앞바다의 수많은 섬도 자취를 감추었다.

이 모든 걸 영상으로 보고 있던 길가메시는 두려움에 몸을 떨었다. 그런 길가메시를 보며 대왕이 입을 열었다.

"놀랐느냐?"

길가메시는 고개를 끄덕였다.

"예, 저런 대홍수는 상상도 못했나이다. 하온데 대왕께서는 어떻게 무사히 이곳으로 오셨는지요?"

"여기까지 온 것은 엔키 신의 덕이고 영생은 엔릴 신이 주셨다. 두 분 신님 모두가 나를 신뢰하셨기 때문이다."

"대왕마마께서 얼마나 훌륭한 일을 하셨기에 서로 사이가 좋지 않은 두 분 신께서 똑같이 은혜를 주셨는지 궁금하고도 부럽습니다."

대왕의 눈에 먼 옛날을 더듬는 사람처럼 아련한 빛이 떠올랐다.

"나는 날마다 새로운 꿈을 꾸고, 모든 종류의 꿈을 꾸었다. 꿈에서 나는 내가 할 일을 미리 보았다. 길을 떠나면 거리를, 건물을 짓게 되면 그 높이까지 정확한 수치로 보았다. 신들께서 나의 이런 능력을 귀히 여기셨고 엔키 신께서는 나의 이 산술을 믿으시고 어느 날 수백 둥치의 나무를 실어다 주시면서 당부하셨다.

'지우수드라여, 나는 멜루하로 가야 한다. 그곳 고원지대에 광산이 있고, 그 계곡에는 금과 은광이 지천이다. 나는 그걸 실어 와야 하니 너의 정확한 예지로 이 나무들을 잘라 큰 배를 만들어라.'

나는 나무를 켜고 말려 큰 배를 만들기 시작했다. 배 바닥부터 켜켜이 쌓아 올린 후 역청으로 방수 처리를 할 때, 엔키 신족께서 사람을 보내 '배가 얼마큼 지어졌느냐? 내가 그 보고를 받고 싶으니 니푸르로 오라.' 하셨다.

나는 당장 니푸르로 달려갔다. 내가 도착했을 때는 신족들이 회의를 하고 계셨다. 그때 나는 엔릴 주상의 추상같은 말씀을 엿듣게 되었다. '인류를 절멸시키기 위해 내가 홍수를 불렀다. 그 홍수가 세상을 휩쓸 것이다!' 그 말을 듣고 부들부들 떨고 있을 때 엔키 신이 회의석상을 박차고 나오셨다. 신은 나를 발견하시고 다음과 같이 지시하셨다.

'지우수드라여, 어서 슈루파크로 돌아가라. 그리고 백성을 동원하라. 지나가는 길손도 거지도 모두 붙잡아 배를 완성하라. 배는 갑판 대신 지붕을 씌워라. 배가 완성되면 선실에는 곡식과 가축을 실어라. 살아 있는 모든 종류의 씨앗을 실은 뒤 사람도 그렇게 실어라. 가라, 어서 가 서 배를 완성하라!'

돌아오는 즉시 나는 매일 소와 양을 잡아 일꾼들을 독려했다. 포도주도 있는 대로 내놓았고 노임을 넉넉히 주면서 더 많은 일꾼을 불러 모았다. 마침내 배가 완성되었다. 나는 그 배에 황소, 물소, 양을 실었고, 모든 종류의 씨앗과 선민을 실었다. 그리하여 유프라테스 강에 배를 띄 웠다."

오오, 그때 달이 사라졌다.
구름 속의 비가 으르렁거렸다.
바람이 점차 사나워졌다.
대홍수가 황소처럼 울부짖었다.
어둠이 해일보다 먼저 왔고 그 어둠이 찢어졌다.
거대한 배는 엄청난 물 위에서 낙엽처럼 흔들렸다.
이레 밤낮으로 홍수는 대지를 휩쓸었다.

"그랬다. 배의 문을 닫는 순간, 바로 그 순간 무섭게 천둥이 울리더니 나의 도시 슈루파크가 도자기처럼 부서지기 시작했다. 선장이 급히 키를 잡고 아래로 내려갔다. 우루크를 지날 때는 폭풍이, 에리두에 닿았을 때는 해일이 몰아쳐왔다. 배는 해일에 밀려 다시 위로 올라갔고, 사흘째 되는 날은 어느 산 밑에 이르렀다. 고개를 들어보니 산꼭대기가 보이지 않을 만큼 거대했다.

나는 선장에게 이곳이 어디냐고 물었다. '이곳이 바로 아라라트 산입니다.' 배는 아라라트 산에 처박혀 꿈짝도 하지 않았다. 폭풍과 홍수는 계속되었고 물은 점점 불어나 배가 산 중턱까지 올라갔다. 엿새째 되는 날 강 위쪽에서 엄청난 물이, 해일보다 더 큰 물이 콸콸거리며 내려왔다. 배는 다시 떠밀려 아래로 내려갔다. 이레째 되는 날 배가 멈추었는데 니푸르였다. 니푸르 신전이 떠내려가는 나의 배를 붙잡은 것이었다. 문을 열고 나가보니 신전 꼭대기에 신들이 계셨다. 엔릴 신이 맨 앞에 계셨다. 나는 두려워서 목을 움츠렸다. 그러자 신께서 내게 물으셨다. '네가 살린 백성은 얼마나 되느냐?' '용서하소서. 저는 신의 뜻을 어기고 많은 사람을 실었습니다. 선민은 물론 일꾼도 실었습니다. 이 배를 지은 것이 그들인데 도저히 버리고 떠날 수가 없었습니다.' 그러자 신은 나의 머리에 손을 올리고 말하셨다. '잘했다. 그들은 천신의 선민이었다. 너는 위험을 무릅쓰고 그 선민들을 살려냈으니 그에 대한 상으로 너에게 영생을 주겠다. 지우수드라여, 너는 앞으로 영원히 살면서 아름다운 백성들을 보존하라!' 내가 다시 배에 오르자 그때부터 물이 콸콸 빠져나가고, 폐허가 된 대지가 드러나고, 내 배는 바다로 향했다. 천신의 선민들을 태운 나의 배는 그때부터 엔키 신의 인도를 받아 이 낙원으로 왔던 것이다."*

이야기를 끝낸 대왕이 길가메시에게 물었다.
"더 궁금한 게 있느냐?"
길가메시는 자기 자신을 들여다보았다. 앞날을 수학으로 예시한 꿈은 전혀 꾼 적이 없었다. 자신은 역시 한계를 넘을 수 없는 상식선상의 인간일 뿐이었다.
"궁금한 게 있느냐고 묻지 않았느냐?"
길가메시는 퍼뜩 정신을 차렸다.
"예, 한 가지 있습니다. 대왕께서도 사람을 만나고 사랑을 하시는지요?"
"가끔 너 같은 방문자가 있으니 사람은 만난다고 봐야겠지만 사랑은 죽음이 있는 인간들이나 하는 것이다."
'사랑이 없는 영생, 무슨 재미로 산단 말인가?'
길가메시가 다시 물었다.
"하오면 외출도 하시는지요?"
"그게 왜 필요하단 말이냐?"
길가메시는 생각했다.
'움직이지도 않고 저렇게 누워만 지내는 영생, 입만 살아 있는 영생, 그건 나에게 축복이 아닌 저주가 될 것이다. 영원히 갇혀버릴 지루한 감옥이 될 것이다.'

....

* 바레인에는 원주민보다 큰 체형의 사람 유골 8만여 기가 남아 있다.

"마마, 소생 이제 가보겠나이다. 만수무강하소서."

반절을 올리고 돌아서자 빛이 달려와 그의 어깨를 잡아 돌렸고 대왕이 나무라듯 말했다.

"너는 나를 만나려고 부적까지 가져왔다. 그런데도 그냥 떠나겠느냐?"

"저는 부적을 가지고 있지 않습니다."

"품 안에 있는 그것은 뭐란 말이냐?"

그건 어머니가 남겨준 그림이었다. 그것이 영생을 찾게 하는 부적이라고는 꿈에서도 생각해본 적이 없었다. 어리둥절해하는 길가메시에게 대왕이 말했다.

"부적의 원 모습을 보고 싶지 않느냐?"

그가 대답하지 않았는데도 대왕이 서둘러 눈빛을 허공으로 쏘았다. 빛을 따라 금빛 찬란한 나무가 두둥실 떠올랐다.

"이게 바로 자네 부적에 그려진 나무야. 가지에 열매만 올리면 자넨 영생을 얻는 거지. 어떤가, 열매가 보고 싶은가?"

대왕이 입김을 훅 불었다. 입에서 나온 것은 투명하게 빛을 발하는 복숭아 모양의 열매였다.

"이제 그 부적을 내놓게. 그러면 이 영생의 열매가 거기에 올라붙을 것이네."

길가메시는 위기감을 느꼈다. 그림을 내놓으면 영생의 열매가 올라붙고 그러면 자신은 이 자리에서 나무처럼 붙박혀버릴 것이었다.

"뭐 하고 있느냐? 어서 부적을 내놓으라지 않았느냐?"

대왕의 목소리에 노기가 느껴졌다. 하지만 길가메시는 동요하지 않고 차분한 목소리로 말했다.

"먼저 알고 싶은 게 있습니다. 그것부터 대답해주십시오."

"말해보라."

"제가 영생의 열매를 가지면 저로 인해 죽은 사람들이 되살아날 수 있습니까?"

"그럴 수는 없네."

"하면 제 주위의 모든 사람들도 저와 함께 영원히 살 수 있습니까?"

"여기 나 혼자 있는 것이 보이지 않느냐? 네 주위의 모든 사람들은 제 수명을 채운 뒤 네 곁을 떠날 것이다."

"제 아들들도 아들의 아들들도 말입니까?"

"다 죽어도 한 사람은 살아남는 것, 여기서는 그것이 가장 중요하네. 자, 이제 더 이상 궁금한 게 없다면 어서 부적을 내놓게."

길가메시는 잠시 갈등했다.

'영생을 찾기 위해 떠나온 길이었다. 그러나 나 혼자 영원히 사는 게 무슨 소용이란 말인가. 나와 가까운 사람들은 계속해서 죽어갈 것이고 나는 그저 지켜봐야 한다면. 그것도 영원히…. 그건 나에게 가장 끔찍한 저주다.'

길가메시가 고개를 저었다.

"저에게 있는 것은 부적이 아닌 어머니의 유언장이옵니다. 그러므로 영생의 열매도 제 것이 아닙니다!"

"뭐라는 게냐!"

대왕이 벌떡 몸을 일으키자 그 순간 열매가 사라져버렸다. 대왕이 경고했다.

"자넨 지금 선택의 오류를 범했어! 그 결과가 무엇인지 아는가? 자네의 수명이 깎인단 말일세! 자네가 타고난 수명은 1백20살이었네만 거기서 50년은 깎일걸세."

'내 나이가 지금 몇인가? 67? 68? 어쨌든 몇 년은 남았지 않은가.'

"알려주셔서 고맙습니다. 안녕히 계십시오."

"자네, 대단하군. 몇 사람이 나를 찾아왔지만 자네처럼 거절한 사람은 처음일세. 모두가 달라고 애원만 했고, 줄 수 없다고 하면 울면서 매달렸지. 자격이 없으면서도 말일세. 하지만 자격을 가진 자네는 달아날 생각만 하는군. 사실대로 말하자면 난 자네에게 영생을 물려주고 저승으로 떠날 참이었다네. 혼자서 이렇게 지내는 것이 너무 외로웠거든."

대왕이 숨을 고른 뒤 계속했다.

"자네를 놓치는 것은 안타깝지만 나를 일어나게 했으니 그에 대한 선물을 주겠네. 그건 받겠는가?"

"아니오, 괜찮습니다."

"겁낼 것 없네. 그건 불로초일세. 여기서 나가는 즉시 북쪽으로 가게. 거기 바다가 있네. 바다로 들어가면 찬물이 흐르는 곳이 있고 그 아래로 내려가면 암석이 보일걸세. 그 암석에 가시가 달린 엉겅퀴가 있는데 그것이 불로초라네. 그걸 먹으면 자네는 늙지 않을걸세."

"고맙습니다."

그가 돌아서는데 대왕이 다시 불러 세웠다.

"자네의 부적은 내 정원에 심어두고 가야 하네. 그 부적이 생명나무를 키워 자네 대신 영생을 누릴걸세."*

---

* 지금도 바레인에는 수령을 알 수 없는 생명나무가 있다.

그는 다시 예를 갖춰 대왕에게 작별 인사를 올린 뒤 보석 꽃이 핀 정원으로 나왔다. 볕바른 곳에 부적을 심고 하늘을 쳐다보았다. 해는 그 자리에 머물러 있었다.

7

왕은 잠에서 깨어나 선실 밖으로 나갔다. 배는 바다 한가운데 있었고 선장은 난간에 앉아 작살로 고기를 잡는 중이었다.

"내가 얼마나 잤는가?"

선장이 공손하게 대답했다.

"꼬박 사흘을 주무셨습니다.

"사흘이나?"

"하도 곤히 주무시기에 깨우지 않았습니다."

길가메시는 선미 쪽으로 고개를 돌렸다. 새로 붙인 뱀의 조각상이 지나온 바다를 바라보고 있었다. 그는 다가가 입속을 만져보았다. 길게 내민 것은 혓바닥일 뿐 자신의 불로초가 아니었다.

'결국 수명만 깎이고 말았구나.'

대왕이 일러준 바다는 진저리가 날 만큼 물이 찼다. 심장까지 조이는 냉기를 헤치고 심해로 내려가자 불로초는 바다 밑 암벽에 가시를 세우고 딱 붙어 있었다. 하지만 불로초는 호락호락 꺾여주지 않았다. 가시를 세워 공격하듯 찔러댔고 왕은 화가 나서 뿌리를 낚아챘다. 그러자 가시들이 거짓말같이 유순해졌다. 그는 그것을 통째로 뽑은 뒤 헤엄쳐 나왔다.

왕은 선장을 찾아 마을로 향했다.

'이제 떠나면 그간의 헛된 모험에도 하나는 건져 가는 셈이다.'

마을 초입 우물가에서 딜문을 수호한다는 뱀이 앞을 가로막고 있었다. 눈으로 자신의 불로초를 노려보며 혀를 날름거리는 것이 당장 낚아챌 태세였다.

왕은 원주민들 마을로 도망쳤다. 그쪽은 뱀의 수호 영역이 아닌지 따라오지 않았다. 그는 백사장으로 해서 배가 있는 곳으로 달려갔다. 선장도 마침 거기에 있어 왕이 배에 오르며 재촉했다.

"출발! 출발하자고!"

선장이 돛을 올릴 때 뱀이 야자나무를 헤치고 거대한 머리를 내밀었다. 왕이 소리쳤다.

"뭘 하는 거야! 어서 배를 띄워!"

하지만 뱀이 더 빨랐다. 놈은 작살처럼 긴 혀를 던져 그의 손에 들린 불로초를 낚아챘다. 그리고 입으로 강풍을 뱉어 그들의 배를 멀리 날려 버린 것이었다.

왕은 먼 바다를 바라보았다. 아름다운 백성을 달라고 호소하던 엔릴 신의 모습이 수평선 위로 떠올랐다.

'그때 백성들이 얼마나 타락했기에 신은 새 백성을 원했던 것일까?'

그는 자신과 함께했던 사람들을 돌이켜보았다. 아버지, 어머니, 힉세르, 엔키두, 버허투르, 원로들과 자바르디, 노사제까지 모두 순수한 사람이었다. 단 한 사람도 교활하거나 야비하지 않았다. 그처럼 아름다운 사람들과 함께 우루크를 일으켰다는 것도 엔릴 신의 음덕인지 몰랐다.

'그렇다면 자신은 어떤 존재였던가?'

수평선에서 한 사나이의 뒷모습이 떠올랐다. 등은 멀어지는데 뒤통수는 점점 확대되어오는 사나이.

'저 낯선 사람은 또 누구인가? 머리가 다 벗겨진 저 사내…?'

놀랍게도 왕 자신이었다. 참된 사람들을 차례로 죽게 하고, 결국 자신의 수명만 깎이고 돌아가는 존재…. 가슴이 허망함으로 무너지다가 서서히 차오르는 것이 있었다.

'그럼에도 잘한 일은 있지 않은가. 영생을 선택하지 않았다는 것!'

자기 인생에서 가장 중요했던 것은 인간이었다. 증오와 미움조차도 인간에 대한 예의가 아니라고 멀리했다. 관계에 대한 최선은 홍익과 함께 기본 철학이었는데 혼자 산다는 것이 무슨 의미가 있단 말인가.

'신이 영원을 보여주며 한 가지 인생형을 선택하라고 한다면 나는 주저 없이 나의 인생을 택할 것이다. 똑같은 사람들을 만나 똑같이 사랑하고 똑같이 슬퍼할 것이다.'

선장이 말했다.

"저기 보십시오. 시리두가 보입니다."

주막집 여인과의 약속이 떠올랐다. 함께 살아주겠다던, 아니 후궁으로라도 데려가겠다던 생각…. 여인을 데리고 간다면 궁전의 모든 사람이 웃을 일이다.

'후궁 하나 데려오려고 그런 요란을 떨었더냐? 그토록 오래 궁을 비

운 까닭이 그 후궁 때문이었더냐?'

"선장, 곧장 에리두 항으로 가세."

에리두 항에 도착해서는 또 우루크로 직행하라고 명령했다. 저만치 우루크가 보일 때 왕이 중얼거렸다.

"우루크에는 거대한 성벽이 있지. 슬기로운 자들이 벽돌을 암수로 놓고 세 겹의 성문을 달았지. 선장, 그대는 우루크를 아는가? 그 도시에 살았던 나의 사람들과 종려나무 숲을, 성을 에워싼 초원과 농토…. 성 안에는 눈부신 만신전이 있다네. 천신전과 이난나 여신전도 있지. 그대는 본 적이 있는가? 이처럼 아름답고 위대한 도시를. 나 이제야 알겠네. 영원한 낙원은 바로 우루크라는 것을."

8

왕은 선장을 잘 대접했다. 배를 말끔히 수선해주었고 떠나는 날 금화 열 개를 주었다.

"선장, 자네 덕에 무사히 돌아왔네. 이 금화는 그에 대한 보답이네. 일곱은 자네가 가지고 나머지는 여인에게 전해주게. 만약 여인이 나에 대해 묻거든 그 사나이는 돌아오지 못할 먼 곳으로 떠났다고 말하게. 그리고 이 돈으로 남자 하나를 얻어 잘 살라는 말도 전해주게."

"폐하, 이것은 너무 과분합니다."

"가져가게. 그리고 이 다음에라도 혹시 돈 없는 사제들이 와서 딜문에 가고 싶다고 하면 그냥 모셔다 드리게."

"명심하겠습니다."

왕은 선장에게 작별의 포옹을 해주었다.

"잘 가게."

선장이 물러날 때 왕은 마음속으로 한 번 더 작별 인사를 했다.

'나와 함께했던 사나이 중 자네가 유일한 생존자일세. 부디 무사히

돌아가게.'

그리고 왕은 문정관을 불렀다.

"힉세르와 엔키두, 노사제를 위해 큰 제사를 지낼 것이다. 우루크의 모든 백성과 함께 역사상 최고의 제사를 드리게 될 것이니 완벽한 준비를 하라. 산에 가서 엔키두의 가족을 불러오고 니푸르의 사제들도 모두 참석케 하라!"

9

왕의 생일이었다. 축하 행사는 궁전 앞에서 열렸다. 단상에는 상원과 하원, 귀족과 초청받은 귀빈이 자리를 메웠고 광장에는 군사들이 정렬했다.

왕은 뒷자리를 돌아보았다. 버허투르와 멜라가 미소를 지어 보였다. 버허투르는 어제 도착했고 멜라는 제사 때 와서 여태 머물러 있었다. 멜라와 함께 엔키두 이야기를 나누면서 왕은 종종 눈시울을 적셨고 멜라는 숨죽여 울었다. 왕은 다시 버허투르를 바라보았다. 그의 눈이 깊이 다가왔다. 왕은 고개를 끄덕였다. 이제 우루크로 돌아와도 좋다는 뜻이었다.

원로원장의 축사를 들으면서 왕은 노사제를 떠올렸다. 가슴이 저리도록 그가 그리웠다.

'조금만 기다리시오. 내 곧 그대를 만나러 갈 것이오.'

왕비의 손이 다가왔다. 그 손을 잡아주며 왕은 애틋함을 전했다.

'오늘 당신은 더욱 아름답구려.'

특전사들의 사열식이 시작되었다. 모두 이륜마차를 타고 대검을 높이 쳐든 채 왕에게 경의를 표하며 지나갔다. 왕은 손을 흔들어주었다. 뒤이어 사륜마차에 연통 같은 것이 달려 있는, 처음 보는 군 장비가 등장했다.

"노포 부대입니다. 새로 창설했지요."

왕자가 말해주었다. 얼마 후면 정식 왕으로 등극할 것이다. 검투사들이 나올 때 왕자가 말했다.

"아버님, 손을 흔들어주십시오."

검투사들이 경합을 시작했다. 모두가 훌륭했다.

심장에서 기별이 왔다. 그는 하늘을 올려다보았다. 어머니가 현몽하신 그 시각이었다. 왕은 자기 사람들을 찬찬히 돌아보았다. 자신의 죽음에 충격을 받지 않기를, 큰 슬픔이 아니기를 빌면서 왕은 침실로 향했다.

왕은 침대에 반듯이 누웠다. 손과 발이 차례로 식어가다가 마침내 숨이 멈췄다. 정오, 딱 그 시간이었다.

왕의 죽음은 모두에게 충격이었다. 소식을 들은 백성들은 하나같이 그 말을 믿지 못했다. 누군가는 집 밖으로 나와 지나다니는 사람들을 붙잡고는 정말 왕이 돌아가셨느냐고 물었다. 붙잡힌 길손들도 그 사실을 믿을 수 없다며 고개를 저었다. 어떤 사람은 이건 신의 실수다, 운명을 잘못 운영했다, 더 늦기 전에 바로잡아야 한다, 신이시여, 어서 우리의 왕을 되살려놓으라고 울부짖기도 했다.

평소 점잔이나 부리던 원로들조차도 왕의 죽음을 쉽게 받아들이지 못했다. 그들에게는 날벼락이나 마찬가지였다. 강건한 왕이 어찌 우리보다 먼저 죽을 수 있느냐고 퀼토스를 쥐어짰다. 사제들은 신전에 모여 앉아 "신님들이시여, 또 질투를 하셨습니까? 백성들이 우리의 왕을 좋아해서 시샘이 나셨나이까? 아니면 너무 잘난 왕이라 우리에겐 어울리지 않는다 하여 이렇게 일찍이 데려가셨나이까? 무엇이 어찌 되었든 이건 부당한 일이오니 어서 되돌려주십시오!" 하고 항의 기도를 했다.

왕의 시신을 직접 보겠다, 그래야 믿을 수 있겠다고 백성들이 찾아왔다. 충격에 빠진 궁전 관료들은 이 혼란을 어떻게 진정시켜야 할지 정신을 차릴 수가 없었다. 사람들은 비로소 깨달았다. 길가메시가 왕으로서 얼마나 대단한 업적을 이루었는지를. 그가 떠나고서야 그의 빈자리가 사무치게 가슴을 파고들었던 것이다.

7일장이 끝났다. 왕의 시신을 지하의 세계, 분묘로 옮긴 후 대사제장이 순장을 준비했다. 그는 석대에 큰 항아리와 열 개의 잔을 놓았다. 항아리에 독을 푼 포도주를 채운 뒤 부사제장에게 지시했다.

"여자들만 받아들이게."

시리두 여인이 첫 순서로 들어와 왕의 시신을 내려다보았다. 단목 침대 위에 반듯이 누운 모습이 살아 있을 때보다 더 매혹적이었다.

여인이 춤을 추기 시작했다. 다른 여인들도 시리두 여인을 따라 횃불과 석대 사이를 돌며 원무를 추었다. 시리두 여인이 먼저 포도주를 마신 후 황홀한 미소를 꽃잎처럼 물고 왕의 침상 아래로 가 누웠다. 순장을 자처한 여자들도 그를 따라 차례로 누웠다.

지하 무덤은 그날 밤에 봉해졌고 사제들은 신이 된 길가메시를 영접하려고 만신전으로 올랐다.

길가메시의 모험담은 꽃씨처럼 날아가 사방에 이야기를 심었다. 동쪽으로는 수사·엘람·인더스, 북쪽으로는 미타니·아나톨리아에도 그의 체험이 번역되거나 기록으로 전파되었다. 바빌로니아인들이 서사시를 쓰기 훨씬 전부터 오늘까지도 회자되고 있으니 결국 그는 다른 방식으로 영생을 얻은 셈이다.

한민족 대서사시 2

수메르 — 영웅 길가메시의 탄생

초판 1쇄 발행 2010년 12월 9일
초판 2쇄 발행 2011년 1월 11일

지은이 윤정모
펴낸이 김선식
펴낸곳 (주)다산북스
출판등록 2005년 12월 23일 제313-2005-00277호

PD 김현경
DD 조혜상
다산책방 최선혜, 한보라
마케팅본부 모계영, 이주화, 김하늘, 박고운, 권두리, 신문수
콘텐츠저작권팀 이정순, 김미영
커뮤니티팀 서선행, 하미연, 박혜원, 김선준
디자인연구소 최부돈, 황정민, 김태수, 조혜상, 김경민
경영지원팀 김성자, 김미현, 유진희, 김유미, 정연주
신사업 1팀 우재오
신사업 2팀 김성훈

주소 서울시 마포구 서교동 395-27
전화 02-702-1724(기획편집) 02-703-1725(마케팅) 02-704-1724(경영지원)
팩스 02-703-2219
이메일 dasanbooks@hanmail.net
홈페이지 www.dasanbooks.com

필름 출력 스크린그래픽센타
종이 신승지류유통(주)
인쇄 (주)현문
제본 (주)광성문화사

ISBN 978-89-6370-487-6 (04810)
      978-89-6370-485-2 (set)